最新修訂版

最三国

第叁卷

【光荣与惆怅】

范军 著

中国发展出版社
CHINA DEVELOPMENT PRESS

图书在版编目（CIP）数据

最三国. 第3卷. 光荣与惆怅 / 范军著. —北京：中国发展出版社，2014.7

ISBN 978-7-5177-0156-9

Ⅰ. ①最… Ⅱ. ①范… Ⅲ. ①《三国演义》—人物形象—小说研究 Ⅳ. ①I207.413

中国版本图书馆 CIP 数据核字（2014）第 086277 号

书　　名：最三国. 第3卷. 光荣与惆怅
著作责任者：范　军
出版发行：中国发展出版社
（北京市西城区百万庄大街16号8层　100037）
标准书号：ISBN 978-7-5177-0156-9
经 销 者：各地新华书店
印 刷 者：三河市东方印刷有限公司
开　　本：700mm×1000mm　1/16
印　　张：19.75
字　　数：334 千字
版　　次：2014年7月第1版
印　　次：2014年7月第1次印刷
定　　价：40.00 元

联系电话：（010）68990625　68990692
购书热线：（010）68990682　68990686
网络订购：http://zgfzcbs.tmall.com//
网购电话：（010）88333349　68990639
本社网址：http://www.develpress.com.cn
电子邮件：fazhan@drc.gov.cn

目　录

第三章 后曹操时代

第四章 复仇者刘备

第五章 诸葛亮与孟获的那些游戏

第六章 一分为三的中国

第七章 五丈原上唱大风

第八章 后诸葛亮时代

第九章 剩者为王

第一章　落凤坡背后的命运玄机

乱世，不谈告别

在这个世界上，死一个人并不是件容易的事。

需要各种机缘巧合。

不错，张松是写信了，写了一封反信，可充其量他只是个反革命意淫犯。纸上的意淫如果没有落到实处，那只能满足当事人个人高潮，于他人无碍。所以，要是没有机缘巧合，他不一定会死。

但机缘巧合就在于他哥哥张肃出现了。张肃是广汉太守，一向大义凛然，视亲情如粪土。他看到弟弟张松写的这封反信后，做出的第一选择就是拿它去报官——持此书信夜呈刘璋，很有为了革命理想大义灭亲的意思。

亲人果然被他灭了。在刘璋暴怒之后。刘璋的暴怒要是解析起来，个中原因实在是复杂得可以。这里头有对张松两面三刀的愤怒，也有对自己轻信他人的自责。

当然还有心虚。在这之前，黄权们生命不息，苦谏不止，他却狠狠地打击了他们，从而充分地暴露了自己的智商是多么的低下——人世间最痛苦的事情其实不是发现自己是个笨蛋，而是一直以来以为自己是聪明蛋。那句成语是怎么说的？自作聪明。自己就是自作聪明啊……

刘璋长吁短叹。长吁短叹后的一个结果是张松死了。张松全家都死了。死在他的刀下。

死在他的愤怒里。

事实上张松的死是为刘璋的低智商买单，也为他自己的两面三刀买单。人世间的事情说起来很简单——产生欲望了；为欲望而买单。当然足够聪明的人不受此限。可世上聪明人毕竟不多。起码张松不在此列。

刘备要回涪城了，他把动静整得挺大的，派人去涪水关请杨怀、高沛出关告别。

告别似乎是人生的主题之一，有相聚，就有告别。只是每一次的告别都各不相同。

是依依惜别，还是暗藏杀机？很遗憾，这一次是后者。

不仅刘备暗藏杀机，杨怀、高沛也暗藏杀机了。他们的怀里都揣了把匕首，如意算盘是趁刘备和他们依依惜别时，制造一场震惊世界的凶杀案。

至此，所谓的告别就成了一场表演秀，在刻意营造的离愁别绪氛围背后，是当事双方的一颗杀心。

乱世，不谈告别。乱世，只有匕首，在当事人最无防备的时刻，出现，并捅进其身上最柔软的那个部位。

那颗心。

杨怀、高沛二人身上各藏利刃，领了两百兵，牵羊送酒地去见刘备了。

庞统看了，一声叹息：两百兵够干什么？打麻将，可以凑成五十桌；打群架，能够堵塞交通；杀人，两百兵真的能够杀一个人吗？

没有人能够给出一个明确的答案。

不错，杀人确实是世上最难以量化的行动。智慧没到，百万大军也杀不了人，就像曹操在赤壁时杀不了刘备和孙权一样；智慧到了，可以借刀杀人，自己不费吹灰之力。所以庞统为杨怀、高沛二人叹息——带这两百兵来，成事不足败事有余啊。

果然成事不足败事有余。在刘备帐中，刘备身披重铠，自佩宝剑防身，令杨怀、高沛二人徒呼奈何。与此同时，他们带来的两百兵在帐外被魏延、黄忠牢牢控制，已经成了俘虏。最后的结果是，行刺者杨怀、高沛被刺身亡。

当然不是刘备亲手干的。刘备总是心太软，欲刺不能。在庞统已搜出杨怀、高沛身上的凶器——匕首之后，刘备依旧君子动口不动手地说，二位啊，我跟你们的主子是同宗兄弟，感情刚刚的。你们二人为什么要杀我，离间亲情？刘备说到这里，眼泪都下来了。他完全忘记了自己也是个行刺者。

世事常常如此——义正词严易，反躬自省难。人们总是将自己视作正义的化身，却忘记了原来每个人都有一颗蠢蠢欲动的心，一颗和他人一样的心。

庞统在这时体现了他的执行力。

不执行是不行了，因为不能等待刘备。刘备擅长的是慷慨激昂，以及慷慨激昂之后的跑题。在形而上的哲学总结之后，刘备经常会忘记最初的目的在哪里。

所以庞统代劳了，他让杨怀、高沛二人停止了呼吸。紧接着，刘备的部队兵不血刃得了涪关，初步实现了庞统预定的计谋。

心中的魔鬼

人和人和谐相处并不是件容易的事情，哪怕是为了一个共同的目标走到一起来了，哪怕一起共事的人都不是进攻型的性格。

事实上人与人之间的矛盾或摩擦并不源自于那些咄咄逼人的性格类型，而源自于是否有一颗宽容的心。所谓有容乃大。不能宽容，什么都大不了。矛盾或摩擦也就应运而生了。

这一回，刘备就犯了这样的错误。

以仁慈和宽容立世的刘备在得了涪关之后的庆功宴上喝高了，他对庞统说，兄弟，我看今日之会还不够热闹，弄点音乐听听吧，庆祝一下。

庞统却哭丧着脸对他说：“伐人之国而以为乐，非仁者之兵也。”

这话是什么意思呢？刘备听了不高兴了——伐人之国，是我乐意伐人之国吗？还不是你一步步架着我在火上烤，一直说我刘某人领着正义之师，解放西川人民来了。现如今却说我伐人之国，而且当着这么多将士的面说我，你……你这不是让我下不来台吗？

刘备开始回击了。他说过去武王伐纣，作乐庆功，难道他率领的不是仁者之兵？我看你庞统是喝多了，还待在这里喝什么酒？快走吧！

矛盾就这样产生了。

在场的人谁都没料到刘备会这样说话，刘备自己也没料到。他突然觉得自己不是刘备，而是曹操。不能容人的曹操。

庞统听了这话马上拍屁股走人了。

庆功宴不欢而散，只剩下刘备在那里长吁短叹。他这才知道，每个人的心中其实都有一个魔鬼，在某些特定条件下，魔鬼会跑出来狂欢一下，令人露出庐山真面目。宽容的会变得狭隘，大方的会变得小气，温顺的会变得粗暴。现在，这个特定条件就是刘备手中的酒。它让刘备原形毕露了。

这样的发现让刘备伤心——难道自己真是伪善之人？多年来的仁慈形象都是装 x 的结果？刘备当然不认可自己的这个发现。他只是搞不清自己究竟是怎样的一个人。到底哪一面才是真实的？

没有人告诉他答案。这个夜晚对刘备来说是孤单单的夜晚。他首鼠两端，茫茫然不知所之，觉得人生要经营好自己，真是要处处小心，出不得半点差错。

第二天早晨，刘备重新经营了一下自己——他向庞统认错了，承认自己酒后吐狂言，伤害了像他这样一个忠诚而才华横溢的老同志的心。庞统也顺势向刘备检讨了自己的态度。两人相逢一笑泯恩仇，为了一个共同的目标，重新把手握在了一起。

名声是最响亮的通行证

黄权欣喜地发现自己得到了重视。毫无疑问，这是他人生价值的一个体现。

不错，一个人的人生价值不在于拥有多少财富，而在于在他人眼里自己是不是受重视，是不是个影响力人物。黄权这回就成了影响力人物。在刘备杀了杨、高二将，并袭击了涪水关之后。

在刘璋看来，这个残酷事实的出现不仅仅是损兵折将那么简单，毫无疑问它是刘备狼子野心的大暴露。还是黄权当初有预见力啊——刘备入川，那是黄鼠狼给鸡拜年，没安好心。由此，刘璋对黄权刮目相看。换句话说，黄权从现在开始，提的建议管用了。

这是影响力人物的一个特权——不用苦谏，一句可以顶一万句。

黄权建议刘璋连夜派兵进驻雒县，以塞住进川的咽喉之路。这样刘备虽有精兵猛将，也不能过此。刘璋就令刘璝、泠苞、张任、邓贤点五万大军，星夜赶往雒县死守，防备刘备。

刘备不知道该如何进攻。

因为刘璝、泠苞、张任、邓贤四人没有窝在一块给他打，而是各自安营扎寨，互相间又成掎角之势。

这真是令人头疼的事情——目标不明确。所谓有目标才有打击，有明确的目标才有明确的打击。刘备的痛苦就在于，他不知道该打哪一个。哪一个都咬手，哪一个都不是他可以稳操胜券的攻击目标。

庞统却以为目标还是那些目标。目标分散了其实更好打。

不错，人生的很多时候，变换角度看问题，是可以化繁为简的。

什么叫新意？在司空见惯的地方看出不寻常来，这就叫新意。庞统告诉刘备，目标明确的确利于攻打，但问题也出来了——对手太强大。刘璝、泠苞、张任、邓贤四人团结如一人，又领着五万大军，怎么打？这是难啃的硬骨头啊！现在他们主动一分为四，就像四根原本捆在一起的筷子，现在各自变成孤零零的一根，那就好办多了。

刘备恍然大悟。

不过，疑惑也还是存在的。那就是他们互相支援怎么办？打四人当中的一人，其他三人都扑上来支援。这可是一个大问题。

庞统摇头：不可能扑过来的，没那个机会了。

刘备：?

庞统：因为我们是活的，不是死人。在他们扑过来之前，我们先扑过去了。这叫什么？

刘备：先发制人。

庞统：还有呢？

刘备：攻其不备。

庞统：还有呢？

刘备：各个击破。

庞统：主公英明。

刘备：是吗？可我怎么觉得是你英明呢？

庞统：主公谦虚。

黄忠和魏延扑过去了。

黄忠打泠苞寨，魏延打邓贤寨，以完成刘备的战略部署。当然准确地说，这个战略部署是庞统安排的，刘备只是同意而已。

这似乎是谋士的宿命。打胜仗了，功劳是指挥官的；打败仗了，自己当替死鬼去——谁叫你出的馊主意?！所以谋士的人生往往是扭曲的。他们必须比对手更高、更快、更强、更狠和更阴。因为如果算计不了敌人，下场就会比敌人还惨。

当然，刘备也许对他不会这么狠。再怎么说，刘备也个心软的男人。对庞统狠的其实是他自己。庞统是在江湖上混的人。名声是他最响亮的通行证，也是无解的毒药。庞统以为，在江湖上，像他这样的谋士下场无非是两个。

浮出水面。或永沉水底。

他不愿做第二种人。

因为无情，所以无敌

但是这一回，他发现自己不得不做第二种人了。

因为魏延的争强好胜。

不错，争强好胜表面上是“积极进取”的代名词，最起码是个褒义词，但世事利弊相生。争强好胜的一个副产品就是自作主张，一切行动不听指挥。

魏延永远是争强好胜的，而且有时候匪夷所思。这就导致他的人生注定要走钢丝绳。

庞统的无奈也正在这里。他可以运筹帷幄之中，却不能决胜千里之外。

因为执行力。他难以掌控的执行力。

当魏延领命而去准备进攻之时，却突然心血来潮要抢了黄忠的功劳。黄忠老实人一个，归寨后传令第二天四更造饭，五更出兵，去攻打泠苞寨，却不曾想魏延吩咐手下军士二更造饭，三更起兵，先去打泠苞寨了。

魏延要抢头功。只是，没抢着。

不是黄忠发现了他的蠢蠢欲动，抢先出发了，而是泠苞发现了他的蠢蠢欲动，早有准备了。

魏延和他的人马陷入了反包围当中。

川军兵分两路来袭魏延的汉军。在那个黑咕隆咚呛、伸手不见五指的黎明，魏延第一次体会到了什么叫人生的灭顶之灾。在被泠苞打得满地找牙之后，魏延听得山背后鼓声震地，那个叫邓贤的人儿引一支军队从山谷里截出来，大叫：“魏延快下马受降！”

当然光叫叫也没什么，要命的是魏延策马飞奔后，那马竟然一点面子不给地双足跪地，将魏延掀了下来。邓贤的马在此时奔到，他挺枪就刺魏延。

毫无疑问，如果不出意外，魏延将在这个山谷里死于自己的争强好胜。附带地也把庞统给搞死。因为计谋是庞统出的，虽然看上去很美，可一旦失败，那就不美了。这就是谋士的潜规则。要为战事买单，尽管冲锋陷阵的不是谋士本人。

好在这样的时刻，一把刀堪堪舞到。

黄忠。

黄忠在最关键的时刻救了魏延，也救了庞统的江湖名声。

魏延转危为安了，庞统也转危为安了。

这场战争的结果是邓贤被杀，泠苞被活捉。老将黄忠功莫大焉。

接下来的悬念是泠苞会不会死。事实上它并不构成悬念。因为捉住泠苞的不是别人，正是刘备。刘备怎么可能杀他呢——泠苞死里逃生。

当然，败将泠苞要是总结他的人生经验的话，可能会有一个新发现：打败仗其实没什么，关键看败在什么人手下——一个人的命运有时跟胜败无关，跟能力无关，只跟遇到什么人有关。

只要这个人心太软。因为一个心太软的人是不可能狠下心来杀人的。这是他们的命门所在，不过对被俘获的猎物来讲，却是他们的生机。

魏延很不满刘备不分场合地充当老好人。他对刘备说："此人不可放回。若脱身一去，不复来矣。"刘备却自信满满，相信自己以仁义待人，"他人定不负我"。

魏延还想据理力争，痛陈利害。但很快他就明白，自己是徒劳的。

原因有两个。一、自己没什么分量，又刚刚死里逃生。不是影响力人物。这个世界说到底是为影响力人物而设置的，你如果没什么分量和影响，别人干嘛听你的？所以发出声音不重要，重要的是发出不一般的声音。二、刘备是个自信的人。自信之人最大的特点是不相信别人，只相信自己。在这个意义上说，他人发不发声并不重要，重要的是自己发声。自信的人只听自己的声音。

但其实，有一层内幕魏延也没有想到——刘备有所图。

不错，仁义是一方面，目的却是另一方面。刘备想要达成的实际效果是让泠苞回去招降刘瓒、张任二人来献雒城。这真是一个听上去很诱人的行动计划，不过也很不靠谱，因为不确定的因素太多：泠苞的口才或者说能力；刘瓒、张任二人的世界观和价值观；最重要的是泠苞的真实心思——他自己是不是真降刘备了？

这些都不得而知，充满变数。

刘备却一厢情愿地对这一切充满美好想象。他像诗人一样对这个世界充满期待。面朝大海春暖花开，希望八方来投，而自己则是那传说中的大海。

泠苞却不想面朝大海。准确地说他不认为刘备是大海。泠苞心中的大海还是他自己的主子刘璋。他愿意继续为其效力。

泠苞回到雒城后，向刘璝、张任献计说，咱这一带啊，正靠近涪江，江水很急，前面的山脚地形最低。呵呵，是个鬼门关呢。只要给我五千军挖开山脚洼地，就可决涪江之水淹死刘备之兵。

毫无疑问，这是个阴毒的计谋。所谓以怨报德，泠苞演绎得那叫一个心狠手辣。当然，战场上是没有道德的，泠苞以为，一切只能怪刘备心太软。

这是心太软的报应。

好在世上事并不是非此即彼的二选一。世事通常是混沌的、微妙的，充满变数。

就像刘备的命运。似乎水漫金山了，却又有惊无险。

因为出现了一个人。这个人注定要站出来挽救刘备。

他叫彭羕。身高超过一米八，个子很高，眼神却很冷，是个桀骜不驯的人物。在这个世界上，一个性格温顺的人命运也温顺，而桀骜不驯的人命运大多坎坷。彭羕就是如此。他为桀骜不驯付出的代价是成为一名罪犯。

刘璋的罪犯。

对刘璋来说，任何人都不可以对他桀骜不驯，哪怕是高个子。

刘璋的个子不高，所以对高个子的桀骜不驯者尤其苛刻——彭羕就这样成了罪犯，并且成为泠苞手下开挖山脚洼地的一个苦力。

所有这一切因素凑在一起，只能对刘备有利。

因为彭羕逃出来向他预警了。这是彭羕的人生新选择。对彭羕来说，他只是多跑了两步路，可对刘备和他的那些手下而言，却意味着今后可以有无数的人生旅途可以走。

所谓天无绝人之路，说的就是这个意思。

刘备得救了。

魏延也是新仇旧恨涌上心头，他活捉了正在挖陷阱的泠苞，并将他扔到了刘备面前。

刘备这次没有心太软，而是很伤心。

他这才知道，心软未必比心硬好。心软之人就像有漏洞的服务器，如果不打补丁，被攻击就是时间问题；而心硬之人则没有任何漏洞，因为无情，所以无敌。

死于猜忌

诸葛亮隐隐感觉有什么地方不对头。

后来他抬头看天，才知道是天上不对。因为天呈异象。

当然天上的学问是一门很复杂的学问，叫天象学。诸葛亮精通这门学问，明了天上星星排列组合后面的意义。但遗憾的是，这样的意义在世人眼里却是无意义。

比如说刘备。刘备就不明白诸葛亮到底在说什么——诸葛亮感觉天上有些地方不对头之后，在荆州派人给刘备送来一封他写的信。信是这样写的："亮夜算太乙数，今年岁次癸巳，罡星在西方；又观乾象，太白临于雒城之分：主将帅身上多凶少吉。切宜谨慎。"

这封信关于天上的部分刘备都看不懂。他能看懂的是这样四个字——多凶少吉。他决定，回荆州，跟诸葛亮切磋一下此事。

不过刘备的决定却让一个人心里感到不安。

庞统。

当然准确地说庞统不是对刘备不安，而是对诸葛亮不安。在庞统看来，诸葛亮的心眼有点小——不错，天象学是一门学问，可人心却是更大的学问。在诸葛亮字里行间的背后，庞统以为自己看出了其中隐藏着的两个字：嫉妒。庞统认为诸葛亮嫉妒他取了西川，抢了头功，所以才假借天上那些星星阻止他西征，继续建功立业。

庞统便告诉刘备，天上的事他也懂："统亦算太乙数，已知罡星在西，应主公合得西川，别不主凶事。统亦占天文，见太白临于雒城，先斩蜀将泠苞，已应凶兆矣。主公不可疑心，可急进兵。"

庞统的解释等于将诸葛亮信中的担忧给化解了。事实证明，这样的化解是卓有成效的，因为刘备同意继续进兵，将革命进行到底。

只是谁都想不到，厄运已如影随形。

这次的厄运不是针对别人，而是直扑庞统。这个对天象学也略知一二的人此时并不知道，那个人见人烦的太白星已经偷偷瞄准了他，准备给他一点颜色瞧瞧。

通往雒城的道路有两条：大路通向雒城东门；小路通向雒城西门。刘备跟庞统商量，让他走大路去取东门，自己带兵取西门。庞统却愿意走小路。

没有人知道他为什么要如此选择，连庞统自己都不知道。

由此，庞统走进了小路，走进了落凤坡。致命的落凤坡。在那里，他受到了埋伏其间的雒城张任军队的偷袭。一时间箭如雨下，其中的n支箭射进了庞统的身体。在那一瞬间，庞统突然明白了命运的玄机——他的道号叫凤雏，这个地方叫落凤坡，竟是他在劫难逃之地。

庞统死了，死于乱箭之下。时年仅三十六岁。这个江湖就此少了一个传奇，变得无趣许多。只是庞统至死都不明白，他其实不是死于乱箭之下，而是死在自己的猜忌里。

对诸葛亮的猜忌。

唉，在这个世界上，最致命的武器通常不是刀和箭，而是人心的黑暗——只是这样的一个人生哲理需要大谋士庞统付出生命的代价才能换得，不可谓不沉重。

别无选择

的确，庞统的死去让这个江湖无趣了许多。并且对刘备来说不仅无趣，而且危险——身边没有军师了。

他又“如之奈何”了。

刘备“如之奈何”的结果是派人回荆州，请诸葛亮出来商议收川之计。

诸葛亮痛苦之至。一方面是为庞统的死去，另一方面则为自己分身乏术而痛苦。

不错，被人需要的感觉很好。可这个世界如果谁都需要你，那就不美好了。一个摆在眼前的现实问题是：他如果走了，谁来守护荆州？

关羽在此时浮出水面。

事实上关羽不是守护荆州最好的人选，却是唯一的人选——和张飞比起来，他是唯一。

只是诸葛亮还担心一点：关羽的智谋。

关羽的武功那是盖世无双。可在这个世上混，光有武功是不行的，哪怕是盖世武功。

为了打消诸葛亮的疑虑，关羽说了这样一句话："大丈夫既领重任，除死方休。"

诸葛亮的眉头皱起来了。一个"死"字，仿佛让他看到了凶兆。

唉，人生在世死是容易的，活着却是艰难的。一个把死挂在嘴边的人，究竟能活多久呢？

诸葛亮问关羽，如果曹操引兵来攻，你怎么抵挡？

关羽豪迈地回答："以力拒之。"

诸葛亮笑了。苦笑。

的确，一个只知道"以力拒之"的人是不可能让他放心的。

诸葛亮又问关羽，如果曹操、孙权联合引兵来攻，你又怎么抵挡？

关羽依旧豪迈地回答："分兵拒之。"

诸葛亮长叹一口气——这还不如"以力拒之"呢，本来就没多少兵还"分兵拒之"，荆州不丢才怪。

但是，一个人的聪明程度不是一天工夫就可以提高的。起码和张飞比起来，关羽为人还算沉稳。所谓矮子里面挑长子，诸葛亮最后还是把荆州交给了关羽。

他同时交到关羽手里的还有八个字："北拒曹操，东和孙权。"

这是诸葛亮对关羽的智慧交代。可能不能落在实处，诸葛亮心里却没有一点底。因为这八个字是要因地制宜，灵活运用的。在原则性与灵活性的结合方面，关羽是不是上上之选，这是一个问题。

只是别无选择。

就像人生的常态就是别无选择一样，世上没有任何一件事情会有上佳选择等着人们去挑三拣四。一个人通常只能在有限的、差强人意的选择当中去选择一个看上去不那么令人失望的答案，然后等待上帝的红批。聪明如诸葛亮者，眼下也只能在关羽和张飞两人中二选一，然后静听命运的裁决。

不错，这就是世界和人生。

你我每天置身其间不得不为之忙碌奔波的世界和人生。

张飞的新旅程

诸葛亮带着张飞和赵云出发了。目标是雒城。

张飞走旱路，赵云走水路，就看谁先到雒城。

事实上这是诸葛亮主持的一场考试，看看这两个人，究竟谁比谁强多少。要说勇敢，他们不分上下，可要说计谋，张飞究竟如何呢？

没有人看好他，只有张飞自己。

毫无疑问，这是张飞的新旅程。张飞要证明自己，这一次注定与以往不同。

严颜是巴郡太守，头发都白了。作为蜀中名将，严颜以为，头发白了不要紧，重要的是一颗心没有灰白。

心若还是红的，就没有人可以夺走他的城池。

很多年来，这个信念支撑着严颜，让他始终和巴郡在一起。所以，当张飞所到之处，无不望风而降时，严颜却坚信，他和他们不一样。

张飞给他下降书，语气相当的雷人，说“老匹夫，早早来降，饶你满城百姓性命；若不归顺，即踏平城郭，老幼不留！”

张飞虽然文化程度不高，但意思还是表达清楚了，那就是叫严颜识时务者为俊杰。严颜当然不肯做这样的俊杰。他准备用拳头说话，当下就组织五六千人马迎敌，给张飞一点颜色瞧瞧。

只是最终，严颜的拳头没有打出去。因为他手下的谋士向他献计说，张飞是牛人啊，相当的牛。据说当年在当阳长坂，他吼了那么一嗓子，竟然喝退百万曹兵，连曹操都闻风而避，不可轻敌。咱们接下来不妨深沟高垒，坚守不出。张飞军中无粮，不过一个月，就会退兵。另外张飞是个暴力狂，喝了点酒就要鞭挞手下；我们如果耗着他，故意不与之战，酒鬼张飞必怒。他一怒就要鞭挞手下。如此军心必变，一旦到了那个地步，我们再乘势追击，张飞就可以拿下了。

严颜依计而行。他想考验一下张飞的忍耐力。

的确，对张飞来说，这是他的弱项。就像爆发力是他的强项一样，张飞最经不起考验的就是忍耐力了。

张飞看上去狗急跳墙了。他在军中挑了几百个特别能骂人，特别能打群架的泼皮，组成敢骂队，天天跑到巴郡城下去问候严颜的祖宗十八代。这些人什么话都敢骂出口，不怕骂不出，就怕想不出，只骂得巴郡城内的严颜心如刀绞，恨不得冲出去与张飞决一死战。

不过到最后，他还是忍住了。因为严颜明白，这既是考验张飞的忍耐力，也是考验自己的忍耐力。自己如果过不了这一关，又怎能赢得他人呢?!

所以，严颜每天痛并煎熬着，在屈辱中度过每一天，并且希望明天会更好。

直到这一天，他终于忍不住，率兵出城了。因为张飞不骂了。

在一连骂了十几天之后，张飞突然不骂了，巴郡城下静悄悄，这让严颜深感好奇。

他先是派出间谍去打探，得知张飞已探得一条小路，准备偷过巴郡，严颜立即率兵出城于半路伏击张飞，没想到却中了张飞之计——他和他的部队被张飞军队反包围，最后都成了俘虏。

成为俘虏的严颜这才知道好奇害死猫。一个人忍受屈辱容易，忍受好奇却难。毫无疑问对这个世界不好奇需要大修为，他显然不具备这一点。

成为俘虏的严颜还知道不能轻视任何一条人生哲理，比如“不能用老眼光看人”。这虽然是一条土得不能再土的人生哲理，但却非常实用或者说锋利。

因为他就栽在这上面了。

当然对张飞来说，他的新旅程收获累累。不仅拿下了巴郡，还让严颜心甘情愿投降于他，并且为他建功立业。因为严颜为张飞的智勇双全所折服，甘愿为其服务，一路招降那些被他所管辖的部将、城池，这其中有些不想投降的，严颜就现身说法，以自己为正面典型声泪俱下地说：“我尚且投降，何况汝乎?”

张飞由此顺利抵达雒城，比赵云和诸葛亮都快。毫无疑问，张飞这一次证明了自己与以往的不同。原因就是——

他超越了自己。

一切人事都可疑

雒城很快就被打下来了。刘璋不知道自己的明天在哪里。

的确，刘备的团队太精华了，关羽、张飞、赵云还有诸葛亮，那真叫一个华丽丽。刘璋感觉自己是鸡蛋，刘备则是石头，硬碰的话结果可想而知。

从事郑度向他献策说：“今刘备虽攻城夺地，然兵不甚多，士众未附，野谷是资，军无辎重。不如尽驱巴西梓潼民，过涪水以西。其仓廪野谷，尽皆烧除，深沟高垒，静以待之。彼至请战，勿许。久无所资，不过百日，彼兵自走。我乘虚击之，备可擒也。”

刘璋明确表示反对。因为他一听头就大了。什么“尽驱巴西梓潼民，过涪水以西”，他奶奶的这是什么馊主意啊，有这样背井离乡保家卫国的吗？他现在要的是一个“稳”字。稳定压倒一切。刘璋不喜欢在动荡中寻找稳定。

益州太守董和在此时则提出一个另类建议：去汉中借兵。

这的确是一个相当另类的建议。因为汉中的张鲁跟刘璋也是准备死嗑的，所谓有世仇，怎么肯出兵相救呢？

董和赌张鲁一定会出兵——董和的脑海里刷刷刷地冒出了四个字：唇亡齿寒。现在刘备已占领雒城，形势危急，不管张鲁还是刘璋都可能是下一个出局者，这样的时刻，他们必须团结起来，先互救然后才能自救。如果继续互相火拼，毫无疑问大家都死翘翘。

刘璋不得不对董和佩服之至。毕竟，这里面隐藏着辩证法。那就是敌人在某些时候会成为朋友，朋友某些时候会成为敌人。后面的这种情况就像他和刘备的关系，刘备刚来西川时，两人感情刚刚的好像朋友加亲人，现在则是磨刀霍霍要他人头落地了……

唉，世事如烟，一切人事都可疑。刘璋一边修书遣使前赴汉中向张鲁示好，一边向世事发出深刻的质疑——尽管这样的质疑毫无意义。就像乱世中的人儿，要想活得明白，活得有意义，其实门都没有。

马超依旧在折腾。

对马超来说，他在江湖上存在的标志就是不断地折腾。如果有一天他不折腾或者折腾不动了，那么他的名字就可以写进墓志铭了。

马超自兵败入羌两年多来，攻打陇西州郡那是硕果累累，所到之处，全都归降，只有冀城攻打不下。不过冀城刺史韦康事实上也撑不住了，他之所以一直不降其实在等一个人。

夏侯渊。

他希望夏侯渊出兵救他。这样的信念支持着他一直坚守。

一般来说，人是可以靠信念坚持着的，这是信念的强悍之处。可问题也出在这里——一旦信念破灭，那所谓的坚持也就土崩瓦解了。

韦康的悲剧正出于此。因为夏侯渊迟迟不来。

没有人知道他会不会来。也许明天，也许要一辈子。等一个人的到来如果没有特定期限的话，这样的等待毫无疑问没有任何意义。

韦康见救兵不来，便选择了投降马超。但参军杨阜却大声说“不”。结果他们两人的命运迥然不同。

韦康死了，死在马超刀下。马超给出的理由是“事急请降，非真心也”；杨阜却还活着。虽然有马超手下建议杀掉此人，马超却认为“此人守义，不可斩也。”呵呵，这又是与生死有关的辩证法。想到活的人经常会死去，想到死的人却常常活着。马超虽然鲁莽，对这样的辩证法却还是很尊重的。

只是他低估了一个人。

杨阜。

杨阜一直在战斗，不管马超对他如何。马超虽然复用其为参军，但杨阜还是设计跑了出来，到历城找抚彝将军姜叙试图复仇。他们两个是姑表兄弟。

紧接着统兵校尉尹奉、赵昂加入了这个复仇团队。当这四个人带着大部队出现在马超面前时，马超这才知道，有些人是不会改换门庭的，哪怕给他好处。

这些人活在这个世界上，不受潜规则的侵袭。他们只为自己的信念而战。可以说这些人只活在他们的信念里。

就像杨阜。

便开打。为了讨一个说法。但事实上这样的战争却是惨烈的，因为一些不该死去的人死去了。他们是——

马超妻杨氏，马超幼子三人，以及至亲十余口。姜叙老母。尹奉、赵昂全家老幼。杨阜宗弟七人。

他们都是说法的牺牲品。为了论证谁对谁错，双方展开了屠杀比赛，很多无辜的人就这样被卷了进来。

所以这样的战争是没有胜利者的。最后，由于夏侯渊率军赶来增援对手，马超只得落荒而逃，带着庞德、马岱等几个死党往汉中去投张鲁。

馅饼年年有，今年特别多

张鲁当然以为天上掉馅饼了。他觉得马超加盟自己之后，西可以吞益州，东可以拒曹操，好处大大地。张鲁为了让这个好处捏在手里一百年不动摇，甚至要把自己的女儿许配给马超。

只是这样的动议没有实施。因为大将杨柏反对了。

大将杨柏从历史的经验教训出发，告诉张鲁，做马超的妻子实在是一件风险很大的事情。马超的上一任妻子在战争中死于非命。这一次会不会重蹈覆辙呢?

张鲁当然不希望自己的女儿有这样一个悲剧性的结局。所以招婿之议未遂。但是对马超来说，毫无疑问，他又多了一个敌人。

杨柏。

自此，他有杀杨柏之心。

杨柏没想到自己刚刚将张鲁的女儿解套，自己一不留神却套牢了。只是他不怕——不仅他是一个将军，还因为他有一个哥哥杨松。杨松这人，脑袋瓜好使，不仅善于利用一切可以利用的东西，也善于利用一切不可以利用的东西。只要他是东西。

对杨松来说，世界上任何东西都是可以利用的，关键是要有会利用的眼光，以及心。

这不，有一件事马上就被他利用了——刘璋派遣黄权来说事。

说联合的事。也说天上掉馅饼的事。

黄权说，东西两川，唇亡齿寒。西川若破，东川也保不住啊。所以汉中若肯相救的话，我们主公说了，要以二十州相谢。

张鲁动心了。毫无疑问，在他看来，这又是天上掉馅饼的好事。馅饼年年有，今年特别多，但张鲁高兴的是，捡馅饼的那个人是他而不是别人。他决定，听从杨松的建议，出兵相救。

毕竟二十州不是小数目，他不可能背过脸去，假装看不见。

一个叫阎圃的官员却劝张鲁别救刘璋，因为不落好。虽然二十州不是小数目，谁都不可能背过脸去，假装看不见，但是看见不等于得到。在这个世界上，什么叫得到？放进自己腰包的东西叫得到。拿在手上的都还不算。

因为有可能掉在地上，化为乌有。

阎圃以为，刘璋和张鲁有世仇，现在大难临头了才想着临时抱佛脚，诈许割地求救于他张鲁，很显然，不是出自于真心。也就是说，二十州最终是到不了张鲁手里的，张鲁能做的只是替他人火中取栗罢了。

张鲁一听，又犹豫了。是啊，这二十州谁敢保证刘璋会痛痛快快地给自己。世上事没有谁可以保证谁，谁都不是他人的担保人。每个人能保证的只有自己。

甚至，在这样的乱世，很多人连自己都保证不了。乱世浮萍，漂到哪算哪，又有谁能主宰自己的命运呢？

马超却刚刚地站出来想要证明什么。

他向张鲁表示，愿意带部队去攻取葭萌关，生擒刘备，然后逼刘璋割二十州给主公。马超说这话时还配上肢体语言，给人豪情万丈的感觉。

在马超的豪情万丈面前，张鲁觉得自己有了一些信心。不错，一个可以生擒刘备的人，是有能力逼刘璋割出二十州的。所谓履行合同，有时候靠的不是道义或诚信，而是暴力。

很显然，若论暴力执行，马超是最佳人选。

马超出发了，带着两万人马，直扑葭萌关。他发誓要生擒刘备。

刘备当然不可能与马超直接交手，与之交手的是张飞。

张飞很兴奋。这是棋逢对手将遇良才式的兴奋。对张飞来说，活着的意义就是不断地寻找对手，然后与之决斗。

只是这样的对手太少，所以张飞活着的乐趣也就少得可怜。现在，传说中令曹操割须弃袍的人物出现在他面前并要与其单挑，这让张飞跃跃欲试。

在阵前，张飞挺枪出马，很大腕地问马超："认得燕人张翼德么！"

马超笑了。冷笑。

一阵冷笑过后，马超告诉张飞，说自己家世代公侯，不认识什么村野匹夫。的确，在马超眼里，所谓燕人张翼德也就是平民张翼德甚至是暴民张翼德的意思。在这个江湖，名声并不代表什么。要说名声，他马超的名声也是很响亮的，并不输于张飞。

便不再废话。交手。

交手的结果是没有结果。

两人打平了。一连三天都打平了。

毫无疑问，这是一场令人沮丧的决斗。对好斗者来说，最无趣的事不在于找不到对手，而在遇到对手之后，不能战胜他。

两个人都开始疲惫了。也开始失落了。因为他们都看不到一丝战胜对手的可能性。这是一种绝望，这种绝望令人气馁。

必须有一个人站出来打破这种僵持状态。于是诸葛亮站了出来。

诸葛亮以为，结束战争的手段必须在战争以外去寻找，而结束暴力最好的方式则是阴谋。当然"阴谋"这个词听着有些阴，如果用计谋来指代它，也许在心理感受上会好很多。

诸葛亮就准备施展一下计谋。

计谋的着力点在杨松身上。因为杨松这个人贪财。诸葛亮以为，每个人身上都有漏洞。一般而言，一个人最喜欢什么东西，那东西就成了他的漏洞。对杨松来说，用钱财可以打开他身上的缺口。

刘备听了却没什么感觉。他不明白打通杨松的意义在哪里。

诸葛亮告诉他，一个人的意义不在自己身上，而在与他有联系的人身上。杨松是与张鲁密切相关之人，可以进言，可以成事。我们要杨松成什么事呢，那就是要他传递一个信息，告诉张鲁咱与刘璋争西川，是为他报仇。他们之间不是有世仇吗？所以，要劝张鲁切不可听信离间之语。最后，我们还要给张鲁一个承诺：事定之后，保他为汉宁王。当然我们做这一切事的目的是令张鲁撤回马超。待马超回撤时，主公便可用计招降马超了……

我们真能保他为汉宁王？刘备开始怀疑自己。

诸葛亮笑了。笑刘备太天真：保得成保不成另说，重要的是做出姿态要保。主公不是皇叔、左将军吗？在皇上面前说得上话。要将这一层意思斩钉截铁地传给张鲁，令他深信不疑。

刘备不再怀疑自己了。他开始怀疑这个世界。什么时候开始，一向光明磊落的诸葛亮也变得这么信口开河了？这个世界怎么了？他有些想不通。

当然，刘备个人的想法并没有妨碍他做出如此这般的行动。不错，关于人生或者世界的哲学思考是可以冷不丁地来那么一下子的，但是，哲学的归哲学，现实的归现实。对于一个在困境中挣扎，几乎一无所有的人来说，得到比什么都重要。

刘备派出了孙乾，拿着金银珠宝从小路去汉中，秘密求见杨松。

这个世界还好吗？

第一次，杨松没有看上那些金银珠宝。

不是它分量不够，而是出现了更具分量的东西。

马超要杀他的弟弟杨柏，对他来说这是个必须去除的麻烦。

不错，马超必须死。不管是死在他手里，还是死在别人的计谋里，总之杨松乐见其死。现如今刘备动了这个心思，聪明如杨松者当然看出这里面隐藏着的重重杀机。

他要利用杀机来成事。

所以他顺水推舟地揽下说服张鲁教马超罢兵的活。虽然这活技术难度比较大，不是一般人可以完成的，但杨松以为，他不是一般人。所谓世事洞明人情练达，他的修为已臻化境。

张鲁当然是疑心重重。

因为他不相信刘备的能量。刘备只是个左将军，怎么可以保他为汉宁王呢？尽管杨松一再强调刘备是大汉皇叔，正好保奏，张鲁却还是“打死我也不信”的神情，不肯派人教马超罢兵。

杨松开始攻心了。攻张鲁的心。

杨松以为，人世间人人都有疑心，张鲁也不例外。张鲁的疑心就在于——马超可信吗？一个在江湖上打来打去反来反去最后穷途末路的人，为什么会突然效忠于他，这里面难道没有一点可疑之处？再者，马超新降，未经一丝考验就领重兵出击，要是突然阵前倒戈，那他张鲁怎么办？

杨松将这重重疑虑抽丝剥茧般地说出来，令张鲁一下子坐卧不宁。

他的疑心病终于犯了。

是啊，我不是马超亲爹，他凭什么效忠于我？当然世事都有例外，马超也可能没有反心——可他到底有没有反心，谁看得出来呢？

杨松要的就是张鲁如此这般的疑问。因为他要给他答案。

在这样的时刻，杨松愿做张鲁的领路人。杨松告诉张鲁，可以做一个试验，看看马超究竟安了一颗什么心。红的还是黑的，试验见分晓。

张鲁同意了。

这个被好奇心和疑心打败的男人很想看到一个答案。关于马超的答案，也是关于他自己的答案——这个世界还好吗？这个世界会不会有例外，会不会有一个人没有理由地效忠于另外一个人？

毫无疑问，答案是伤感的。

张鲁根据杨松的试验请求，命令马超退兵。张鲁当然不是真的要马超退兵，他只是想看一看，自己还能不能指挥得动这个人。马超给他回信说：革命尚未成功，不可退兵。张鲁再二再三地发出命令，答案却还是唯一。

张鲁明白了。世事无例外。

杨松则趁热打铁，在这节骨眼上做了两件事。一方面他对张鲁打小报告说马超不肯罢兵，其意必反。狼子野心昭然若揭；另一方面他暗中派人散布流言，称马超想夺西川，自为蜀主，为父报仇，所以不肯臣于汉中。这就在张鲁心理上进一步加重疑心，促使其对马超做出决绝的处理。

但是，张鲁却无法决绝处理。或者说这样的时刻，他不知道自己该如何处理。马超兵权在握，这事一旦处理不好，就会惹火烧身。张鲁将处理权交给杨松，看他如何出招。

杨松当然知道该如何出招了。前面一切的铺垫都是为了这个目的而来，现如今，该是收官的时刻了。

杨松对张鲁说，这样的时刻是软硬兼施的时刻。我们先派人去告知马超，给他一个月的时间做三件事。一要取西川，二要取刘璋首级，三要退荆州兵。三件事如完不成，拿人头说话。与此同时我们要重兵把守关隘，防止马超兵变。

张鲁同意了。的确，世上事不能太软，也不能太硬，软硬兼施最好。

但是意外却在此时发生。杨松没想到，在重重压力下，马超竟然同意退兵。

这真是骇人听闻的退兵。起码对杨松来说是这样。杨松感觉马超一旦回来，自己的脑袋铁定不保。所以不能让这小子回来，要确保他反叛形象的从一而终。杨松又暗中派人散布流言，称“马超回兵，必怀异心。”

最终，马超痛苦地发现，自己竟然回不去了。张鲁手下大将张卫分领七路军，坚守隘口，不放马超兵人。马超进退不得，无计可施，茫茫然不知所之。诸葛亮看到这一切，觉得世事那真叫一个全在彀中。现在马超就是彀中人。

彀中人马超最后选择了投降刘备。这样的结局让他感慨万千。因为马超自信不是水性杨花之人，可世事如棋，前进与后退往往不是棋子自己可以左右的，那个叫命运的东西才是真正的幕后推手。

马超现在就是被推着往前走了。

很多事不可以刨根问底

当然成为彀中人的不止马超一人，一夜之间刘璋发现自己竟然也是彀中人物。

因为马超兵临城下了。

马超作为刘备手下的急先锋，率兵来到益州城下，逼着刘璋做出非此即彼的选择：是负隅顽抗还是让出益州，做一个能够继续呼吸的人？

刘璋选择了后者。

这样的时刻，他到底还是想到了那句被无数人聊以自慰的成语——识时务者为俊杰。不错，是可以负隅顽抗，可结局只有一个。

死翘翘。

力量太不对等了。刘关张都来了，马超也来了。这些人是来讲道理的吗？呵呵，上帝都笑了。

刘璋只能投降。他亲自捧着印绶文籍，出城投降。刘备看上去则显得很不好意思，好像自己当了一回强盗似的，一边接过印绶文籍，一边握着刘璋的手泪流满面地说：“非吾不行仁义，奈势不得已也！”

那表情，相当的羞涩，像极了刘备一贯的仁义形象。

没有人知道刘备此时的心情，是百感交集还是轻松愉快？西川是到手了，可他一以贯之的仁义形象是不是受损了呢？刘备不知道，也不想知道。

这个江湖，很多事是不可以刨根问底的。主义是一回事，实实在在的江山是另一回事。当主义与江山发生冲突时，毫无疑问，要舍前者就后者。这就像手段和目的的关系一样。手段再光彩夺目，那也是烟花，绚烂过后，必须归于沉寂。

刘备开始一脸威仪地住进成都市政府办公室上班，做日理万机状。

也的确是日理万机，因为事情实在是太多了。头一件重要的事便是——刘璋同志怎么办？老同志在成都工作和生活了那么长时间，没有功劳也有苦劳，没有苦劳也有疲劳。最重要的是，他有人脉和群众基础。

这个最可怕。当前成都需要什么？安定团结，唯刘备马首是瞻。可现在，出来了两个马首，刘备后面，隐隐还有刘璋这个老马首在出没。刘备以为，必须要拿出办法来解决这个历史遗留问题。

诸葛亮出了个主意，建议刘备把刘璋送到荆州去，以此切断他在成都的人脉和群众基础。

刘备于心不忍，感觉自己要是这样做会不会太歹毒了一点。不错，现在的形势是鸠占鹊巢，可是不是可以做得温情脉脉一点呢？总还是要有点人情味的。刚占了人家的位置，就把他送到荆州去，一不留神客死他乡，这个，以后历史学家要是写他刘备，会不会将他跟曹操归于一类呢？

刘备首鼠两端，拿不定主意。诸葛亮却要他当机立断。他对刘备说，刘璋为什么会失基业？心太软，不能当机立断，不能有所作为。主公若以妇人之仁，临事不决，怕是此土难守，弄不好就是第二个刘璋啊……

诸葛亮的话说得有些刺耳，但刘备却从中听到了真诚和危机。

他的危机。

不错，世间事总是要当机立断的，没有一件事可以拖泥带水地完成。鸠占鹊巢，连人家的老巢都占了，还要这一层遮羞布干什么。刘备痛痛快快地扯下遮羞布，设一大宴，请刘璋吃了一顿饭，席间隆重授予他振威将军的印绶，然后就请他老人家领着妻子儿女，去南郡公安居住去了。

头等大事就此解决。

接下来，刘备自领益州牧，开始以执政党的身份统治成都。说实话，在此之前，刘备从来没有正儿八经地统治过像成都这样正儿八经的城市。以前虽然也短暂地接手过徐州等地，却总是忙于打仗，没有时间和精力进行管理。现如今，总算有一块踏踏实实可以传之于后世的根据地，刘备觉得，该把它经营好了，千万别像以前的那些地儿，说丢就丢了。

怎么统治便成为一个问题。

诸葛亮军师在此时发挥了重大作用——拟定治国条例。这也是全能型人才的特点。什么都会一点，从打天下到治天下，样样通。这样一来，刘备就省事多了。不错，他什么都不会，但只要会领导什么都会一点的人才，那他就是一个合格甚至卓越的领导人了。

法正却对诸葛亮拟定的治国条例颇有看法，认为刑法颇重。法正说，以前高祖约法三章，老百姓都心悦诚服。所以刑法这个东西在宽不在严。只要百姓们乐于遵守，那就足够了。

诸葛亮不以为然。

他当然知道宽刑省法比较讨巧，老百姓会感恩戴德，但那句话是怎么说的，一切从实际出发，不要从本本主义出发，也不要从历史的经验出发。高祖那是什么时候，是秦法暴虐、万民皆怨的当口，如果再严刑峻法，恐怕大汉江山也守不了这两三百年。现在西川的问题是什么，是“刘璋暗弱，德政不举，威刑不肃；君臣之道，已经沦于无道”。此时如果不严刑峻法的话，西川将还是一盘散沙，不能够长久统治的。

法正说不出话来。他突然间明白，统治学是远比军事学更为高深的学问。拿捏得是否得当，往往在方寸之间。就比如这“宽严”二字，一旦拿捏不好，江山能坐多久还真是一个问题呢。

就此，诸葛亮确立了他在执政期间的重要地位。刘备事事请教于他，很有家国系其一身的意思。诸葛亮则不卑不亢，开始其治蜀新实践。

第二章 人间从此无关羽

给不给，是个问题

但是战争并没有远去，天下依旧不太平。

人们心里的欲望还在龙腾虎跃。有些债要还，有些人要清算，一切的一切都难逃宿命。

这一回，孙权就认为刘备该还债了。刘备当初借荆州时，说取了西川，便还荆州。现如今已得巴蜀四十一州，奶奶的已是兵强马又壮。所以要回荆州，不仅是利益的考虑，也是出于军事安全的考虑。当今世界，平衡不能被打破。所谓军事安全，就是要维持这种平衡。

但是，刘备会还荆州吗？

没有人知道。就像这个世界上的很多承诺，说的时候热泪盈眶，言之凿凿，可真要履行承诺时，却没有几个人可以做到痛痛快快、心甘情愿。

张昭想到了一个法子。

曲径通幽。当通过正常途径不可能要到一样东西之时，张昭以为换一个角度和进入的路径也许可以要到。

不错，是诸葛瑾。诸葛瑾很老实，才华也不及他弟弟诸葛亮，但是这些都不重要，重要的是他和荆州有关联。

这样的逻辑关系听上去很无厘头，起码在孙权听来，那是一头雾水。要回荆州，跟这个一直很窝囊地待在东吴的诸葛瑾有什么关系呢？他想不通。

不过很快，他就想通了。张昭帮他想通的。

张昭说，刘备所倚仗的人是诸葛亮。换句话说诸葛亮的利益关切也就是刘备的利益关切。如果我们将诸葛瑾一家老小扣为人质，令诸葛亮痛不欲生，你说刘备会不会交出荆州？

张昭笑眯眯地说完了这话，孙权却一股冷气顿上心头——阴，实在是阴！这要多大的联想力才能达到这个结果啊……所谓由此及彼，有的时候就是从火星到水星，表面上看没有共同点，可要较真儿，他们不都是一颗星吗？

只是孙权还有些于心不忍——诸葛瑾老同志了，人也老实，窝囊是窝囊了一点，但是对东吴还是忠心耿耿的，现在说绑架就绑架了，是不是有些狠？

张昭没有回答孙权的这个问题，而是让他“我猜我猜我猜猜猜”：是诸葛瑾重要还是荆州重要？

孙权恍然大悟。

诸葛亮见微知著。

当他哥哥诸葛瑾千里迢迢来到西川站在他面前时，他就知道孙权要干什么了。

这从诸葛瑾的一脸愁容可以看出来。他的妻小已然成为了孙权的人质。

这个世界，任何荒诞的事情都可以发生。对于这一点，诸葛亮已深信不疑。他只是觉得，哥哥的妻小其实并不会出什么问题。孙权只是做出个姿态而已，目的不在人而在荆州。

荆州给不给，这是个问题。大问题。

也是个敏感的问题。诸葛亮已然不好回答了。因为已经牵涉到他的个人利益。现在能回答这个问题的人只有刘备。

他是第三者。虽然也是利益攸关方，但是只有刘备才可以做出决断——给？还是不给？

给不给其实很简单。那就是在刘备心里，是荆州重要还是诸葛亮重要。刘备很快做出了判断——地是死的，人是活的，诸葛亮很重要。

且不说治蜀诸葛亮不可或缺，单就未来攻城略地而言，又怎能离得开他呢？所以刘备想用荆州换诸葛亮对他的感情，换他对自己的耿耿忠心。

诸葛亮却拒绝了这笔交易。

不是不领情，是没必要。诸葛亮以为，世上任何东西都有定数。荆州最终属于谁，不是孙权说了算，也不是刘备说了算，而是老天爷说了算。

而他诸葛亮上知天文下知地理，自然知道天意的微妙所在。他建议刘备，只给一半荆州——将长沙、零陵、桂阳三郡还给孙权。诸葛亮并且信心满怀地相信，这还只是名义上的还，因为孙权最终将什么都得不到。

诸葛亮的自信满满毫无疑问打动了刘备。事实上他也别无选择，要么做一个天大的人情，舍弃荆州令诸葛亮终身感恩戴德，要么就让诸葛亮去玩，将荆州当作玩具与孙权过招。

反正天塌下来有诸葛亮顶着。刘备并不害怕。

历史的陷阱

诸葛瑾以为自己有所收获。

虽然在刘备这里他没有拿到整个荆州，却也拿到了一半。或者说一半荆州的合同。刘备给他写了个条，让他凭条子去关羽那里做个交割。

诸葛瑾没想到，自己接下来却遭遇了执行难——他到荆州找关羽，关羽却拒绝交割。给出的理由是“将在外，君命有所不受”。

诸葛瑾又回头找刘备。刘备按照诸葛亮的计谋跟诸葛瑾玩太极，打哈哈说等他取了东川、汉中诸郡后，再调关羽去守，到那时就可以向他交付荆州了。

诸葛瑾只得惆怅地回东吴交差，将一张白条子递给孙权，那表情，一脸的羞愧。

孙权当然是大怒了。前有鲁肃，现有诸葛瑾，苍天啊，东吴为什么盛产此类宝贝呢?

张昭告诉他，现在咱们是遇到执行难了，我看这样，不妨强制执行，派官员前去长沙、零陵、桂阳三郡赴任，造成既成事实，看刘备有什么话说。

刘备当然没什么话说。

有话要说的是关羽。

关羽不仅说了粗话，还动了粗，将东吴的赴任官员全都赶了回去——执行难转化成了老大难，令荆州归属问题进一步升级。

事情走到了这个地步，鲁肃不重新浮出水面是不行了。

孙权气急败坏地找到他，要他立刻想出解决问题的办法。祸是鲁肃惹的，孙权命他将借走的荆州要回来。

鲁肃一声叹息。

不错，在这个世界上，很多东西是不能借的。因为一旦借出，也就意味着不可能回来。但是鲁肃以为，执行难并非不能执行。现在全部问题的关键在关羽身上，如果解决了关羽，那一切也都解决了。

鲁肃向孙权建议，屯兵于陆口，派人请关羽赴宴。鸿门宴。如果关羽肯来，逼他交出荆州；如果不肯，那就埋下刀斧手杀了他；如关羽不肯来，我们就有借口随即进兵，强行夺取荆州。

孙权没有表态。谋士阚泽却马上泼冷水。

阚泽认为，对武者用武是最不智的，消灭武力最好的办法绝对不是武力，而是计谋。虽然鲁肃的建议里有计谋的成分，但毫无疑问，这样的计谋太小儿科了，完全拿关羽没办法。

孙权虚心请教：现如今，有什么计谋或者说办法可以拿下关羽？谋士阚泽张了张嘴巴，然后无奈地闭上了。

唉，不是每个谋士都能想出计谋来的，这个世界有很多谋士虽然顶着一个谋士的头衔在行走，但他们能做的只是行走而已，真正能够用计的不多。

于是鲁肃的建议被执行了。在陆口，一道历史的鸿门宴开始热气腾腾地摆上，只为了等候关羽的大驾光临。而一个成语也呼之欲出——单刀赴会。

不错，关羽要单刀赴会，要为中国的词库贡献一个新词。此时，吕蒙与甘宁各领一军伏于陆口寨外，单等放炮为号，准备厮杀；与此同时，临江亭上埋伏刀斧手五十人，准备在筵间趁机杀掉关羽。在历史的陷阱当中，关羽看上去危机重重，命悬一线，似乎已是无路可走。

杀　心

关羽其实根本就不想找退路。

因为这个世界的常识是这样的：一个人要想死，那就找退路；要想生，那就找死路，所谓置之死地而后生，这是生死的辩证法。

他单刀赴会了。

一人。一刀。一颗傲视一切的心。

临江亭上的鸿门宴坐了两个人。一个是关羽，另一个是忐忑不安的鲁肃。

他们俩喝着酒，闷酒。

好几次，鲁肃都想摔杯为号，却是未遂。因为他的手被关羽捏住了。

这是意味深长的拿捏，两个人都知道个中的含义，却是不说。

僵持。尴尬的僵持。

鲁肃需要判断是否鱼死网破，以及鱼死网破之后自己与江东的承受力。关羽却似乎什么都没想，右手提刀，左手捏住鲁肃手，像极了一尊雕塑。

吕蒙、甘宁冲了过来。

他们的后面是本部军马，以及五十名刀斧手。

只是他们无所作为。所谓投鼠忌器，已然成为关羽人质的鲁肃是他们绕不过去的障碍。

只得放手。

关羽也放手了。他挥一挥衣袖，与鲁肃潇洒作别。一叶扁舟说时迟那时快已乘风远去。鲁肃立于江边，看得如痴似呆，不知今夕何夕。

这是两个人的较量，也是这个时代的暗战。关羽胜了。

胜在他的气质上。

的确，在这个世界上，一个人的成败与身外之物无关，只与他的精神气质有关。鲁肃身后虽有雄兵，却还是少了一样东西。

杀心。

要鲁肃杀一个人，他需要瞻前顾后、患得患失。不像关羽手起刀落，温酒斩华雄，五关斩六将。

所以说到底，这是人与人的区别。

男人与男人的区别。

做男人，还是简单一点好，拖泥带水成不了事。

铤而走险是上上之选

曹操很生气。

因为荀攸不懂事。

中书令荀攸其实是很懂事的。作为这个世上一等一的谋士，荀攸对世事的洞察不可谓不深刻。

只是这一回，深刻害了他——荀攸反对曹操做“魏王”。

事实上曹操自己也没想过要做“魏王”。但是侍中王粲、杜袭、卫凯、和洽四人却觉得曹操不做“魏王”天理不容。他们联名上书，非要把曹操往“魏王”的宝座上推不可。

曹操怦然心动。虽然他此时官至魏公，荣加九锡，已是一人之下万人之上，但是魏公与魏王还是有区别的。本质的区别。

曹操想尝尝做王的滋味。荀攸却劝他别尝。

荀攸以为，世上人最大的问题是得陇望蜀。却不知陇和蜀并没有什么不同。别迷恋王位，王位只是个传说。你得到的是王位吗？错，你得到的只是寂寞。荀攸对曹操循循善诱。

但是很快，荀攸就知道自己错了。因为曹操对他说了这样一句话：“汝欲效荀彧耶！”意思是你要做不知趣的荀彧，自找死路吗？

荀攸这才知道曹操对王位的迷恋已到了不能自拔的地步。不错，曹操可能得到的不是王位，而是寂寞。但是寂寞不好吗？这是王者的寂寞。王者的寂寞是高贵的寂寞，也是有品质的寂寞。曹操现在需要的，可能就是那种感觉。

荀攸顿悟。

顿悟之后他便死了。这是忧愤之死，也是理想幻灭之死。对于荀攸来说，追随一个人就是追随理想。他当然希望自己追随的这个人是道德完人，不仅有坚强的意志，还要有高尚的情操，懂进退，知深浅……很遗憾，曹操没能做到这一切。

所以荀攸忧愤而死，死时年仅五十八岁。荀攸的离开就像荀彧的离开一样，带着决绝、非暴力不合作的意思，这让曹操也顿生伤感——荀攸和荀彧是什么人，是这个时代数一数二的大谋士啊。现在他们纷纷离开了自己，让他的事业顿生危机，无论如何，这都是一件得不偿失的事情。

曹操终于做出了两个决定：一、厚葬荀攸；二、罢“魏王”事。一时间很有风物长宜放眼量的意思。

但是汉献帝心慌慌了。因为他不相信，世上有不吃腥的猫。特别是在毫无危险、水到渠成的情况下。他想不明白曹操为什么会无缘无故罢“魏王”事。一个人的去世真的有那么大的力量可以改变曹操的人生观价值观吗？献帝死都不信。

他只相信，这个男人在等待。等待一个合适的时机，然后出手。

献帝不知道这样的时机什么时候会到来，就像每一个人人生的起承转合，如果没有确定时刻表的话，毫无疑问那是一种折磨。

折磨是人世间的必修课。献帝的悲凉则在于，他的折磨不知何时可以结束。这是他人生的特殊苦难。献帝贵为天子，也只能无可奈何地承受。那个曹操每天都带剑入宫，脚步刚刚的，震得皇宫战栗不已。献帝见曹操，也是战栗不已。

这一天，曹操又带剑入宫了，表情特别严峻。献帝的眼睛闭上了，他希望折磨在这一天结束。

但是，没有。

曹操没有杀他，而是向他请示一个问题："孙权、刘备各霸一方，不尊朝廷，当如之何？"

这是一个政治问题，但在献帝听来，却是权力问题——这个国家，谁说了算？孙权、刘备各霸一方，他能拿他们怎么样？兵权尽在曹操手中，当然是曹操说了算了。所以献帝如此回答："尽在魏公裁处。"

曹操伤感了。也寂寞了。

这是伤感的寂寞，也是寂寞的伤感。因为他已经明确表示不做魏王了，献帝却仍以为他有狼子野心，这是曹操不能接受的。

曹操想不通，为什么这世上人人心怀叵测，人人以为他人是地狱，而自己是受难者呢？为什么就不能让世界充满爱？曹操一时间充满了悲天悯人的情怀。

献帝没有悲天悯人，而是继续战战兢兢。他甚至说出了这样一番话："君若肯相辅则幸甚；不尔，愿垂恩相舍。"意思是曹哥，你要是肯辅佐我那我真是幸福死了，要是不愿意的话也没关系，我的位置你来坐好了。

曹操绝望了。他这才知道人世间最大的苦难不是冲突，而是误解；人与人之间最远的距离不是天涯，而是仇恨。献帝不恨他吗？当然恨。只是这仇恨是弱者的仇恨，虽然以一种谦卑的方式表达出来，却同样尖锐、决绝，充满了你死我活的战斗精神。

曹操走了。带着仇恨离开了皇宫。

他和献帝的谈话以心怀叵测开始，又以两相猜忌结束——沟通失败了，剩下的只是仇恨。互相仇恨。

这个世界似乎是仇恨传递仇恨的世界。曹操"怒目视帝，恨恨而出"之后，献帝和伏后号啕大哭，为他们不可知的未来。

伏后便想到了一个人。

她爹。伏完。

伏完常有杀操之心，伏后以为，可堪利用。

献帝却首鼠两端。因为他也想到了一个人。

董承。

董承当年也想诛杀曹操的，可是事机不密，结果把自己玩进去了。献帝担心这一回要是再事机不密的话，没准把他和伏后都玩进去。

他冒不起这个险。

伏后便看他。悲凉地看他，看得他毛骨悚然，也看得他恍然大悟——人为刀俎我为鱼肉。曹操的杀心一上来，自己玩不玩都要死翘翘的。所以，在必死无疑的情况下，铤而走险其实是上上之选。

便铤而走险。

宦官穆顺便站在伏完面前。他带来了伏后的亲笔信，信中表达了杀曹之意。

伏完看了，却不说一句话。因为有一层道理他还不明白：为什么天子没有下密旨，而让皇后代笔？

这是大可玩味之处。

只是很快，伏完就明白了。他明白的标志是后背出了一层冷汗：天子聪明啊，天子胆小啊，天子阴狠啊。皇后代笔，万一信落在曹操手里，天子可以保全，但伏后不能全身而退了。

她的命运只有一个——身首异处。

这是把他女儿推到火坑里啊，也是逼他出绝招、出狠招诛杀曹操。

不过伏完决定出手。

为女儿出手，也为自己出手。当他接触到这封信的时候，他的命运就和女儿的命运紧紧联系在一起了。

伏完便写回信，让穆顺带回宫中。这是性命攸关的回信，伏完只希望，路上不要出意外。因为人世间有些事可以出意外，有些事绝对不可以出意外——一出即死，一出即万劫不复，再回头已是百年身。

但是，人生就是意外。人生的有趣就在于意外重重。它们构成了这个世界的悬念与杀机。

曹操挡住了穆顺的去路。

当然，曹操不会无缘无故挡住穆顺的去路。他是为那封信而来。

曹操的情报系统不仅让他知道这封信的存在，还让他知道这封信在谁身上。所以，他宿命般地出现在穆顺面前。

穆顺身上的信很快就被搜出来了。上面是这样写的：“操贼心腹甚众，不可遽图。除非江东孙权、西川刘备，二处起兵于外，操必自往。此时却求在朝忠义之臣，一同谋之。内外夹攻，庶可有济。”

曹操觉得，人世间的某些东西需要做一个了断了。不错，他是想韬光养晦，但是对手蠢蠢欲动，他也只能见招拆招了。

天子岳父

皇宫。

金碧辉煌的皇宫。

男人。

心事重重的男人。

是献帝。和曹操。

曹操：据说，人只有两个选择，忙着死或是忙着活，但我现在有了第三种选择：忙着等死。

献帝：魏公幽默。

曹操：铁杵能磨成针，但木杵只能磨成牙签，材料不对，再努力也没用。

献帝：魏公深奥。

曹操：深奥个屁。

献帝：魏公还是深奥。

曹操：想知道穆顺去哪里了吗？

献帝：……

曹操：他妈妈喊他回家吃饭了。

献帝：魏公真的幽默。

曹操：时间太瘦，指缝太宽。唉，这个世界什么事都发生了，只是我不知道。

献帝：也许，什么事都没发生？

曹操：错。想知道我为什么找你吗？

献帝：想。

曹操：不告诉你。

献帝：……

曹操：算了，还是告诉你吧。你一定好奇。这是什么？

献帝：信。

曹操：谁的信？

献帝：……

曹操：伏完的，还有伏后的。

献帝：饶他们一命吧，算我求你。

曹操：不可以。

献帝：这个国家你说了算还是我说了算?!

曹操：你说呢？

献帝：我明白了。

曹操：错。你永远不会明白的。我是为这个国家好，你却想杀了我?!

献帝：不是我，是他们。

曹操：他们就是你，你就是他们。

献帝：随你怎么说。

曹操：信不信我可以杀了你？

献帝：我这样一个人，死了和活着也没什么区别。

曹操：鸵鸟的幸福，只是一堆沙子。

献帝：你说什么？

曹操：我说你可以长命百岁，不，万岁！

伏后死了。

被曹操下令用乱棒打死的。和她一起死去的还有她的两个儿子。

伏完、穆顺也死了。和他们一起死去的还有二百余口宗族人氏，这是建安十九年的冬天。这个冬天特别冷，冷在献帝的心里。

他知道曹操是杀鸡给猴看，而他就是那只劫后余生的猴。

更加悲凉的事情随后发生。曹操竟然安排了自己的女儿和他成亲，并称赞其女儿“大贤大孝”，指示“宜居正宫。”

献帝全盘接受，并在建安二十年的正月十五落实到位，册立曹操女儿曹贵人为正宫皇后。曹操一下子变成天子的岳父，威势一时无两。

计谋跟道德无关

曹操雄心万丈。曹操自我感觉良好。

他便想有所作为。收吴灭蜀，统一天下。

这本应是天子的作为，但曹操现在身为天子岳父，便想替天子有所作为。

夏侯惇的眉头皱了起来。

不错，收吴灭蜀，统一天下，气势是很庞大。但人世间气势庞大的事情都是从细微处入手。所谓千里之堤溃于蚁穴，现在最重要的是要找到蚁穴。

蚁穴很快就被他找到了。

汉中。张鲁。

只要拿下此人此地，然后以得胜之兵取蜀，收吴灭蜀也就水到渠成。

曹操很欣赏夏侯惇的思路。在他看来，这叫细节决定成败，也叫从小处入手，然后提纲挈领，统领全局。

大部队便开了过去。在汉中最险地阳平关，两军打了一场遭遇战。准确地说是夏侯渊、张郃所部被杨昂、杨任所部劫了寨。

当然这样的劫寨伤不了曹军的元气，可曹操依然很生气。他亲自披挂上阵，要和张鲁决一雌雄。

张鲁马上怕怕了。不错，硬打是可以再打一两个小胜仗，但那又有什么意义呢？张鲁这才知道，原来战争学就是关系学——刘备为什么这么多年没被曹操打倒，就是因为他拉上了关系，和孙权结成了战略联盟。曹操打其中的任何一个，就会受到另一个的骚扰。

可他张鲁有什么呢？

只有汉中。孤零零的汉中。

他和曹操只有力的较量，没有智的角逐。

张鲁最后选择了投降，并被曹操封为镇南将军。他失去了土地，却得到了性命，这是乱世的交易学。对张鲁来说，他的江湖结束了。汉中现在已是曹操的汉中，是他和刘备再次 PK 的跳板或者说平台。

但是几乎没有人知道，曹操竟然心如止水。

主簿司马懿便对曹操进言说刘备这个鸟人靠欺骗手段取代刘璋，但蜀人对他并没有臣服。现在主公已夺得汉中，正是进兵的好时候。所谓智者贵于乘时，时不可失啊……

曹操却不想 PK。

他心如止水地说出了一句名言：人苦不知足，既得陇，复望蜀耶？

“得陇望蜀”这个成语自此传遍天下。

但历史的诡异也在这里头——曹操真的心如止水吗？如果说他大举西征的目的只是为了拿下汉中，呵呵，汉献帝都笑了。

起码，诸葛亮是不相信的。

当曹操在汉中按兵不动时，诸葛亮以为，不是曹操不想吃人，而是他心存顾忌。一是兵士远道而来，刚刚拿下汉中，需要修整一下。二是江东孙权的牵制。打张鲁，曹操没有后顾之忧；打刘备，历史的经验告诉他，还有一双贼亮贼亮的眼睛盯着他的屁股，随时有扑上来撕咬的可能。所以，曹操不得不分兵合淝，以防孙权的突然袭击。

这是曹操的隐忧，也是他的漏洞。

但在诸葛亮看来，却是一个机会。世事的辩证法其实就在这里，对手的漏洞就是自己的机会。只要能够抓住。

诸葛亮抓住了。

他建议刘备，把江夏、长沙、桂阳三郡还给东吴，然后派一口若悬河的辩士，前去东吴陈说利害，目的是劝孙权起兵袭击合淝，以牵动曹操之势，如此，曹操必定勒兵向南，益州之危也就迎刃而解了。

刘备击节赞叹——什么叫辩证唯物主义，这就叫辩证唯物主义啊！跳出问题看问题，跳出益州救益州。诸葛亮的思维可谓发散性思维，刘备相信，孙权一定会乖乖就范的。

孙权没有乖乖就范，而是心里直犯恶心。

上次刘备说好让诸葛瑾取长沙等三郡的，结果在关羽那里被忽悠了一把。关羽不仅忽悠诸葛瑾，还吓鲁肃，拎着把刀来去自如，真是不把东吴放在眼里。现如今大难临头了，才临时抱佛脚，派人上香进贡。这个，做人不可以这样恶心的！

孙权准备拒绝刘备的交易。

事实上他的拒绝不仅仅是感情用事，还有乐见其死的意思。孙权以为，一个出尔反尔的人不配在这个世上生存，他愿意借曹操之手除掉刘备。

张昭却连声叹息，叹孙权不懂辩证唯物主义。不错，乐见刘备之死是很爽，但刘备死了之后呢？世上只有曹操和孙权两家，曹操拥有北方和益州，那是大半个中国啊，到时打东吴还不是手到擒来?!

所以，刘备是非救不可的。不给钱也救，不给地也救。他和孙权是冤家，也是亲家，是相望于江湖的怨偶。是对手，也是助手。什么叫不离不弃，他奶奶的这就叫不离不弃啊……

张昭进一步分析说，刘备因为怕曹操取西川，所以才有如此投机之举。他想利用我们，我们也可以利用他啊。他在益州牵制曹操，我们则乘势取合淝，又可得长沙、江夏、桂阳三郡，何乐而不为？

孙权便为了。

强忍着恶心为了一把。唉，在江湖上行走，有时利用别人，有时被别人利用，有洁癖的人当然无法忍受，但说实在的，计谋跟道德无关，手段跟目的两说，何况孙权也不是秋毫无犯之人。革命的事业多多益善，他决定放开胃口，开吃。

刘备这次没有爽约，长沙、江夏、桂阳三郡痛痛快快地让鲁肃收走了。的确，救命要紧，耍花招的不要。孙权实惠入手，也正儿八经地派了吕蒙、甘宁等屯兵陆口，先拿下皖城，然后又在濡须集结重兵准备进攻合淝。

合淝虽有张辽看守，但孙权要是水陆并进的话，他也支撑不住的。就是在这样的危急情况下，曹操结束了他的两难选择，放弃攻打益州的想法，撤离汉中，领兵四十万前去救合淝。

的确，人生的很多事，首尾不能兼顾，义利不能两全。计划没有变化快，所谓功成名就，无非随波逐流。在随波逐流中胜出。

较量又开始了。

这是一场真正的大较量。

首先，孙权被张辽、徐晃两支军困在垓心打得不能脱身，周泰冲进去抢人，身中数枪，箭透重铠，才救得孙权出来。但是即便如此孙权方面还是损失惨重——陈武被打死了，董袭又沉江而死，如果没有陆逊引十万兵增援，孙权恐怕要全军覆没，自己也将身首异处。

不过曹操也不能继续有所作为了。

因为陆逊的十万兵将战争拖入了僵持状态。同时曹军方面也有重大损失——数千匹战马被夺，曹兵伤者不计其数。总之，这是一场两败俱伤的战争。也是一场观赏性不佳的战争。它不像赤壁之战那样计谋迭出，弱胜强败，拥有众多的悬念和情感。这场战争打到最后，变得索然无味，甚至令人昏昏欲睡。

便罢手。

双方罢手。

让世界短暂安宁了一下。

孙权回秣陵，曹操班师回许昌。这时的曹操不再韬光养晦，而是顺"民心"做了魏王。出入用天子车服，很有人生至此，夫复何求的意思。

狰狞嘴脸

天下事静极思动，动极思静。短暂的安宁就是为了下一次的骚动。曹操做了魏王，还没有威风多久，汉中就出事了。

又打起来了。

这一回是黄忠、严颜打张郃、夏侯尚，打得他们弃守天荡山，直望定军山投奔夏侯渊而去。法正便建议刘备，宜将胜勇追穷寇，举大兵亲征汉中。

这是建安二十三年秋七月的某个黄道吉日。刘备亲领十万大军，出葭萌关下营，直扑汉中。汉中虽有夏侯渊屯守，但是张郃新败，天荡失守，军心一片低迷。汉中能不能守住，确实是大问题。

曹操又披挂上阵了，起兵四十万亲征。

这一路，曹操走得有些疲惫。他似乎得了战争疲劳症。人生是什么，人生就是从一场战争到下一场战争。赢了一场未必能赢下一场。何况不是每次都能赢。更多的战争是很无趣的僵持战。可打可不打。打了半天，没有什么战果可言，纯粹是消磨时间。可要是不打，人生更加无趣。曹操简直难以想象失去了战争，他还能干什么。

他只能一路行走，一路打或被人打。这是他的宿命。

不过曹操的疲惫并没有影响一个人的激情。

夏侯渊。

夏侯渊决定主动出击，给黄忠与法正一点颜色看看。

对于夏侯渊的蠢蠢欲动，张郃却持悲观态度。自从他被黄忠打得落花流水之后，对世事就悲观了不少。

第一次，张郃知道进攻不是最好的防守，而防守也不是懦弱的代名词。他告诉夏侯渊说黄忠这个人谋勇兼备，何况还有法正相助，不可轻敌的。另外定军山山路险峻，只可坚守，不可出击。

但是，夏侯渊对这番话不以为然。他甚至认为张郃得了失败恐惧症。夏侯渊以为，一个人打一次败仗没什么，一个人从此不敢打仗那就全完了。

夏侯渊不愿做懦夫。他最终还是选择了出击。

出击带来了成果。陈式被抓了。

陈式是黄忠的牙将。他在与夏侯渊的正面交锋中被生擒回寨，手下多降。初战告捷让夏侯渊变得更加自信，却让曹操颇为担心。曹操立马给他写信："凡为将者，当以刚柔相济，不可徒恃其勇。若但任勇，则是一夫之敌耳。吾今屯大军于南郑，欲观卿之妙才，勿辱二字可也。"

毫无疑问，曹操是有隐忧的。

只是这样的隐忧缺乏一个事实来印证，他只能以写信提醒的方式要夏侯渊注意命运可能露出的狰狞嘴脸。

命运的确露出了狰狞的嘴脸。在夏侯渊最志满意得的时候。

黄忠用法正之谋拔寨前进，步步为营，目的只为引诱夏侯渊来战，乘机擒拿。这个在军事学上有一个术语叫"反客为主"。

夏侯渊没有看出对手在反客为主，但张郃看出来了。张郃提醒夏侯渊说："此乃反客为主之计，不可出战，战则有失。"

这是最后的提醒。是一个人对另一个人生命安全的关怀。对夏侯渊来说，此时如果能听进去的话，他可以不用看命运狰狞的嘴脸。

但是很遗憾。他还是看到了。

因为这样的时刻，他对一切充耳不闻，只听取自己内心的召唤。

夏侯渊冲锋了，随后他就被一刀两断了。

黄忠大刀落下，连头带肩砍翻夏侯渊，并让他停止了呼吸。

一个斗士就此谢幕。在这乱世，每一个人都有自己的宿命，斗士的宿命往往比较悲惨。他们以为，可以力拔山兮气盖世，但最终发现，这实在是天大的谎言。山还是那些山，世界还是那个世界，只是斗士们不在了。他们一代又一代长眠在山脚，长眠在这个世界的怀里，不再有任何声息。

致命的鸡肋

曹操只得亲自出马了，跟刘备大战于斜谷界口。

一切为了汉中而战，一切却不仅仅为了汉中而战。因为曹操又一次发现，自己身陷战争泥潭不能自拔。想要进兵，前方被马超所部拒守；如果收兵回去，又被刘备耻笑，正所谓进退两难。

曹操到这时才发觉，人世间有很多包袱都是自己背上的。就像这汉中，得到时以为是蛋糕，想要放弃时却发现是沉重的包袱。

或者说是鸡肋。

事实上关于鸡肋的比喻曹操以为最形象。有一点肉，却不多。吃又不爽，扔又不舍，直教人首鼠两端，爱恨不能。

曹操的主簿杨修是一个聪明人。

聪明人的优点是聪明，缺点也是聪明。或者说自作聪明。

杨修其实不明白——人世间的很多事，糊涂比聪明好。有难得糊涂，却没有难得聪明。

说到底杨修的聪明还是小聪明，不是大智慧。但是，杨修自得于自己的聪明。因为他惊喜地发现，自己竟然能够洞悉曹操的心理。他的智商可以和曹操共舞。

曹操造了一所花园。

很大。很壮观。很多人叹为观止。

曹操去视察了，却没有发出惊叹声，而是写了一个字。

活。

这是意义模糊的一个字。没有人明白其中的意义。

除了杨修。

杨修的聪明在这里有了一个体现。他看到的不仅是个活字。

他还看到了活字写在什么地方。

门上。准确地说是园门上。

杨修告诉众人："门内添活字，乃阔字也。丞相嫌园门阔耳。"

众人恍然大悟，觉得聪明人和聪明人之间是可以心心相印的。就像杨修和曹操。便改造花园，令其小巧玲珑。

曹操重新视察，看到的不是花园，而是一个人。

杨修。

他开始注意上这个人。

很快，杨修又被注意了一把。

塞北派人送了一盒酥给曹操。曹操在上面写了三个字。

"一合酥"。

杨修见了，竟与众人一一分食。

曹操震惊，杨修辩解说："盒上明书一人一口酥，岂敢违丞相之命乎？"

杨修在这里玩了拆字游戏。

他以为猜中了曹操的心理，却不知在曹操心里，他只是个轻浮与自作聪明的人儿。曹操开始讨厌这个人了。讨厌之后是厌恶。

曹操梦中杀人事件之后，他对杨修不仅讨厌而且厌恶了。

曹操一生猜疑。不相信任何人。

所以他害怕。害怕有人趁他睡熟时下手。

便立了这样一条规矩，说他梦中好杀人。他睡着时，任何人不得靠前，免得有生命之虞。

有一个人还是靠前了。他的近侍。

这个可怜的近侍在曹操睡着时凑上前去只为了给曹操盖好被子，因为曹操睡梦中将盖在身上的被子滑落在地。但是他没想到，自己为此付出的竟是生命的代价。

他死了。

死于曹操剑下。曹操以迅雷不及掩耳盗铃之势突然从床上跃起，以一个极其优美的剑姿将这个恪尽职守的近侍一分为二。

几天之后，因公殉职的近侍被曹操厚葬了。曹操哭得眼泪一把鼻涕一把，很有误杀好人的自责。但是梦中杀人的传言落实，对曹操来说比什么都重要。因为很多人相信曹操果然会梦中杀人。这样一来曹操的生命安全问题就有所保障了。

不过杨修却对曹操的所作所为嗤之以鼻。在近侍临葬时，他感慨万千地对众人说："丞相非在梦中，君乃在梦中耳！"

一语惊醒梦中人。

也让曹操惊怒了——这个杨修，不要小聪明会死啊！非要揭穿我的良苦用心。

当然，曹操真正有杀杨修之心，还因为后者与曹植走得太近。

曹操的儿子曹丕、曹植各有才干。

但是，曹操不知道他们俩的才干谁多一点。便出题测试，令二人各出邺城门，能出者为胜。

曹丕没能走出去。原因是门吏将他拦住了，曹丕不得已，只得退回。

曹植走出去了。因为他把阻拦的门吏杀了。所谓有王命在身，谁挡杀谁。

曹植的才干或者说气概很快就出来了。只是他的背后，还站着一个人。

杨修。

杨修让曹植这么做的。杨修不仅让曹植这么做，还为他备下很多标准答案——回答曹操询问军国之事时用的标准答案。

这样的机心与设局让曹操勃然大怒。他怒气冲冲地说了这样一句话："匹夫安敢欺我耶!"

这句话当然是针对杨修说的。事实上杨修的生命在此时进入了倒计时。因为曹操在等待一个机会。让杨修死得心服口服的机会。

机会很快就来了。

不错，鸡肋。

致命的鸡肋。

当曹操在斜谷界口骑马难下之际，夏侯惇入帐向他请示夜间口号。曹操随口说出"鸡肋"二字。

这是个非常奇特的行军暗号，几乎没人能懂。但是行军主簿杨修却明白了"鸡肋"二字的个中真义。事实上即便到了这时，杨修还是有退路好走的。

只要他不有所作为。

要命的是杨修有所作为了。他竟然叫随行军士收拾行装，准备归程。同时杨修告诉夏侯惇说："以今夜号令，便知魏王不日将退兵归也：鸡肋者，食之无肉，弃之有味。今进不能胜，退恐人笑，在此无益，不如早归：来日魏王必班师矣。故先收拾行装，免得临行慌乱。"

正是这一番话，让曹操找到了杀死杨修的绝佳理由。

扰乱军心。

不错，曹操心里可能是有归意。但这样的归意是他人能够随便揣度的吗？特别是这个杨修，恃才放旷，数次犯了曹操之忌，至此当然新账老账一起算。

所以——他一命呜呼了。

曹操将这个自作聪明的人儿送上了西天，三国时期的一段小插曲至此画上句号。当然对曹操来说，重要的不是杨修，而是时局。

鸡肋般的时局。

曹操原本想撤的，可杨修在中间这么一搅和，曹操便硬着头皮再战，以示绝不跟着杨修的预言走。

只是很遗憾，曹操硬挺着上阵，却出师不利，被魏延射中了人中穴，还打落了门牙两个。被毁容的曹操这时才明白，人世间最愚蠢的事情就是和自己置气。以为万丈雄心可以改变时局，以为意气用事可以力挽狂澜，可到头来一切都敌不过天意。

只得班师回京。

在马超伏兵的追赶之下，曹操再也顾不得任何颜面，急慌慌地逃回许都——一场难与人言的战争就这么不尴不尬地结束了。和上次的合淝之战一样，曹操的征西之战也是味如嚼蜡，甚至损失惨重。

因为汉中丢了。刘备一下子拥有两川，很有出人头地的气势和实力。

刘备，你妈妈叫你回家吃饭

至此，一个问题开始摆在刘备面前——要不要称王。

甚至称帝。

没有人知道刘备心里的真实想法。他看上去还是八风不动，以天下为己任。

诸葛亮却劝他称帝。

不错，天下江山是要取的，但两川的江山也是江山啊，需要有一个名正言顺的名分来守护。都说出名要趁早，诸葛亮以为，当皇帝也要趁早。

刘备却扭扭捏捏。

因为他的脑海里“噌噌噌”冒出君臣父子、大汉江山等字眼。他可是皇叔啊，这眼睛一闭，老母鸡变鸭，皇叔变皇帝的事他可干不出来。

诸葛亮却在心里冷笑，觉得刘备到底还是迂腐了些——人世间的事，怎么可能黑白分明、忠奸两判呢？不错，你刘备可以很清高地恪守为臣之道，可你想过跟着你的那些同志们没有？他们是愿意跟一个臣子混还是跟一个皇帝混?!

刘备恍然大悟。

恍然大悟后却是痛苦不堪。

为了同志们的利益考虑，他势必要自污清名；可为了保住自己的名声，又让同志们的利益受损，这是刘备不忍去做的。

便两难。便徘徊。便觉得人生至此，黑白分明可遇不可求。

最后选择的结果是做汉中王。

这是刘备和诸葛亮达成妥协的结果。

虽然张飞大叫这个世上异姓之人都想称帝何况他刘皇叔，但很显然，刘备的心理承受能力有限，他不可能再为任何人改变一点点了。同时刘备还有一个附加条件：需要天子明诏许可，否则他就是僭越。

天子汉献帝没有给明诏。因为他不敢。

原因是曹操生气了。

曹操听说刘备要自立汉中王，生气地说了这样一句话：“织席小儿，安敢如此！吾誓灭之！”他立刻传令，要起全国之兵，再赴两川与刘备决一雌雄。

曹操的举动很能体现他的性格：易怒，敏感，以及自信。

曹操自信这一回出兵会马到成功。

但是司马懿不这么看。

司马懿以为，对待失败最好的方法是另辟蹊径，而不是重复尝试。

现在曹操又要搞一对一硬碰的游戏，毫无疑问胜算不大。司马懿建议，还是着眼于江东孙权，以二合一的方式进攻刘备，一方面没有后顾之忧，另一方面也加大了胜算，何乐不为？

曹操便想为一为。

他派了满宠为特使，星夜兼程投江东去见孙权。目的是说服孙权出兵取荆州，同时他出兵去取汉川，令刘备首尾不能相救。这叫什么？这叫“刘备，你妈妈叫你回家吃饭”。

孙权再一次感受到了被重视的滋味。

其实，在这个世界上，被什么什么未必是好事。被自杀、被就业、被跨省追捕都不是好事。但是被重视是好事还是坏事需要具体情况具体分析。

只是孙权分析不出来。

上一回，是刘备需要他，联合抗曹；这一回，是曹操需要他，联合抗刘。孙权突然找不到自己的定位了。

这是一种空虚。无根的空虚。

在这乱世的江湖，孙权不知道自己的未来在哪里。确实，被人重视很爽，但一个被人重视的人也许永远做不了老大。

因为他被动。不会主动出击。只是被人需要，而不受人尊敬。

但事已至此，尊敬不尊敬不重要了，重要的是利益。自己是不是有利可图。

张昭和顾雍都觉得这是一个机会，不可轻易放过。不错，以前是和刘备断断续续合作了好多年，利益没见着，被占便宜的事却屡屡发生。闹到今天，荆州还被对方以无赖手段借走，不能归还。

所以，此次不妨假曹操之手拿回荆州，也算是出了胸中一口恶气。

但是，诸葛瑾看问题却不是这样。

他瞄上了关羽的女儿，想有所作为。

当然，不是他自己有所作为，而是替孙权的儿子求亲，以求结成孙关联盟，共破曹操；如果关羽不肯，鄙视孙权儿子价值之所在，那正好找到一个理由，出兵攻取荆州。

世上事的确是理由至上。有正确的理由就有正确的行动。理由如果站不住脚，行动也就漏洞百出了。孙权觉得，诸葛瑾的建议左右逢源，可堪一用，就打算牺牲自己儿子的色相，去窥伺关羽的底牌。

人世间最悲凉的事

关羽拒绝了。大义凛然地拒绝了。

他勃然大怒说："吾虎女安肯嫁犬子乎！"同时辅之于夸张的身体语言，吓得诸葛瑾抱头鼠窜。

拐点就此出现——孙权终于下定决心以武力夺取荆州。这一方面是谋取霸业的需要；另一方面则是为他和他的儿子出气——关羽称孙权的儿子为犬子，那不等于骂他是狗吗?!

孙权决定让事实来说话：谁是虎，谁是犬?

谋士步骘却想到了一个成语。

火中取栗。

他担心孙权接下来的军事行动只是帮助曹操火中取栗。但孙权很显然并不在乎——在这个世界上，火中取栗有两种取法。一是为他人，二是为自己。孙权自信是后者。为了达到这个目的他甚至不惜烧伤一只手。

步骘却笑了。阴笑。

因为在他眼中，其实出现了两只手。一只是孙权的，另一只则是曹操的。他要把曹操拉下水。准确地说是拉到火堆中。

步骘告诉孙权，现在曹仁屯兵于襄阳、樊城，走旱路可直取荆州。为什么不取，却让主公您动兵？只此一端，便可见其狼子野心。我看现在不妨这样，先派人去许都见曹操，让他命令曹仁走旱路先起兵取荆州，关羽就会趁机起荆州之兵取樊城。关羽一动，我们也动，抢在曹仁之前暗取荆州。如此，大功告成。

孙权当然乐从其议。虽然步骘的计谋实在是勾心斗角了一些。只是这样的时代，谁不勾心斗角？人人都在计谋中生存，个个都有弯弯肠子，血腥往往在曲径通幽处，可大局如此，也只能是捂着鼻子向前走了。

更何况他是孙权，看惯腥风血雨的孙权，计谋堆里滚出来的孙权。要是哪一天少了勾心斗角，呵呵，他还真是不能适应呢。

后来的事实都按步骘设想的往前推进。曹操派了满宠去往樊城协助曹仁出兵，而关羽也起兵拿下襄阳，目标直指樊城。

接下来的战争对关羽来说那真叫一个酣畅淋漓。捉了于禁，斩了庞德，重挫了魏兵，很有挥兵直指许都的意思。

曹操怕怕了。

他想到了两个字。迁都。

司马懿却觉得人世事大多是自己吓自己。人走退路很多时候不是无法前进，而是没有找到前进的路径而已。

一个关羽就能让大名鼎鼎的曹操吓得要迁都？不，历史不是这么写的。

司马懿认为，历史可以更好看，历史应该这样来写，那就是派人去东吴说服孙权，令他暗暗起兵跟在关羽之后，搞一个前后夹击。事平之后，可许诺割江南之地给孙权，这样樊城之危就可以自解了。

曹操想了一下，觉得历史似乎也应该这么写。否则，关于他的传记部分就太不好看了。有一个雄心勃勃的开头，却加了一个屁滚尿流的结尾，无论如何，不是有志之人该有的结局。

但是，孙权却不想做曹操剧本里的配角。

他想按自己设计的剧情往前走。或者说他只做主角，不做陪角。孙权的目标很明确，拿下荆州。趁着关羽出兵围住樊城之时。

他命令驻守陆口的吕蒙趁虚而入，有所作为。

吕蒙却发现自己不可能有所作为。因为关羽做了一件事：在荆州沿江上下设了n座烽火台，随时可以预警。也就是说，他虽然出兵围住樊城，但随时可以回防荆州。

只要烽烟骤起。

另外一个令吕蒙心凉的发现是，荆州城内军备齐整，很有严阵以待的意思。也就是说，漏洞没有了。

人世间最悲凉的事是对手没有漏洞。当然，比这还要悲凉的事是对手没有漏洞，自己却漏洞百出。

吕蒙就感觉自己漏洞百出。因为他慌了，慌得不知道该如何应对，不知道该如何排兵布阵。

而战争一触即发，在孙权催促的眼光下。所以吕蒙唯一的选择是躺倒，装病。闭上眼睛拒绝战争的来临。

陆逊笑了。轻笑。在孙权面前。

陆逊以为，一个人在不该病的时候病倒，只能说明一件事。

逃避。

但世上事避无可避。闭上眼睛看不见的是世界，看得见的却依然是自己。

自己的软弱。

陆逊对孙权说：错。

孙权：什么错？

陆逊：一切都错。

孙权：包括我？

陆逊：对。

孙权：理由。

陆逊：派了一个不该派的人，出现在不该出现的地方。

孙权：也许，是真病？

陆逊：心病。

孙权：理由。

陆逊：心病没有理由，只有需要。

孙权：深奥。

陆逊：现在需要中场换人。

孙权：换谁？

陆逊：我。

孙权：为什么？

陆逊：因为，别无选择。

陆逊临危受命，代替吕蒙驻守陆口。

但吕蒙却不明白，为什么换一个人，事情就可能有起色。

陆逊给他的理由是无名。

不错，在这个江湖，陆逊比大将吕蒙无名得多，但陆逊以为，籍籍无名有时比赫赫有名更能成事。

因为可以麻痹对手。特别是关羽这样的对手。

关羽的身上是有漏洞的，那就是骄傲。骄傲者眼睛向上，不与无名者为敌。所以他和陆逊之间，存在一个视角差。

视角差就是压力差，它注定会崩塌某种平衡状态。

吕蒙终于明白了陆逊的想法。当然，这是一个天才的想法。

不过吕蒙不敢肯定陆逊是不是个天才。

无名的天才。虽然从逻辑上说，天才的想法只有天才才想得出来，但世上事有很多是不按逻辑来的。庸才甚至庸人偶尔冒出个天才的想法也是不乏其例的。

好在最后，陆逊还是站在了陆口，站在吕蒙曾经站过的地方。

因为别无他人了。

陆逊在这个变局中，既是提议者，又是实践者。成败系于一身。

别迷恋哥，哥只是传说

关羽很显然藐视了陆逊。因为他没听说过这个人。

虽然陆逊一上任，就上赶着向关羽送礼，并写信致敬，乞求两家和好。

言词谦卑，充满了不自信。可在关羽看来，这都是小人物的举动。

小人物和大人物的区别是，前者察言观色，后者目空一切。关羽以为，他是后者，而陆逊是前者。

便仰天大笑，令左右收了陆逊的礼物，不再有江东之忧。关羽甚至调拨相当数量的荆州兵，准备攻取樊城。

吕蒙也开始有所作为了。在陆逊麻痹了关羽之后。

他想作为牛刀复出。

但孙权却想搞一搞平衡。他同时委任了吕蒙和孙皎为总攻部队的指挥官，准备袭取荆州。

吕蒙哑然，为孙权的调兵遣将。

见过搞平衡的，没见过如此搞平衡的。这个孙皎是孙权叔父孙静的儿子，即孙权的表弟。这样的特殊关系令吕蒙感觉很难有所作为。

做人难，做指挥官更难，做无法指挥他人的指挥官难上加难。

吕蒙跟孙权摆事实讲道理，说主公如果认为我吕蒙可用那就独用我吕蒙，如果认为孙皎可用那就独用孙皎。切不可两个一起用，过去周瑜、程普为左右都督，凡事虽然决策于周瑜，可程普以老臣之身而居周瑜之下，两人就不能和睦相处。现在我吕蒙的才干不及周瑜，而孙皎与您的亲近之意胜于程普，这个，大家在一起做事恐怕不能和衷共济吧？

孙权感慨，真是有人的地方就有左中右，有人才的地方就有针尖对麦芒。一个人才独当一面是人才，两个人才针锋相对就不是人才了。

这是人才的加减法。

他决定，用减法，不用加法。拜吕蒙为大都督，总制江东诸路军马，而只让孙皎在后面接应粮草，很有任人唯贤的意思。吕蒙感恩戴德，立马点兵三万，选快船八十余只，令会水的兵勇扮作商人，以避风的名义混入江边烽火台，让烽火台从此不再起烽烟。

当然，荆州也就水到渠成地拿下了。

麦城。

关羽的麦城。

进退失据的麦城。

在荆州被东吴拿下之后，关羽和他的人马攻打樊城失利，被困于麦城，无人救援。蜀中援兵虽然可以赶到，但很显然，远水救不了近火。

唯一的希望是上庸援兵。

上庸离麦城很近，但这是地理距离，不是心理距离。

不错，人世间有两种距离——地理距离和心理距离。有的时候它们是相当的，有的时候却正相反——地理距离越远，心理距离越近。或者说，地理距离越近，心理距离越远。这一次的情况正是如此。

上庸守将刘封、孟达和关羽有隔阂。

虽然关羽派人去他们这里搬救兵，孟达却以为，救不救都一样。

因为大势已去。

荆州九郡，已经被东吴占了，而曹操又亲率四五十万大军，在摩陂虎视眈眈。麦城弹丸之地，救下来又怎么样呢？最要命的问题在于寡不敌众。

区区上庸兵马，还不够吴魏两家塞牙缝的。

但刘封以为，救不救是态度问题，能不能救是能力问题。关羽是他叔父，怎么可以坐视不管？

孟达叹息——刘封要救的不是叔父，是寂寞。

你以关羽为叔，恐怕关羽未必以你为侄吧。当年，汉中王刘备立后，先是选了你，可关羽是怎么说的？关羽说，你是螟蛉之子，不可僭立，他劝汉中王刘备远置将军你于上庸山城之地，以绝后患。呵呵，你怎么来这里的？就这么来的。

孟达循循善诱，刘封恍然大悟——人世间最重要的事是什么？知道自己的去路，也知道自己的来路。所谓来去分明。

他现在就分明了。不救关羽。

的确，他救的不是叔父关羽，是寂寞。

也是孽缘。

从此叔父非关羽。

关羽当然不会明白，他生命中最后一根救命稻草不会出现了。因为当年的一句多嘴。当然，如果还有一次机会可以选择，关羽未必会谨言慎行。因为他不是别人，他是关羽。

自信的关羽。高傲的关羽。

即便此刻，身陷麦城。

关羽在最后被捉之前，诸葛瑾曾经希望他识时务者为俊杰。这是最后的机会，对关羽来说，尤其如此。因为孙权不是曹操。在抓获关羽之后，不会玩恩义加身那一套。

诸葛瑾几乎是哭着对他说：“自古道识时务者为俊杰，今将军所统汉上九郡，皆已属他人类；止有孤城一区，内无粮草，外无救兵，危在旦夕。将军何不从瑾之言，归顺吴侯，复镇荆襄，可以保全家眷。幸君侯熟思之。”

关羽拒绝了。的确，人生中有很多东西是可以拿来交易的。但关羽以为，有一样东西不可以。

承诺。

他和刘备、张飞是纳过投名状的。他给过他们承诺，他们也给过他承诺。在这样意义上说，他们三位一体。

现在，三位一体破了。在这个乱世的黄昏，关羽猝然倒下。

这是建安二十四年的冬十二月，这个 58 岁的男人在尚未完成自己的人生传奇时就惆怅地谢幕，并把这惆怅还给人世间。

三国从此无关羽。

毫无疑问，没有了关羽的三国是缺损的三国，也是惆怅的三国。因为他让这个时代失去了一种弥足珍贵的品质。

忠义。

别迷恋哥，哥只是传说。关羽之后，江湖不再有传说。

第三章　后曹操时代

世界上最好的主意

关羽死了，孙权心花怒放。

但是张昭没有心花怒放，而是伤花怒放。

他在伤感。不为关羽，为孙权。

不错，关羽是倒下了，可仇恨却站了起来。这仇恨在刘备的心中，随时可能迸发。张昭告诉孙权，关羽与刘备桃园结义，誓同生死。现在刘备已拥有两川之兵；还有诸葛亮之谋，张、黄、马、赵之勇，实力不容小觑。刘备如果知道关羽遇害，一定会起兵报仇的，到那时，江东就大难临头了！

孙权这下感受到了麻烦。唉，人世间真是祸福相依啊，有得到，就会有失去。并且失去的东西往往多于得到的。可做人的悲剧就在于，眼里只看见得到的部分，看不见失去的部分。

这叫选择性失明。

但孙权还是心存侥幸——他不相信刘备可以打败他。虽然说刘备已不是过去的刘备，可他孙权也不是过去的孙权。取荆州，诛关羽，玩的就是心跳。

所以孙权不相信，刘备可以置他于死地。

张昭也不相信刘备有这么大的能量，但张昭相信，孙权一定会受到重创，甚至死翘翘。因为刘备背后，还有一双眼睛。

曹操的眼睛。

曹操十分希望刘备跟孙权能结结实实地干一架，而他能做的就是，收拾残局。

人世间最美妙的事就是收拾残局。残局结束了一切可能性，而只指向一种可能性。

任人摆布。无可奈何。

因为该发生的都已经发生，该消耗的都已经消耗。曹操只需坐享其成就可以了。

孙权五雷轰顶。

在张昭向他指出这一层隐忧之后。并且在孙权听来，这不是隐忧，而是实实在在的事实。

因为他相信，曹操一定会这么干的。否则，他就不是曹操而是观音菩萨了。

张昭这一回展示了他难得的聪明。他不仅提出了问题，还提出了解决问题的方案。

嫁祸于人。

确实，关羽是被杀了，孙权叫杀的。但真是孙权叫人杀死的还是曹操下令让孙权杀的？没有人知道。

说到底，世事是经不起质问的，特别是内在的动机。

所以张昭建议，派人将关羽的首级转送曹操，明明白白地让刘备知道关羽被杀是曹操所指使的，这样一来，刘备必痛恨曹操，而西蜀之兵，也不攻吴而攻魏去了。

由此，收拾残局之人就不是曹操而是孙权了。

所谓扭转乾坤，其实嫁祸于人。

世事的光明与阴暗就看用什么词汇去表达。目的只有一个，逃出生天。

孙权如释重负。这样的时刻，他还真有逃出生天的感觉。

当然，他还想到了一个词。

翻云覆雨。

张昭老同志了，还有如此翻云覆雨的能力，这说明革命的事业长盛不衰，颇有从胜利走向胜利的底气和实力。

曹操傻眼了。

在看到关羽的人头之后。

人头装在木匣里，栩栩如生，爱憎分明。

这个人，曾经在他手下屈居过一段时间，后来走了。现在，他死了。

死在孙权手里。

曹操隐隐地有些遗憾。为关羽，也为自己。

他一直坚信，在这个世界上，有一些人是永生的。他们属于江湖，属于传奇。比如他，比如关羽。现在关羽死了，传奇戛然而止，对手不陪他玩了，曹操便由衷地感到失落。

当然，曹操更加失落的是孙权杀死了关羽，而不是他。

曹操。

这不是一个英雄应有的死法。英雄即便要死，也应该死在另一个英雄手下，何况他们有过那么一段惺惺相惜的岁月。但是，却死在碧眼儿（孙权）手里，这让曹操为关羽感到不值。

司马懿没有曹操那么多的感慨。

他只有隐忧——孙权为什么郑重其事地将关羽的人头快递给曹操，很有邀功求赏的意思。

很快，司马懿就明白，不是邀功求赏，而是用心险恶。

孙权这是移祸于人，做戏给刘备看。试图造成奉命杀人的假象，使刘备迁怒于曹操，不攻吴而攻魏，他好就中取事。

所以，在这个意义上说，关羽的人头成了烫手的山芋，谁接手谁受伤。

曹操也开始担忧了。他奶奶的，江湖险恶，没吃着肉反惹一身骚。

好在曹操不是孙权，并不会被孙权的这点小计谋吓倒。他只是想胜出，不愿做任人摆布的玩偶。

司马懿想出了一个主意。

将计就计。

不错，世界上最好的主意就是将计就计。这是博弈，也是推拿。是借力打力，或者说如影随形。

司马懿说，大王啊，我们可以将关羽首级，盛放在香木盒里，以大臣之礼下葬，搞得风光而隆重，目的是让刘备知道我们的善意。这样一来，刘备一定会恨透孙权，倾力南征。我们呢就可以坐山观虎斗，蜀胜则击吴，吴胜则击蜀。两处若拿下一处，那另一处也不在话下了。

曹操照办了。

刘备很快就感受到了曹操的善意。所以他以为，现在的敌人只有一个。

孙权。

他要兴兵雪恨，要孙权付出代价。

生命的代价。国破家亡的代价。

诸葛亮却不相信刘备能做到这一点。相反，付出生命代价和国破家亡代价的人只可能是刘备。如果他真的贸然出击的话。

因为诸葛亮看到了两个圈套。

一个圈套是孙权设下的，另一个圈套是曹操设下的。这是一颗人头引发的两个圈套，目标直指刘备。

诸葛亮说："方今吴欲令我伐魏，魏亦欲令我伐吴，各怀谲计，伺隙而乘。王上只宜按兵不动，且与关公发丧。待吴、魏不和，乘时而伐之，可也。"

诸葛亮话语里最关键的是四个字：按兵不动。

唉，人生有时候需要主动出击，有时候需要按兵不动。能做到前一点的人很多，能做到后一点的人很少。

因为需要修为、忍耐和以退为进。

无为无不为。

就像熊的冬眠，表面上看，一切生命迹象都停止了，但却是为了在春天的复苏。在那一季里怒放生命。

当然，道理刘备都懂，可事实上他却极难做到。不为别的，只为关羽是他的兄弟。在这个世界上，有的东西需要算计，考虑进退得失，有的东西却不需要算计，因为在它面前，任何的算计和进退得失都会黯然失色。

兄弟。

他们是生死与共的兄弟呀。他们是千里相随的兄弟呀。

他们生命中的很多日子，是形影不离地在一起，又有很多日子，是在思念中度过。特别是关羽，为了刘备，忍辱负重，千里走单骑，这样的情谊，对刘备来说，是需要一个交代的。

他对关羽的交代。他对"兄弟"两个字的交代。

所以，他要起兵南征，目的只为报仇。哪怕鱼死网破。

刘备在诸葛亮面前做出上述表示时泪流满面，很有为兄弟赴汤蹈火在所不辞的意思。诸葛亮死死地拦住他，自己也是泪流满面。

确实，人生中有很多东西难以抉择，特别是功利与情义之间的抉择，这其中无论哪一种抉择背后，都有强大的逻辑支撑。谁都说服不了谁，谁都有粉墨登场的权利和冲动。

但诸葛亮必须说服。说服刘备要做到四个字。

韬光养晦。

为了事业的稳定和发展要韬光养晦。哪怕是为了复仇雪恨也要韬光养晦。因为敌人太强大，现在需要的，只是等待。等待敌人自相残杀时出现漏洞。

那是致命的漏洞。那是复仇的漏洞。那是满足人世间所有交代的漏洞。它必定能满足刘备的所有诉求。而刘备现在需要的，也就是那四个字。

按兵不动。

刘备长叹一声，终于——按兵不动。

他，死了

曹操头痛了。

没有人知道他为什么头痛，曹操自己也不知道。

这是一种无名头痛。

人世间很多事都是无名。没有原因，没有结果，只有过程。

无名是宿命。对曹操来说，头痛就是他的宿命。他生命中几个关键的时刻都与头痛密切相关。

但是这一次，曹操的头痛尤其剧烈。

也许与关羽之死有关。曹操终于深切地认识到，他失去了一个可以与之风云际会的顶尖高手。

这是一种寂寞。高手的寂寞。

所以，曹操不是头痛，而是寂寞。

华佗站在了他面前，准备医治曹操的头痛。

华佗说："大王头脑疼痛，因患风而起。病根在脑袋中，风涎不能出，枉服汤药，不可治疗。"

华佗说："某有一法：先饮麻肺汤，然后用利斧砍开脑袋，取出风涎，方可除根。"

曹操听了，不置可否。因为他不知道，人世间有没有一个医生可以医治寂寞。寂寞是用利斧可以砍开的吗？

也许，世上的一切都可以用暴力手段解决。

争端。不公。仇恨。

但是唯独寂寞，是比利斧更锋利的东西。以利斧砍伐寂寞，利斧也就变成寂寞了。

甚至，曹操还想到了另一层。

复仇。

他高度怀疑华佗是替关羽复仇来了。

华佗曾经替关羽刮毒疗伤。曹操怀疑，在利刃与骨骼吱吱嘎嘎的摩擦声中，一个医者与患者的生死之谊就趁机建立起来了。

现在，关羽死了，华佗会不会借刀杀人呢？

曹操怀疑，会。

所以在曹操眼里，华佗手中的利斧是比寂寞更锋利的东西。它是仇恨，阉割寂寞的仇恨。它最终也是传奇。华佗玩的不是利斧，是传奇……

曹操终于心神大乱，杀机毕露。

他让华佗停止了呼吸，即便自己头痛依旧。

寂寞依旧。

但曹操疼痛的不仅是头，还有世事。

世事如火，无时无刻不烧灼着曹操，令他疲于应付。这不，孙权又上书了。孙权上书说："臣孙权久知天命已归王上，伏望早正大位，遣将剿灭刘备，扫平两川，臣即率群下纳土归降矣。"

曹操一声冷笑。他奶奶的，这是把我放在火上烤啊。表面上是劝我早正大位，可目的呢，无非是"遣将剿灭刘备，扫平两川"，为你孙权火中取栗罢了。

曹操当然不相信孙权会"率群下纳土归降"。他只相信，世上最美丽的说辞往往包含着最险恶的祸心。所谓"臣孙权"云云，无非是一道包装巧妙的迷魂药罢了。

不过司马懿以为，可以将计就计。

不错，孙权称臣目的险恶，但是他也暴露了一个命门——将自己置于被领导的位置。如此一来，曹操就拥有了位置优势，可以对孙权发号施令了。

不是要剿灭刘备，扫平两川吗？这个任务交给你孙权了。

曹操豁然开朗——世事真是利弊相生。有死门就有活门，走进死门还是活门，有时候仅仅是向左走还是向右走那么简单。

孙权一夜之间就被封为骠骑将军、南昌侯，领荆州牧，同时他又领受了消灭刘备的重任。孙骠骑将军的心情当然是不好受，可这一切都是他自作自受。他只能是封号先戴着，消灭刘备的事那是打死也不干。这年头，朋友就是敌人，敌人就是朋友。存在就是合理的。谁知道明天谁是谁啊？

曹操最后的日子很快就来了。

没有人知道，头痛竟然能要人的命。

事实上自从杀死华佗之后，曹操的头痛就一日胜似一日。直到建安二十五年的正月，曹操的头终于不痛了。

因为他死了。

这是遗憾之死，也是宿命之死。这一年，曹操66岁，很多的壮志未酬，很多的因缘未了。关于中国，他一直有一个梦想。但是，世事诡异，不是每一个梦想都可以放在阳光下的。曹操自以为统一中国，舍我其谁，但在世人眼里，他却是野心家阴谋家的代名词。曹操从一个有志青年奋斗成烈士暮年壮心不已的老头，一生与其所处的乱世纠缠不清，恩怨相随。他是传奇也是寂寞。是这个时代最大的寂寞。别迷恋哥，哥只是个传说。曹操临死前说："孤纵横天下三十余年，群雄皆灭，止有江东孙权，西蜀刘备，未曾剿除。"遗憾之情，溢于言表。

但是，曹操之死也是宿命之死。在他生前，中国的关键词是分裂、暴力、计谋、寂寞，在他身后，中国的关键词依然是分裂、暴力、计谋、寂寞。一切遥遥无期，一切欲哭无泪。曹操这个一生在马上的男人自以为可以改变世界，但直到死后，他才发现，他无法改变中国的版图，无法改变民生状况，无法改变国家信仰，无法改变世人对他的看法。

甚至，他连自己都无法改变。

曹操位极至尊，归去时收获的却依然是寂寞，留下的仍是一地鸡毛。曹操的烦恼的的确确是世俗的烦恼。比如他对于几个儿子的评价。曹操认为其第三子曹植，为人虚华少诚实，嗜酒放纵；次子曹彰，勇而无谋；四子曹熊，多病难保。只有长子曹丕，笃厚恭谨，可以继承他的事业。但事实上曹丕并不笃厚恭谨，在他继位后发生的一系列宫廷争斗中，这个男人的多疑、冷酷、自大一览无遗。曹操并没有找到一个才华超过他或者与他差不多的接班人来发扬光大他的事业。曹操身后，中国并没有很快地统一起来，而是继续勾心斗角，尔虞我诈。人人皆为棋子，胜负远未分明。

曹操唯一的自知之明或者说聪明之处是在彰德府讲武城外，设立七十二座疑冢，以"勿令后人知吾葬处，恐为人所发掘故也"。这是他的一个自我保护措施，也是对这个世界的不信任。这个世界究竟什么时候会好起来，曹操缺乏起码的信任和期待。

他的生，与乱世在一起。他的死，依然与乱世在一起。

曹操是这个乱世最显眼的符号，贯穿始终。

冲动的惩罚

曹操死后事更多。

第一件事就是继承人问题。

曹操死时，儿子们都不在身边。文武百官一面组织着开追悼会，一面分头通知曹操的世子曹丕、鄢陵侯曹彰、临淄侯曹植、萧怀侯曹熊前来奔丧。这其中，曹丕的表现最好。他听说父亲去世，肝肠寸断，放声痛哭，亲率大小官员出城十里，伏道迎接父亲的灵柩入城。

但是，没有人知道曹丕的伤心是真的还是假的。虽然他表现抢眼，可作为曹操生前指定的唯一接班人，曹丕此时做任何伤心的表示都是理所当然的。

现在最重要的是曹操其他儿子作何表示。他们对曹丕的态度将直接决定曹魏今后的政治走向。

曹操的其他儿子没有来。

起码在曹丕哭得眼泪一把鼻涕一把的时候曹彰、曹植、曹熊没有现身现场。这是意味深长的缺席，也是令人不安的缺席。或许他们已经预感到父亲不会看好他们，所以索性不来。但再怎么着，这是父亲的葬礼啊。这样的缺席毫无疑问泄露出他们心中的不满和反抗。

百官们沉默了。为历史的暧昧走向而沉默。

只有一个人发出了声音。

兵部尚书陈矫。

他说："王薨于外，爱子私立，彼此生变，则社稷危矣。"意思是必须尽快让曹丕继魏王位，否则兄弟为了王位自相残杀，后果不堪设想。

百官们却不同意。

不错，曹操虽然在去世前明确了曹丕的继承人身份，但一来曹操的其他儿子尚不知晓，二来没有得到天子诏命，现在匆匆忙忙继位，没有合法而必须的手续。

陈矫的剑拔出来了，然后他割下自己的袍袖，意思是大家都别婆婆妈妈。今天必须拥立曹丕为魏王，否则，同志们的下场就跟这袍袖一样，很惨。

百官们再次沉默了。这是惊惧的沉默，也是不满的沉默。曹操的葬礼上出现了紧张和僵持的气氛。直到华歆策马从许昌赶来，打破这种气氛。

他徐徐展开一份诏书。是天子封曹丕为魏王、丞相、冀州牧的诏令。

这样的时代，胜者为王。既然魏王位只能在曹操的儿子们中间产生，那就干脆给曹丕好了。这不仅是汉献帝的意见，也是华歆威胁他的结果。

华歆是这样一个人——相信未来不如创造未来。

不错，有很多人相信未来。这是生命达观的表现，却也是自我麻醉的表现。因为未来有好运有厄运，一味地相信未来，等到未来厄运临头，到时候崩溃的只能是自己。

所以，不如创造未来。

华歆就创造了未来。替曹丕，也是替自己。

他在汉献帝面前威胁利诱，促使这个对未来已经心灰意冷的皇帝在第一时间写下诏书，同意任命曹丕为魏王。

事实上汉献帝能做的工作也就剩这点了。说着言不由衷的话，写着言不由衷的文字。就像很多人的日常工作一样，为了生活，只能如此。

但是，从另外一个角度看，汉献帝的言不由衷也创造了未来。他在法令层面上承认曹丕继位的合法性，从而为历史的未来走向确定路径。

起码百官们被说服了。

百官们没有被一把剑说服，却被一张纸说服，这说明权力是大于暴力的。当然这个也不绝对。关键是看那把剑能不能捅破那张纸。如果暴力十分强大，那权力说到底也就是一张纸而已。

这是权力与暴力的辩证法。

回到历史现场。历史的现场现在已经喜气洋洋，主基调已经从忧伤、怀疑转为亢奋、肯定。

起码百官们肯定了曹丕的新身份——魏王。追悼会庄严宣告结束。百官们觥筹交错，庆祝新主人的诞生。

毫无疑问，这个夜晚是狂欢的夜晚。虽然还有人缺席，还有一些未知的因素在暗流涌动，但没有人正视它。

大家伙儿心照不宣地遗忘或者说回避了。

但是马蹄声碎。在狂欢的夜晚由远及近。

是鄢陵侯曹彰来了。他的身后，跟着十万大军。他们从长安出发，目的地明确，目的却不明。

曹丕首先被震惊了，震惊之后是害怕。因为他的这个黄须小弟曹彰，平日里性子刚猛，精通武艺，喜欢用刀说话而不是用嘴说话。现如今提兵远来，傻瓜也知道那是争王位来了。

如之奈何？曹丕也像刘备那样“如之奈何”，向百官们问计了。

不错，曹丕现在是魏王，是天子钦定的新魏王。只是曹丕不清楚，天子的那一张纸和曹彰的十万大军之间究竟哪一个更厉害。

这个又回到了权力与暴力的辩证法。辩证法之所以高深莫测就在于它首鼠两端、左右逢源，不把话说死，进退可据。

百官们也如之奈何，除了谏议大夫贾逵。

谏议大夫贾逵不是曹彰肚子里的蛔虫，当然不知道后者的花花肠子。但是贾逵以为，人世间没有秘密，只要不耻下问。

他就跑去问曹彰了。

曹彰没有告诉他答案，而是问了对方这样一个问题：“先王玺绶安在?”

这的确是个很雷人的问题。曹彰作为曹操的儿子，千里带兵奔丧，问的第一个问题不是父亲生前的情况，而是关心他的玺绶在哪里。

目的何在？目的一问便知。这个时候谏议大夫贾逵突然明白，人世间的某些答案其实就在问题中。

问题就是答案，就是已然泄露的天机。

贾逵不安了。在接到曹彰如此的提问之后。

他决定有所作为，便如是回答曹彰的问题：“家有长子，国有储君。先王玺绶，非君侯之所宜问也。”意思是你关心了不该关心的问题，与你现在的身份不符。的确，身份至关重要。有什么样的身份就有什么样的问题。问题跟着身份走。所谓祸从口出，大多是问了不该问的问题，让人怀疑心怀叵测。

曹彰没有再问下去，而是要面见曹丕。

曹丕接见了他。

不错，是接见。他们俩人，虽然是兄弟，却一个是王，一个是侯。地位是不等的。所以只能是接见。

但这是危险的接见。兄弟俩一个乍登大位，一个要过来讨说法。没有人知道见面后的结果会怎么样。

曹丕自己也不知道。

可他还是问了这样一个问题。他问曹彰，此行是奔丧还是争位，希望明白见告。这实在是一个刀刃上的问题，可谓一针见血。曹丕事实上是要曹彰摊牌，将行动与理由统一起来。在这个世界上，行动与理由往往是脱节的。漂亮的理由后面隐藏着的是腌臜的行动。但曹丕不喜欢这样。他要一针见血。

换句话说，死也要死得明白。更何况，他不一定会死。

虽然曹彰屁股后面有十万大军，但仅此而已。而他拥有的东西却不可小觑——天子诏令、官员的支持以及数目更为庞大的曹魏武装部队。

所以曹丕要赌，曹彰屁股后面的十万大军能否扭转乾坤。

曹彰似乎也在赌这一点。

因为他回答曹丕的问题时表现很迟缓，充满了犹豫和徘徊。

投机与算计。

只是最后，曹彰叹了一口气，觉得自己的人生，实在胜算不多。

他交出了十万大军，并对曹丕的履新表达了心情复杂的祝贺。曹丕则投桃报李，令曹彰回鄢陵自守。

一场较量以兵不血刃的形式完成了。双方打了一场心理战。最后的输家当然是曹彰。他不仅丢了十万大军，还让曹丕失去了对自己的信任。虽然鄢陵侯的位置是保住了，却只能抱残守缺，聊度余生。

这是冲动的惩罚，也是不敢鱼死网破的代价。当然，鱼死网破也是要付出代价的，甚至更大的代价，可人世间的苍凉却在于，向左走还是向右走都是要付出代价的。只要你迈开脚步往前走。

这是做人的风险之所在。人人无可逃避，人人尽在彀中。只要你生之为人，而不是——

死人。

沉默者是有罪的

建安二十五年毫无疑问是一个承前启后的年份。这一年曹丕继魏王位，并改此年为延康元年。封贾诩为太尉，华歆为相国，王朗为御史大夫；其他大小官僚，也都各有升赏。俨然一副新朝新政的气象。

当然曹丕最重要的一项行政命令是谥曹操为魏武王，追认了曹操为魏国第一领导人的地位。这既是一个时代的开始，对曹操来说，又是他个人历史的结束。

结束是离歌，也是咏叹调，是必须要有人为之买单的。这一回买单的人是于禁。

大名鼎鼎的于禁。

曹操死后被葬于邺郡高陵。于禁被任命为曹操陵墓的守望者。这是一项意味深长的任命，于禁当然不知道其中有深意藏焉，只有曹丕知道。

因为曹丕在中间做了一个局——在陵屋的白粉壁上，画了关羽水淹七军擒获于禁的场景：画中关羽威严上坐，一副正气凛然的神情；庞德则愤怒昂头，威武不能屈的样子；只有于禁匍匐于地上，哀求乞命，可怜兮兮的情状。

于禁很快就明白了画中故事。他在与关羽的最后一场战争中兵败被俘，没有杀身成仁，而是选择了投降，最后当关羽被抓后他再次弃暗投明，降而复降——这样的表现让曹丕心存芥蒂——一个人背叛自己的信仰不要紧，但千万不能玩弄信仰。玩弄信仰的人最后只能被信仰玩弄。

所以曹丕把他关在这个小屋里让他面壁思过。

于禁面壁了，也思了，却觉得自己没有过。

他以为，自己投降关羽是策略，而不是变节——就像当年关羽投降曹操是策略一样，于禁认为人生最重要的不是时时刻刻坚守信仰，而是有策略地坚守信仰。时时刻刻念兹在兹的东西不一定能守住，懂得权变的东西才能守住。

只是，这样的道理曹丕不懂。或者说他不想接受。

因为，他要置于禁于死地。

不为别的，只为开一代风气——刚直不阿的风气。曹丕以为，他的时代，需要这样的风气，而不需要什么权变，什么曲径通幽。

于禁是什么？于禁是曹操时代最后的尾巴，也是祭品。他注定属于那个时代，为那个时代的恩怨与规则买单，所以，他只能在延康元年落单。落单者是可耻的，因为延康元年是属于华歆他们的。华歆们早就暗通款曲，埋下伏笔，为新时代描绘蓝图，赞美讴歌了。

所以，于禁只能死了——在不久之后，这个时代的落伍者，关羽故事的东施效颦者因为每天面对令他难堪的图画，“又羞又恼，气愤成病，不久而死”。

曹操时代正式结束，连尾音也戛然而止。

曹丕时代粉墨登场。但是曹丕听到的不都是喝彩声。

还有喝倒彩声。

甚至还有无动于衷的沉默者。

如果说曹彰是喝倒彩的，那么曹植、曹熊就是沉默者。临淄侯曹植、萧怀侯曹熊，此二人在曹操死后既不前来奔丧，又对曹丕的履新冷眼旁观，分明是对新时代非暴力不合作。

他们是沉默者。新时代最大的沉默者。

毫无疑问，沉默者是有罪的。曹丕便分头派遣两个使臣前往二处问罪。

问罪的结果是，曹熊死了。

不是被赐死的，是他自己活活吓死的。曹熊的名字起得很伟大，但胆子却小得可以。一听说曹丕要兴师问罪了，马上不劳他动手，自己判处自己死刑，立刻执行。

曹丕却有些惋惜。毕竟是兄弟，曹熊本不可以死得这么决绝的。可以说曹熊的死不仅结束了他自己的生命，也让曹丕背上了沉重的心理包袱——世人会以为，是他派人上门逼死自己的兄弟。

便厚葬曹熊，追赠他为萧怀王。这是一种补偿机制在起作用。曹丕此举事实上是做给世人看的——瞧瞧，我跟兄弟感情深厚者哪。

当然在私下里，曹丕也还是愿意相信，自己是注重兄弟感情的人。不错，权力确实让亲情走开，但在不威胁王权的情况下，他还是愿意有限拥抱亲情的。所以，当曹熊自杀身亡的消息传到他耳朵里时，他的心还是痛了一下。

毕竟是兄弟啊。可是这样的时代，兄弟又如何呢？

不是每一个兄弟都心心相印。

临淄侯曹植和曹丕就貌合神离。甚至貌也谈不上合。

曹丕派往临淄的使者在面见曹植时，曹植没有任何反应。

他端坐不动，同时举起酒杯，一饮而尽。陪他喝酒的是丁仪、丁廙俩兄弟。很显然，此二人是不高兴看见临淄使者的。不仅因为被败了酒兴，还因为他们要打抱不平。

替曹植打抱不平。

曹植曾经被曹操纳入差额选举的候选人，这个以诗词名世的男人事实上很早就入了曹操的法眼。只是不久之后，他落选了。

因为另一候选人曹丕的表现更加出色。他不以诗词名世，而以眼泪名世——曹操每次出征前，曹植文思泉涌，写出一篇又一篇壮行的辞赋，催人泪下。而曹丕不催人泪下，他是眼泪大把大把地掉下来，令曹操见了，感同身受，也禁不住流泪。

所以到最后，差额选举的结果出来了——曹丕入选。

因为曹操以为，在这个世界上，眼泪远比辞赋文章更为重要；自己落泪远比让他人落泪更为重要。在这一点上，曹丕强于曹植。

但事实上，曹丕的眼泪是一个阴谋，或者说计谋。

曹丕流的不是眼泪，是计谋。

谋士贾诩给他出了如此计谋，并助选曹丕成功。若干年后，当曹植知道这一切内幕后只能一声叹息——阳光总在风雨后。这说明能遮挡阳光的，只能是风雨。

永远是风雨。

和谐最贵

不过曹植不服。他漂亮的文章败在阴谋的眼泪之下，怎能让他心悦诚服？

由此，他做出两个决定：一、不参加父亲的追悼会；二、不服从曹丕的领导。这两个决定前者是惩罚他的父亲，后者是惩罚他的兄弟。

当然人世间的事因果相连。曹植的两个决定引出了曹丕的一个决定——打上门去，让他付出代价。

许褚领虎卫军三千，火速赶到临淄捉拿曹植以及丁仪、丁廙等人。

丁仪、丁廙两人很快就死翘翘了。曹丕以快刀斩乱麻的举动告诉世人，任何对新政权的非议与不满之举都是会受到惩罚的。

文人丁仪、丁廙虽然手无缚鸡之力，但是思想反动就是最大的反动。杀他们两个就是杀一儆百，为新政权立威立势。

那么接下来还有谁呢？曹丕将目光恶狠狠地盯向曹植，决定要给这个兄弟一点颜色瞧瞧。

母亲卞氏出面了。

可怜天下父母心。这个以生儿育女为己任的女人一直以为，人生就是不断地生产，然后看着孩子们建功立业，这叫丰收。

却不是每一个女人都可以丰收的。

孩子多了不叫丰收，孩子们和谐共进才叫丰收。

现如今，儿子曹熊已经自缢而死，曹植又被捉，曹丕磨刀霍霍——这整个就是自相残杀。卞氏当然不明白这一切是怎么形成的。她也不想弄明白。她只是个女人，母亲。她以为自己唯一的义务就是促进孩子们和谐。

这个世上什么最贵？和谐。

曹丕却在犹豫要不要和谐。

母亲声泪俱下，曹丕却觉得和谐似刀，割得他生疼生疼的。

因为他和曹植之间，不可能有真正的和谐。就像龟兔赛跑，彼此为竞争对手，目标是同一的，二者之间怎么可能和谐呢？

所以唯一的底线是，放不放曹植一条生路。

曹丕最后还是心软了。他想放曹植一条生路。

一是因为血缘关系；二是觉得曹植说到底就是一文人、书生。百无一用是书生。跟书生勾心斗角，这不钻牛角尖吗？自讨没趣。他慷慨答应母亲，不为难曹植兄弟。

但华歆却认为曹植非死不可。

这是政治斗争的需要。政治斗争就是你死我活。曹植是什么人？差额选举的候选人啊，他是曹丕最强劲的政治对手，才华、智慧皆为上上之选的危险人物。本非池中物，安能屈此间？所以，不如除去。

曹丕听了，又犹豫了。

政治斗争的确你死我活。但是“兄弟”二字让他的心始终硬不起来，也让他找不到一个很好的借口去杀伐决断。

华歆给他提供了一个借口。

华歆总是这样，策划人生。

策划自己的人生，也策划别人的人生。

他对曹丕说——人人都说曹子建（曹植）出口成章，不妨就以这一点测试他。真的有才，才可以保他；要是没才……一个人没才还活在世上干吗？

曹丕深以为然。

于是开考曹植。考试的要求是这样的，让他走七步，然后吟诗一首。

如果能念出来，则免于一死；如果不能，那就对不起了……

当然，为了防止曹植作弊，曹丕规定，由他现场出题。

题目是一幅画。一幅挂在殿上的水墨画。

画上有两只牛，在土墙之下角斗，其中一牛坠井而死。

这是两头黄牛，很黄很暴力。

曹丕规定，曹植要以此画为题吟诗一首。诗中不许有“二牛斗墙下，一牛坠井死”等字样。

毫无疑问，这是一道苛刻的考题，它注定要将被考者逼向死角——如果连必须的称谓与场景都不能出现的话，那还写什么呢？

何况是写诗，不是看图说话。

曹植便觉得那两头黄牛不是别人，正是他和曹丕兄弟俩。

曹丕很暴力，而他有坠井而亡的危险。

好在走了七步之后，诗终于被挤了出来。诗是这样写的：“两肉齐道行，头上带凹骨。相遇块山下，欻起相搪突。二敌不俱刚，一肉卧土窟。非是力不如，盛气不泄毕。”

说实话这诗写得不怎么样。由于不能出现“牛”字，曹植只能以“头上带凹骨”来指代牛，很有猜谜的意思。至于“两肉齐道行”、“一肉卧土窟”云云更是令人云山雾罩，不知所谓。

曹植很不满意。曹丕更不满意。

便出了一道附加题，以最后决定曹植的生死。

附加题更加苛刻。不是七步成诗，而是应声而作。这是一道抢答题。答题者只有曹植一人，不过他真正的对手是时间。

曹植既要赢得诗歌，写出一首真正的诗，又要赢得时间，和时间赛跑，不能有丝毫迟疑。

所以他这一回不是人，是非人。

以非人的速度完成佳作，然后才能争取到做人的权利。

这是曹植的悲喜剧。

那么，他行吗？

历史总是无情

曹丕觉得他不行。

不是他看不起这位兄弟，而是他认为人世间没有人可以出口成诗。这得是天才才行。这世界有天才吗？没有。还没生下来呢。起码在他所处的时代。

曹丕出题了。题目延续他上一道题的风格——很暴力，很变态。

请听题：我跟你是兄弟俩。就以此为题。诗中不许有“兄弟”字样。念！

曹植马上就念出来了。因为他的灵感来了——

煮豆燃豆萁，豆在釜中泣。本是同根生，相煎何太急！

曹丕沉默了。

这是忧伤的沉默。

的确，人世间的诗他听过很多，最动情的却只有这一首。

可以说，曹植写的不是诗，而是忧伤。

和愤怒。

曹丕当然不想害死一个真正的诗人，何况此人还是他的兄弟。他终于做出决定——保住曹植的性命，并封他为安乡侯。

不过对曹丕来说，这些事都是小事。他心中真正的大事是做一个皇帝。

每个人心中都有一件大事。只是很多人终其一生完不成罢了。

这是大事和小事的区别。小事天天有，像韭菜，割了一茬又一茬，毫无意义；人事却是稀缺的。它是人生目标，完成完不成不重要，重要的是得有一件大事在前方放着，以此构成人生的意义。

人生追逐的意义。

就像曹操，一生以统一中国、即皇帝位为己任。但最终，这样的大事没有完成，他是顶着魏王衔而不是皇帝衔去世的，至于统一中国，那也是个未完成式。

可能就此说曹操的人生没有意义吗？

所以，重要的是目标，而不是拥有。

不过，华歆却不这么认为。

华歆认为，目标重要，拥有更重要。只要曾经拥有，不要天长地久。如果连拥有都没有，这人活得是不是惨了点？

华歆还认为，拥有其实不难，只要策划得当。皇帝轮流做，明年到我家。在华歆眼里，曹丕做皇帝是时间问题，不是机遇问题。

更不是能力问题。要说能力，那个天子有什么能力？起码和曹丕比，他们是一个地下，一个天上。

但是，怎么策划呢？

华歆高深莫测，一副“一般人不告诉他”的神情。

甚至，他连曹丕也不告诉。

因为这是天机。真正的天机。

华歆在打老天的主意。

延康元年的八月间，帝国出现了这么几件事。石邑县有凤凰来仪，临淄城出现了麒麟，最要命的是邺郡惊现黄龙。曹丕当时就住在邺郡，这最后一件事毫无疑问让他怦然心动。

华歆也怦然心动。因为他看到了这几件事的内在联系——曹丕可以做皇帝了，曹丕不做皇帝，老天都不答应啊！

老天没有不答应，汉献帝先不答应了。

当华歆领着一班文武，找到他老人家时，汉献帝觉得这是封建迷信活动在抬头，他坚决不能同流合污，也不能配合他们胡搞。

虽然，这个世界很多东西是搞出来的，但汉献帝以为，不是胡搞出来的。特别是皇帝这个东西，胡搞能搞出来的吗？汉献帝一千个不答应，一万个不答应。

可文武百官却在华歆的领导下异口同声地说：种种瑞徵，都是魏当代汉的征兆，汉帝可安排受禅之礼，将天下让于魏王。

汉献帝冷笑。

作为一个侏儒皇帝、暗室里的皇帝，他是很少冷笑或者说不敢冷笑的，但这一回他决定冷笑一把。汉献帝冷笑说，同志们，封建迷信害死人啊。这个世界有凤凰我相信，可是真有麒麟和黄龙吗？那都是些子虚乌有的东西，打死我也不信！

华歆也冷笑了。对着汉献帝公然冷笑。他边冷笑边说：天子龙袍上的黄龙也是子虚乌有的东西吗？

一语惊醒梦中人。

汉献帝这才知道，人世间有些秘密是不能揭穿的，有些谎言是要共同拥有的。我为你打掩护这么多年，你也不能穿上裤子就不认人。汉献帝看着自己龙袍上的黄龙，终究不敢再说一句硬话。

但他曲径通幽，借力打力。小心翼翼地辩解说石邑县有凤凰来仪，临淄城出现了麒麟，邺郡惊现黄龙，是不是证明他领导有方而不是什么曹丕的功劳？

文武百官们笑了。

华歆也笑了，笑得那叫一个地动山摇。

汉献帝：你们在笑我？

华歆：不是。

汉献帝：那笑什么？

华歆：寂寞。

汉献帝：寂寞有什么好笑的？

华歆：世上唯独寂寞可以一笑。

汉献帝：为什么？

华歆：寂寞无敌。

汉献帝：无敌难道可笑吗？

华歆：世上有真正无敌的东西吗？

汉献帝：也许有。

华歆：什么？

汉献帝：时间。

华歆：时间焉能无敌。大汉江山四百年，最终还是败了。

汉献帝：没败。

华歆：败了就败了。这个人间，没什么传奇。

汉献帝：为什么是我？给一个理由先。

华歆：你和他人，没区别。

汉献帝：其实不想走，其实还想留。

华歆：走吧，走吧。人总要学会慢慢长大。

汉献帝：能不能留个机会，不要这么无情嘛。

华歆：历史总是无情。

汉献帝：好在历史是人民写的。人民万岁！

最终，汉献帝屈服。

他在被迫想通后，表示愿学一把尧、舜，将天下禅让于魏王，以苟延残喘，一终天年。

只是没想到，曹丕不接受。

曹丕其实想接受的。他太想了。可司马懿对他说，人世间有些事，接受就是不接受，不接受就是接受。总之不能操之过急，需要翻来覆去。

翻来覆去是什么？翻来覆去是接受。

特别是皇位这种东西。天下人人垂涎。你不谦虚谨慎戒骄戒躁，别人怎么会不急红了眼，跟你撕抢？

所以这样的时刻，是气定神闲的时刻。要做伪君子，不做真小人。

曹丕就做伪君子了。他上表汉献帝，自称德薄，请他找别的大贤来接这个天位。

汉献帝不明白这是为什么——曹丕你到底要还是不要，给个痛快话嘛。

曹丕还是扭扭捏捏，做德高望重状，做一尘不染状，谦虚谨慎戒骄戒躁非礼勿视非礼勿听，很有大禹的风采。

倒是华歆提醒汉献帝说，过去魏武王受王爵时，三辞而诏不许，最后才接受，我看陛下不如再降诏，魏王自当允从。

汉献帝明白了。呵呵，这叫什么，这叫既做婊子，又立牌坊。两不耽误。于是汉献帝和曹丕两人行礼如仪，将“三辞而诏不许”的程序庄严肃穆地走了一遍，曹丕这才扭扭捏捏地走上受禅坛，接受八般大礼，登了帝位。汉献帝则亲捧玉玺交给曹丕，完成了一个王朝向另一个王朝的交接。

一个叫大魏的王朝产生了。大汉朝戛然而止。这个王朝最后的主人汉献帝在大魏初年也就是黄初元年摇身一变为山阳公，颐养天年去了。

所谓立一帝，废一帝，古之常道。在华歆看来，这其实是新陈代谢。更何况政权和平交接，汉献帝全身而退，他在其中所起的作用功莫大焉。所以在新王朝里，华歆理所当然地被封为司徒，王朗则为司空；其他大小官僚，也都各有升赏。

这是一个新王朝的喜气洋洋，大家伙儿分田分地真忙。虽然国家尚未统一，但那句话是怎么说的，名正则言顺。现在大皇帝产生了，孙权已经称臣，刘备自称汉中王，已露草寇迹象，到底不堪一击，所以曹丕豪迈地以为，天下是他的，只能是他的。

这是个时间问题。

时间站在哪一边？时间永远站在胜利者一边。

曹丕在心里做如是想。

三个男主角

洛阳起高楼。

洛阳盖宫殿。

刘备悲痛欲绝。

他倒不是嫉妒曹丕自立为大魏皇帝，而是因为听到了一个消息——汉帝已经遇害。

刘备是皇叔，爱掉眼泪的皇叔，现在侄儿遇害，汉朝寿终正寝，他怎能不如丧考妣？刘备整天痛哭，并下令百官挂孝，遥望都城设祭，上汉献帝尊谥为“孝愍皇帝”，一副孝子贤孙的模样。

不过坦白说来，刘备的痛苦还是很深刻的。一方面汉献帝对他曾经有过期待，希望他有所作为，杀了曹操；另一方面的原因更重要：刘备的事业是和汉献帝紧紧绑定在一起的。

有汉才有刘。有汉献帝才有刘备。如今这两者都不存在了，对刘备来说，他的所有奋斗都失去了意义。

他成为无源之水、无本之木了。

刘备被松绑了。他失去了依靠。

接下来该怎么办？革命还要不要继续下去，或者说以什么名义去革命，这都是需要解决的重大理论问题。

刘备病倒了，被这些重大的革命理论问题所击倒。

诸葛亮却以为，世上本无事，庸人自扰之。所谓的革命理论问题在他看来并不存在。

皇帝没有了，再立一个不就完了吗？没人做皇帝，你刘备自己上不就行了吗？

一切皆有可能。

刘备却被诸葛亮天才的设想惊呆了。“卿等欲陷孤为不忠不义之人耶？”

这是刘备听到诸葛亮如此这般建议后的第一反应，也是他的道德自觉。刘备似乎愿意做吹鼓手而不是旗手，永远跟在皇帝的旗帜后面呐喊助威。

说到底，“忠义”两字害了他。为忠义而活，在忠义面前谨小慎微，不敢越雷池半步，这些构成了刘备的人生态度和生命质量。

诸葛亮指出了问题的要害。

目标。

给自己一个目标。也给天下人一个目标。

大汉朝在许都寿终正寝了，天下的革命同志怎么办？茫茫黑夜需要亮光指明革命前进的方向。这亮光在哪里？

成都。刘备。

所以，诸葛亮以为，重要的不是谁做皇帝，重要的是汉室子孙要有人做皇帝，以继续未竟的事业。

以给天下人一个目标。

刘备终于明白了诸葛亮的意思，但他还是不愿意挺身而出。

不错，他是景帝的孙子，可汉室子孙多了，他是最合适的那一个吗？

刘备不相信。

相信了也不干。这是道德问题，不是能力问题。刘备闯荡天下这么多年，靠的是什么？“仁义”二字。

另外刘备还有一个心理障碍绕不过去。

曹丕。

曹丕篡汉自立，他也要篡汉自立，这不将他和奸人划为一道吗？

打死我也不干！刘备的态度很坚决。

太傅许靖声泪俱下。太傅许靖认为，人世间最难做到的事情是如入火聚，得清凉门。这需要境界。以身饲虎的境界，化火为冰的境界。所谓舍生取义，取义不难，难的是舍生。

当然要细究起来，舍生也不难，难的是舍名——拿一世清名去换人间安宁和幸福，这需要大境界。

而现在的刘备显然是患得患失。

许靖对他说，汉天子已被曹丕所害，王上你如果不即皇帝位，兴师讨逆的话，这就不叫忠义。现在天下无人不想着王上为君，为孝愍皇帝报仇雪恨。王上如果患得患失，顾惜自己的名声，以一己之私害天下公义，天下将托付给何人呢？

刘备踌躇复踌躇，觉得自己到底做不成众矢之的。

入火聚易，得清凉门难。唉，世人究竟有几个能舍一世清名去承受千载骂名呢？起码刘备自己做不到。

历史的僵局就此形成。

刘备忧虑过度，不理政事，只有诸葛亮在勉力支撑。

但是很快，诸葛亮也病倒了。

装病。

两人双双罢工。

刘备熬不住了，便去探望诸葛亮，问他为什么不理政事？诸葛亮语出惊人，说大王还有什么政事好理呢？大王坚决不肯就皇帝位，“众官皆有怨心，不久必尽散矣。若文武皆散，吴、魏来攻，两川难保”。到那时，还有什么政事呢？怕只有后事了吧……

刘备顿悟。

如入火聚，得清凉门。

人世间我不下地狱，谁下地狱？

他终于决定，称帝。

建安二十六年四月丙午朔日，奔波江湖几十年的刘备迎来了他人生的高潮——在成都称帝，并改元章武元年。在解释为什么接受皇帝称谓时刘备用了三条理由：

天命不可以不答；祖业不可以久替；四海不可以无主。

很是无奈与沧桑。

虽然刘备是顶着大汉的名号称帝的，但是很显然，在当时的中国，已经出现了两个名义上的皇帝——曹丕和刘备。孙权虽然出于战略需要在表面上对曹丕称臣，可谁都知道，他称帝只是时间问题——孙权有这个实力和野心。三国格局差不多已经成型，曾经的主角汉献帝沦为配角甚至群众演员，历史已不需要他的发声。接下来台词最多的只能是已经称帝和随时可能称帝的那三个男人。

三个欲望张扬的男人。

他们将继续过招，为欲望而奋斗终生。

毫无疑问，历史曾经很好看，历史还将更好看。

因为三个男主角倾情出演，兴致勃勃，很有从一而终将演出进行到底的意思。最重要的，起码到现在为止，他们没有耍大牌，没有撂挑子，没有无缘无故要求加戏份或者减戏份，总之，演得很好，令人期待。

他们其实是演员。历史剧演员。

第四章　复仇者刘备

投名状是生死合同

刘备想到了两个字。

复仇。

每天，都有人想到这两个字。但只是想想而已，很少有人落到实处。

因为复仇需要实力，也需要机遇。两者同时具备的情况，少之又少。

刘备以为，他现在就具备了。

他已贵为皇帝，为关羽复仇不论是实力还是机遇都已成熟。

成熟了就要收割。这是人世间的真理。庄稼也好仇人也好，必须倒下。

这是建安二十六年刘备的心理冲动，也是他做皇帝后的第一个决定——出兵东吴，为关羽复仇。

没有人敢阻拦刘备的决定。

除了赵云。

不错，是赵云。这个不以计谋见长的将军。但是，从另一个层面看，不以计谋见长的将军都认为刘备的决定有问题，那看来是真有问题了。

问题出在“机遇”二字上。

赵云以为，革命的首要问题是分清谁是我们的朋友，谁是我们的敌人。

赵云还以为，革命的根本性问题是分清谁是我们的重要敌人，谁是我们的次要敌人。

现在曹丕刚刚篡汉，天下人人愤怒，亟需有人站出来出师讨逆。如果刘备能挑这个头，屯兵渭河上流，以图东进的话，那关东义士肯定会群起响应。这叫兴正义之师，顺天下民意，没有不马到成功的。可打东吴就不是这样了。这叫为兄弟报仇，逞一时义愤。算什么回事呢？且不说汉贼之仇，是公仇；兄弟之仇，是私仇，应该先公后私。单是曹丕静观其变、坐享其成，危险就大大的啊……

总而言之言而总之，现阶段曹丕是我们的重要敌人，孙权是我们的次要敌人。主次不能颠倒。

赵云说得一气呵成，表现很像一个谋士。

但是刘备没有被说服。

不是赵云说服力不够，而是刘备关上心门，拒绝说服。

的确，在这个世界上，一个人要想被说服，首先要做的就是打开心门，接受外面的世界。

刘备没有接受外面的世界。他的世界里只有兄弟。

和复仇。

所以刘备接下来说了这样一句话："朕不为弟报仇，虽有万里江山，何足为贵?"

江山与兄弟。大义与私利。

人生的主题无非就这几个。而人世间的分歧无非是它们谁先谁后。在这一点上，刘备和赵云的价值观显然大相径庭。

赵云不说了。

因为多说无益——他和刘备两个人之间的距离，不是男人和男人之间的距离，而是水星和火星之间的距离。赵云这才知道，天涯海角其实不远，真正遥远的是对世界的看法南辕北辙，

刘备准备出兵了。找志同道合者一起出兵。

他找到的那个人是张飞。

事实上张飞比刘备更迫切地要求出兵复仇。

为了兄弟。

刘关张这三个人，曾经有一个桃花灿烂的开始，却因为关羽的离去而只拥有黯然魂销的结局。对刘备和张飞来说，活着已是一件很艰难的事——投名状其实就是一张生死合同，约定同年同月同日死。很显然，他们现在违约了。

所以复仇就成为他们继续活下去的唯一动力。赵云身为外人，自然不理解刘备、张飞的特殊冲动。

诸葛亮是理解的，可他也不支持刘备一意孤行。

刘备这样的男人，很多时候是温良恭俭让的，但牛脾气一上来，谁都拦不住。

诸葛亮也无能为力。只得放手，让他们一搏。

悲剧就此发生。

悲剧的发生毫无预兆。

张飞死了。

不是死于冲锋陷阵，而是死在两个部下手里。

范疆、张达。

这是张飞帐下两个名不见经传的小将，每天干的都是上不了台面的小事。比如筹措军粮，制备军服等。这一天，张飞交代他们俩办一件事：在三天之内制办白旗白甲，以为大部队挂孝伐吴之用。很显然，对范疆、张达来说，这是不可能完成的任务。战乱年代，到哪找那么多白布去？何况在三天之内。但张飞不管那么多。他要的是气势和狠劲。便恶狠狠地打了他们，还扬言如完不成任务就动刀子。

果然动刀子了。

在黑夜，一把刀捅进了喝得烂醉如泥的张飞的肚子，从而结束了三国历史上个性最张扬的那个人的性命。

张飞死了。

死于范疆、张达的暗杀，更死于他自己的性格。

暴躁。酗酒。

细节决定成败。性格决定命运。

在这个意义上说，张飞的死毫无新奇之处。他死是必然的，不死就对不起这两条真理。

这一年，张飞五十五岁。这个使了大半辈子丈八点钢矛的人有过张扬的历史，但很遗憾，这样的张扬从此不再了。但是收获也有的——他成全了范疆、张达二人，让他们二人青史留名。

这就是跟着大人物混的好处——混着混着，一不留神就出名了。

哪怕是臭名、恶名。

范疆、张达一生做了那么多上不了台面的小事，都不及黑夜里动刀子来得有分量。所以说人生的路很长，最关键的也就那么几步。迈对了千古流芳，迈错了遗臭万年。总之要迈出去。

勇敢地迈出去。

现在，曹操死了，关羽死了，张飞死了，还剩下刘备、孙权、诸葛亮在那儿苦苦支撑。三国的历史走到这儿，算是一个拐点了。

拐点之后，只有寂寞。

历史迷局

刘备茫然了。

他的身后，有七十五万大军，他的前方，有章武元年七月丙寅日这个日子在等着他。这是原计划决定出师的日子。

只是现在，张飞不在了。他不知道自己还要不要前行，前行之后还能不能回来。桃园三结义，如今只一人。没有了关羽和张飞的刘备是孤独的。因为在他此后的字典里，再无“兄弟”二字。

便哭泣。放声大哭，昏绝于地。如是者三。一支整装待发的队伍，一个哭哭啼啼的主帅，构成了历史现场的诡异场景。

军官马良害怕了，说：“主上亲统大兵伐吴，终日号泣，于军不利。”刘备当然知道自己哭哭啼啼很不像话。但是男人哭吧哭吧不是罪，更何况刘备哭的不是眼泪，也不是伤心。

而是寂寞。

这是乱世中的寂寞。是对身世不安的寂寞。没有人可以保证明天会更好。包括他刘备。

便问道于隐者。传说中真正的隐者能看破红尘，知轮回因果。

青城山。

有隐者存焉的青城山。

刘备想见一个人。

李意。

李意是青城山的隐者。他在此间寂寞很多年了。

为的就是等待。等待告诉刘备一个答案。

不错，很多人的一生其实就是等待，等待得到别人一个答案，或者告诉别人一个答案。这是人世间的一种传递。它构成了芸芸众生的生活态度与生活目的。在给与受之间，完成交接。

刘备没有亲自跑到青城山去见李意。虽然传说中此老已经三百多岁，能知人之生死吉凶，能晓世间花开花落，但刘备亲自跑去巴巴求见的人只有诸葛亮。李意是传说中的人物。刘备现在又贵为皇帝，自然不能屈驾以求。

李意跑去见他。

作为隐者，特别是一个著名隐者，李意其实也不轻易见人的。特别是跑出去见人。他来是要告诉刘备一件事。一件与未来有关的事。

李意在刘备面前用纸笔画了四十多张兵马器械，画完后又一一扯碎。接着又画一个大人仰卧在地上，旁边有一人掘土埋他，上写一大“白”字。

做完这一切之后李意不发一言，飘然离去。

刘备迷惑不解。这是李意设置的历史迷局或寓言。刘备相信自己一定和此中场景密切相关。福兮祸兮，一时难以参透。就像历史从来暧昧难言，能够清晰表白的不是历史，而是现实。

他最终选择了出发。

人生就是出发。然后承受。承受前路的风景与陷阱。喜悦与惊恐一路相伴，它们构成了世人共同的人生经历。

和回忆。

刘备也概莫能外。他的喜怒哀乐已远甚于常人，再多一些经历也没什么。

所以刘备带领七十五万大军浩浩荡荡，杀奔吴国而来。

孙权不知道自己该怎么办。这是一个人的死所引发的战争。只是现在的刘备今非昔比，不是当年在他人屋檐下四处讨生活的老漂了。

占据天府之国，做了皇帝。重要的是手里有兵。

重兵。

这架势，活脱脱当年曹操征赤壁的翻版——玩的就是势大力沉。

压死人。

不错，刘备的七十五万大军堪比曹操当年的百万大军。虽然都有水分，质地也不纯正，混进了不少杂牌军甚至借来的部队，但威胁还是有的。

致命的威胁。

因为刘备有仇恨。

在这个世界上，一个人有刀可以用刀杀人，或者借刀杀人。有仇恨则用仇恨杀人。

这是杀人的最高境界。所谓跨省、跨国追杀，也不过如此。

所以诸葛瑾站了出来，准备为孙权分忧。

诸葛瑾总是这样，在关键时刻站出来，为孙权分忧。虽然他能力不强。

这个世界也的确有一种人，能力不强却善于表现。他们占据了人生的主动权。左右逢源，顺风顺水。很多能力超强的都落水了，唯独他们，始终傲立潮头。

就像诸葛瑾。

在东吴如云的谋士当中，诸葛瑾资质平平，却每次都表现抢眼。

这一次也是如此。

他要说服刘备，化敌为友，和孙权联起手来共讨曹丕。

毫无疑问，这是个乌托邦式的设想。起码在孙权听来是这样。

但孙权还是同意诸葛瑾一试。

因为没人了。这样的时代，挺身而出既是态度，也是能力。他不看好诸葛瑾又能看好谁呢？

心硬心软

刘备拒绝接见诸葛瑾。虽然这个人是诸葛亮的哥哥。

他倒不是对诸葛瑾有什么成见，而是不给自己机会。

心软的机会。

不错，男人要成就一件事情，必须硬起心肠一意孤行。刘备怕见了诸葛瑾，对方一通声泪俱下后，自己会软下心肠来。更何况他本身就是个心太软的男人。

黄权却劝他一见。毕竟是诸葛亮的哥哥啊，做人不可以这样无情的。

黄权以为，一个人心硬还是心软不在于看见什么，而在于自己心中有没有主见。有了主见，妖魔鬼怪来了都不怕；没有主见，躲在暗室都会心惊肉跳。

所谓暗室欺心。

刘备决定一见。就算是给自己一个考验的机会吧。钢铁是怎样炼成的？

就这么炼成的。

诸葛瑾果然侃侃而谈，试图说服。

他说，陛下，关羽以前在荆州时，吴侯曾数次求亲，关羽都不答应。后关羽取襄阳，曹操屡次写信给吴侯，让他偷袭荆州。吴侯本来不肯的，可是吕蒙与关羽不和，擅自出兵，以至误成大事，现在吴侯真是悔之不及。陛下啊，这都是吕蒙的罪过，非吴侯之过。现在吕蒙已死，冤仇已息。孙夫人也极想回到陛下身边来。所以吴侯就令我为使，希望能够送归夫人，缚还降将，并且将荆州仍旧交还，永结蜀吴盟好，共灭曹丕，以正篡逆之罪。不知陛下以为怎样？

刘备有一点点动心。不知不觉间，有一点点动心。

唉，人世间最可怕的武器是什么？还是三寸不烂之舌啊。诸葛瑾一口一个陛下，叫得他心里酥酥的。与此同时，“送归夫人，缚还降将，并且将荆州仍旧交还”，毫无疑问都能打动他的心。

这是什么？这是诚意啊，也是孙权示弱的表现。要不要接受呢？

很快地，刘备就冷若冰霜了。因为他发现了自己的心软。

可耻的心软。

不错，孙权给出的好处是大大的，特别是“将荆州仍旧交还”这一条，但是，他能将关羽仍旧交还吗？

刘备马上想到了四个字。

见利忘义。

自己现在就是见利忘义，忘了兄弟情义。

他是复仇来的，不是敲诈勒索来的。所以在这里，交易是不存在的，甚至对话也是不应该存在的。

他开始对诸葛瑾怒目而视。

诸葛瑾却不知趣，还在进行最后的说服。诸葛瑾说，天下的事情最重要的是什么？知晓轻重大小。就让我替陛下说说轻重大小之事吧。陛下是汉朝的皇叔，如今汉帝已被曹丕废了，陛下不想着去剿灭曹丕，却为关羽这样一个异姓兄弟大动干戈，正所谓舍大义而就小义也。再者说了，中原是海内之地，地理位置极其重要，陛下不取，而来抢荆州，这是弃重而取轻也。陛下即位以后，天下人等都以为汉室必兴，山河得以恢复。可陛下您呢，置魏而不顾，反来伐吴！我，我真是为陛下您不值啊！

毫无疑问，诸葛瑾在这最后的说服中使用了激将法。他以为，凭此可唤起刘备的血性和公义感。

但是，没有。

刘备怒了。

他将诸葛瑾赶了出去。

不错，刘备很多时候可以谦虚谨慎忍辱负重，但他唯一接受不了的就是激将法。因为他脸皮超薄。

对一个脸皮薄的人来说，用激将法可以收到成效；对一个脸皮超薄的人来说，用激将法只能是自找死路。因为受激者会恼羞成怒。

心理底线被突破了。

刘备现在的心理底线就被突破了。“舍大义而就小义”、“弃重而取轻”……刘备什么时候被人这么骂过？做皇叔的时候没人敢这么骂他；现在他奶奶的做皇帝了更没人敢骂。

除了这个拎不清的诸葛瑾。所以诸葛瑾只能灰溜溜地逃了。被刘备骂逃的。

他逃走的时候刘备还让他带一句话给孙权。准确地说是四个字。

洗颈就戮。

刘备让孙权把脖子洗干净了等他来砍……呵呵，刘备第一次让世人觉出了他的狠劲和幽默。

复杂的是眼光

张昭怀疑一切。

一个怀疑一切的人其实是高智商者。对世界质疑首先需要的是智慧。

但张昭怀疑的不是世界，而是怀疑本身。一个人怀疑世界没什么，一个人如果连怀疑本身都怀疑了，那他的怀疑可谓登峰造极。

张昭就是这样一个人。

现在，他怀疑上了诸葛瑾。

为什么在这关键的时刻，诸葛瑾要去见刘备。他见的是刘备吗？错！他见的是自己的前程。

张昭以为，诸葛瑾知道蜀兵势大，所以假借请和为理由，试图背吴入蜀。张昭断定，诸葛瑾此去是一定不会回来的。

但孙权以为，未必。因为看一个人是走是留，不仅仅要看当前的情势，更要看历史。

从历史上看，诸葛瑾同志是久经考验的忠诚的东吴卫士，生是东吴的人，死是东吴的死人。当年诸葛亮来东吴，孙权曾想让诸葛瑾留住他，诸葛瑾却说了这样一句话：弟已事玄德，义无二心；弟之不留，犹瑾之不往。很有各为其主的意思。

所以现如今，诸葛瑾肯定不会降蜀。孙权有这个自信。

张昭也有同样的自信，赌诸葛瑾一去不回头。

人世间多少人一去不回头，多少事一去不回头。张昭没有见过永远留在头顶上的太阳，永远停在眼前不走的河流。一切都是运动的，一切都会消失。张昭不相信，人世间有永远的忠诚。

就像当年曹操来攻赤壁，他带头哭着喊着要投降一样，所谓识时务者为俊杰，古今中外，概莫能外。

但是，诸葛瑾回来了，落魄地回来了。

他站在孙权和张昭面前，一无所获的表情。

张昭不明白，为什么一个人一无所获还会回来。但是孙权却明白，正因为诸葛瑾一无所获，所以才会回来。

每个人的需求不一样。看问题的角度不一样。但事实却只有一个。

就像他和张昭对诸葛瑾的看法截然相反，诸葛瑾却注定会回来一样，人世间的道理有时就简单得如同 1 + 1 = 2 一样，并不复杂。

复杂的是眼光。看待世界的眼光。

问题如故。危机如故。

江东大兵压境，诸葛瑾空手而归。

当然严格来说，也不是空手而归。而是带回来一句话。

洗颈就戮。

这样可怕的场景想象毫无疑问让孙权忧心如焚——这个刘备，多年的媳妇熬成婆，如今也敢说这样硬气的话了。

如之奈何。如之奈何啊。

有那么一瞬间，孙权感觉自己变成了刘备。寄人篱下时的刘备。

他需要破解之道。

赵咨给他提供了破解之道。赵咨是中大夫。有两个特长。一是口才好；二是不怕死。在这个世界上，有很多人口才好，也有很多人不怕死。但二者兼备的，不多。

赵咨算一个。

赵咨的想法是，往许都走一趟，面见曹丕，陈说利害，使他袭汉中，如此，则江东之危解矣。

这叫围魏救赵计的三国版。

孙权不置可否，忧虑依旧。这样的时代，不是和这个联合就是和那个联合，为的就是能够活下去，卑微地活下去。这样的发现让孙权心酸。

什么时候开始，自己变成鱼腩，任人摆布了？就像这个世界上很多碌碌无为的人，无法掌握自己的命运，只能承受加忍受一样，孙权惊恐地发现，自己泯然一众人矣。

却只能让赵咨走。因为别无选择。

人生的困境其实就是别无选择。表面上看，选择多多，但其实很多选择都是伪选择。以为可以挑肥拣瘦，偏偏剩下的都属于你——剩下的都是歪瓜裂枣，你爱挑不挑，再挑也挑不出好来。

坚定错误不动摇

赵咨站在了曹丕面前。

曹丕没有看他。在曹丕眼里，孙权都不存在，何况赵咨。

这其实是大人物定律。大人物眼里只有更大的人物，其他都是空气。

赵咨不愿做空气。他要让曹丕刮目相看。

曹丕漫不经心：你的主人孙权是什么样的一个人啊？

这样的漫不经心其实是一种轻慢——一个人的形象如果在外人眼里是模糊的，那说明这个人无足轻重。因为真正的大人物早已名声在外，个性鲜明，形象栩栩如生。

所以，赵咨再怎么回答也是无足轻重。

但赵咨还是回答了。他用了三个形容词来概括孙权。

聪明、仁智、雄略。

曹丕笑了。轻笑。曹丕以为，一个人成不了大人物没关系，但做大人物状就很可笑了。聪明、仁智、雄略这三个词是可以用在孙权身上的吗？他以为赵咨马屁拍得太过了。

赵咨举例说明：“吴侯纳鲁肃于凡品，是其聪也；拔吕蒙于行阵，是其明也；获于禁而不害，是其仁也；取荆州兵不血刃，是其智也；据三江虎视天下，是其雄也；屈身于陛下，是其略也。以此论之，岂不为聪明、仁智、雄略之主乎？”

曹丕不笑了。或者说他的笑容僵硬了。

不是佩服孙权聪明、仁智、雄略，是佩服赵咨聪明、仁智、雄略。这小子，要有多强的随机应变能力和概括力才能如此回答啊?!

便继续考核。

问：我要攻打东吴，你看可以吗？

答：大国有征伐之兵，小国有御备之策。

问：吴怕魏吗？

答：带甲百万，江汉为池，怎么会怕呢？

问：东吴像你这样的人才有几个？

答：特别聪明通达的有八九十人；至于像我这样的，车载斗量，不可胜数啊。

曹丕不再问了，而是感慨：人才啊，顶级人才啊，这样的人才怎么出在东吴不出在魏国呢？

所以感慨之后便是伤感，伤感之后便是肃然起敬。他不再目中无人了。

大人物定律就此改变。大人物眼里有更大的人物，也有令其折服的人物。后者可以凭借智慧征服他人。

当然，孙权的命运也被稍稍改变了一下——他被曹丕封为吴王，加九锡。

大夫刘晔对曹丕的治国之策提出了异议。准确地说，他对曹丕加封孙权为吴王的举动不理解。刘晔以为，解决世间的问题其实有两种途径。一是直截了当；二是曲径通幽。前者是首选，后者是无奈之举。当可以直截了当解决问题时，为什么要绕着弯儿上呢？

这叫多此一举。

刘晔说，现如今孙权害怕蜀兵来攻，所以才来讨好我们。在我看来，蜀、吴交兵，对我们是极好的机会。皇上不妨派重兵渡江袭吴，这样蜀攻其外，我们魏攻其内，吴国的死翘翘是指日可待的。吴亡则蜀孤。拿下它是迟早的事……

但曹丕却想到另外一个问题。

天下人心。

不错，两面夹击是有可能拿下东吴，但这是得还是失呢？

人世间最难判断的问题就是得失了。有时候得就是失，失就是得。曹丕以为，从表面上看，两面夹击可以尽快得到东吴，但天下人心却失去了。孙权是来称臣的，态度谦卑有加，自己也刚封了他为吴王，恩赏未绝，便举屠刀，不是有为之君的德行。这事要是传出去，天下人会怎么看自己？

曹丕开始爱惜自己的羽毛了。

刘晔则想到了另外一个问题。

危险。

孙权是什么？江东的一头狼啊。狼摇尾乞怜并不表示它从此就不吃肉了。错！它的目的就是为了肉而来的。

起码是为肉骨头而来。

刘晔对曹丕分析说，孙权这个人，是前汉的骠骑将军、南昌侯。官职不高，对中原一向有敬畏之心。他久居江东无所作为，说到底是号召力不够。现在陛下封其为王，离您只有一步之遥了。此人居心叵测，定会利用王位兴风作浪，陛下此举，无异于与虎添翼啊！

曹丕却依旧看轻孙权。或者说他认为刘晔危言耸听了。

不错，孙权是有两把刷子，但刘备也不是吃素的，他们两个火拼，无非是灭一国，存一国，到那时再除掉幸存者，所谓水到渠成，不费吹灰之力。

所以曹丕坚定地认为，他的决策是正确的。

错误的也是正确的。

这是一国之君秘不示人的政治观——任何情况下坚定信念不动摇。坚定错误也不动摇。

要乾纲独断，乾纲独断啊！

曹丕对自己秘不示人的政治观颇为感慨和自得。

东吴一派凄惶，为孙权的屈居人下。

不错，是封王了，还加九锡，可依然是曹丕的手下，接受魏帝的领导。以前那个到处寄人篱下的刘备则和曹丕平起平坐——两人同为皇帝，虽然谁都不鸟谁，但刘备的气节就在这里——你可以不承认我，我就是称帝了。怎么着吧?!

所以顾雍声泪俱下，为孙权的丧失气节。他说："主公宜自称上将军、九州伯之位，不当受魏帝封爵。"

孙权却准备寄人篱下，像刘备过去经常干的那样，接受曹丕的领导。

人生似乎经常这样，头上总有个领导，不是甲领导就是乙领导。虽然很多人一生追求自己做领导，却很少有人能做到头上再无领导。

孙权决定能屈能伸，学习刘邦好榜样。当年刘邦忍辱负重，接受项羽之封，最后终成霸业。孙权以为，自己也可以做到退一步海阔天空。

承受误解

那个人终于来了。

曹丕特使、太常卿邢贞。

他昂首挺胸地往前走。手里捧着册锡。曹丕恩赐孙权为吴王的册锡。

一般情况下，邢贞走路不这么昂首挺胸的。但现在不一样。现在不是他在走路，是权力在走路。

他将代表曹丕的意志，把某种权力分配落实到位。

但是，邢贞遭到了抵抗。目光的抵抗。

孙权率百官出城迎接时，邢贞自恃上国天使，入门也不下车，昂首挺胸如入无人之境。

很多目光便燃烧了起来。

事实上邢贞此举突破了江东百官的心理底线。已经忍辱负重屈居人下了，他奶奶的你也别作威作福盛气凌人啊……

一个声音便炸响了——“礼无不敬，法无不肃，而君敢自尊大，岂以江南无方寸之刃耶?”

说者是张昭。老同志了。

当年曹操兵迫赤壁之时，张昭同志是极力主降的。可这一回，老同志突发第二春，出人意外地厉声警告，很有正义凛然的意思。

邢贞愣住了。他很快明白“方寸之刃”是什么意思。

只是他不相信，这“方寸之刃”敢刺向他。他是什么，是最高权力的化身啊。威胁他就是威胁最高权力，是可忍孰不可忍?!

但最后还是忍了下来。

因为他发现，张昭不是一个人在战斗。在张昭身后，是一片燃烧的目光。

还有一双苍凉、韬光养晦的目光。

孙权的。

邢贞不能判断如果张昭有所作为后孙权会不会加以制止，但他唯一能判断的是，张昭们是一定会有所作为的。

他百分之九十九会躺下，成为曹丕最高权力的牺牲品。

邢贞当然没有那么大公无私——拜托，拿这么一点死工资，别让我承担那么大的责任好不好？别迷恋哥，哥不是雷锋。

所以他下车了。慌忙下车了，与孙权相见，俩人并车入城。那情景，像极了兄弟俩。

有人哭了。痛哭。

是徐盛。徐盛看见孙权和邢贞勾肩搭背，并车入城，仿佛看见了偶像的坍塌——什么时候开始，我们的领导人变得如此没有气质，将自己混同于一个小喽啰?!

这还是曹操当年感慨过的“生子当如孙仲谋”的那个人吗?

这还是在赤壁战场上誓死不降、血战到底的那个人吗?

所以，徐盛哭了，哭得很绝望。他边哭边说：“吾等不能奋身舍命，为主并魏吞蜀，乃令主公受人封爵，不亦辱乎!”

孙权在车上听到后也哭了。他这才知道，原来忍辱负重最难的不是承受自己心中的屈辱，而是承受世人的误解。

只是孙权没有哭在脸上，他哭在心里。因为还要在邢贞面前继续忍辱负重，做一脸苍凉、无所谓的表情。

邢贞则心惊不已。因为这哭声在他听来，分明是江东力量的隐晦表达。江东将相如此声气相投，终非久在人下之相啊。

所以，他可以开路了，在江东的愤怒到达顶点之前，识相地走人，以免自己陷入泥潭不能自拔。

邢贞走了，孙权陷入了孤独当中。

深刻的孤独。

因为他突然发现，自己除了得到一个看上去很美的王位之外，其他什么都没有。特别是曹丕的支持。

曹丕事实上是将他架在火上烤——你称臣我是可以接受的，要我出兵替你火中取栗，门都没有。

所以当刘备大军水陆并进，声势震天而来时，孙权发现自己只是一个人在战斗。不仅曹丕袖手旁观，他的文武官员们也袖手旁观。

也许是在看他的笑话——接受了曹丕的领导，就让曹丕出头来帮你好了。有事别找我们。

孙权感慨——“周郎之后有鲁肃，鲁肃之后有吕蒙，今吕蒙已亡，无人与孤分忧也!”

这似乎是人才危机的一种表达，但对孙权来说，现在是人才和人气双重低落的时候。他真真孤立无援了。

为情感而战

有一个帅哥突然跳出来声称要帮助孙权打败刘备。

帅哥今年二十五岁，叫孙桓。官授武卫都尉，是孙权手下等级偏低的将领。

孙权不知道自己要不要把宝押在他身上。因为没有明确的证据表明，孙桓可以承担如此重任。

他所具备的，只是勇气。

在这个世界上，勇气真的可以战胜一切吗?

也许可以。也许不可以。因为有两句话是这样说的——

狭路相逢勇者生。有勇无谋。

这两句话分别昭示了勇气的两种结果。孙权不知道孙桓会属于哪一种。

但孙桓最后还是出发了。带着二万五千军马，顶着一个左都督的头衔出发了。

因为孙权别无选择。

人世间的很多事都是别无选择，只能顺其自然往前走。一方面孙权想多给孙桓一些兵让他有所作为；另一方面他又怕给多了肉骨头打狗有去无回，所以就给了他这点兵。

尴尬的二万五千军马。鸡肋般的二万五千军马。

孙权似乎是买一个希望或者说好手气。最起码，孙桓不要败得太难看。

孙桓却非常对不起孙权。因为他毫无悬念地败得很难看。

被打得受困于彝陵，同时另一将领朱然大败于江中，二万五千军马差不多都死翘翘了。

孙权简直欲哭无泪。买彩票也没这么惨的。孙桓打的是刘备吗？错！他打的是寂寞。寂寞无敌。

只好又派兵遣将。这一次是不管愿不愿上、敢不敢上、该不该上拉过来就上。韩当、周泰、潘璋、凌统能走得动路的都上了。正将、副将、先锋、后应各个位置都安插上人，说你行你就行，不行也行，甚至连患了痢疾拉肚子不止的甘宁也拉过来硬上了，给了个救应的位置，算是有所照顾了。

出兵十万，比上次的多四倍。

孙权希望这次是真的有所收获，十万啊，买彩票的话大奖几率很高的。

起码，不中大奖，小奖也该有一串。

却是倒吸一口冷气。因为刘备太强了。

刘备的大部队，从巫峡建平开始，直接彝陵界分，全长七十余里，共连结四十多个营寨，可谓浩浩荡荡。十万吴兵在如此的浩浩荡荡面前，再次成为鸡肋。

甘宁一边看一边不停地拉肚子，觉得自己是真不行了。

最后果然不行了。死了。

不是拉死的，是被刘家军的箭射死的。

在一场血战过后。

与此同时很多吴军也死了。所谓尸横遍野，血流成河。

韩当、周泰一夜之间发现自己成了光杆司令。

当然最痛苦的人是孙权。唉，人世间的很多事情，死去的人不痛苦，活着的才痛苦。因为需要承受。

承受活着的苦难。

当然人生就是承受苦难和解决苦难。如果能够解决的话。

孙权尝试解决，以非战争的手段。

的确，在这个世界上，解决苦难的手段有很多，但归纳起来只有两条：战争的；非战争的。当战争的手段行不通时，只能用非战争的手段解决。

有两个人被推出来当了替死鬼。

范疆、张达。

这两个在黑夜里用刺刀结果张飞性命的人这一次惊骇地发现，人生是不可靠的。

以为弃暗投明，以为孙权是自己的保护神，一不留神自己竟成了孙权的保护神——孙权要把他俩绑起来交给刘备去处理。另外准备交给刘备的还有：张飞首级；刘夫人；荆州。

孙权希望刘备能够笑纳，以此换取和平。

哪怕是短暂的和平。

刘备接受了张飞首级。还有范疆、张达。

此二人在承受了人世间最痛苦的刑罚之后去见张飞去了。

但是其他的东西刘备都没要。他要的还是复仇。

要孙权付出生命的代价。

在刘备看来，战争有两种。一种为利益而战，一种为情感而战。前者是理智的，后者是疯狂的。

是不可以谈判的。

刘备这次带来75万大军孤注一掷打的就是后一种战争。

很疯狂。

如果从利益的角度出发，他完全有更好的选择。但刘备都无视了。

因为他不是别人，他是刘备。

桃园三结义的刘备。

他的生死不属于他个人。

很傻。很悲壮。很不领导人。

却别无选择。

起码刘备自己这么认为。

速生的大都督

孙权也别无选择。

是真的别无选择。

在用尽战争和非战争的手段都未能奏效后，孙权发现自己面临绝境。

就像很多人的人生，以为可以左右逢源，却竟然首鼠两端，无法突围。

这是一种瓶颈。

需要外力来打破。

瓶颈是用来打破的。这是瓶颈的价值之所在。当然真正破瓶之人何时出现，却是天意。

阚泽站了出来。因为他发现了一个人。陆逊。

阚泽以为，陆逊就是破瓶之人。

在东吴的历史上，有这么几个人举足轻重。周瑜。鲁肃。吕蒙。

还有陆逊。

因为他们在最关键的时刻带领团队有所作为。

周瑜、鲁肃、吕蒙的贡献就不用说了，陆逊在荆州一役大破关羽就令人刮目相看。

所以阚泽觉得，陆逊值得期待。起码他的舞台还没有充分展开。

现在，该是给他舞台的时候。对手已经倾巢出动，对手戏也正演得张牙舞爪，急需陆逊来救场。

也只有他才能救场。尽管刘备名声显赫，陆逊籍籍无名，但毫无疑问，陆是实力派演员。他已经把关羽给 PK 下去了，现在他的对手将是刘备。

如果给他这个机会的话。

孙权愿意给陆逊机会。

张昭却以为，陆逊只是一介书生，并非刘备对手。前面多少能人在刘备面前被打得落花流水。现在书生上阵，能顶多大事呢？

顾雍和来鹫则从资历的角度来论证陆逊出演男主角的极端危险性——陆逊不是陆毅，没有偶像的号召力。真要演砸了，哭都来不及。他们两个一个说："陆逊年幼望轻，恐诸公不服；若不服则生祸乱，必误大事。"另一个说："逊才堪治郡耳；若托以大事，非其宜也。"意思是一个县处级干部怎么可以出任三军总司令呢？这玩笑开大发了。

孙权一意孤行。也只能一意孤行。

不错，是有很多能人在刘备面前被打得落花流水，但这只能说明不能再派类似的能人上了。

一个人是不是能人，需要战场来检验。特别是这样的时刻。

书生上阵，才能突发奇想，才能出奇制胜。

孙权愿意给书生一个机会。也给自己一个机会。

最后的机会。

虽然说什么坛到最后都是祭坛，什么圈到最后都是花圈，但是人生在世，还是需要一个坛一个圈的。

因为这是身份的象征。

陆逊站在了拜将坛上。

他被孙权拜为大都督、右护军镇西将军，进封娄候，赐以宝剑印绶，令掌六郡八十一州兼荆楚诸路军马。

恩宠一时无两。

孙权甚至说了这样的话："阃以内，孤主之；阃以外，将军制之。"

当着大家的面说的。

大家沉默无语。心情复杂。

失望。嫉妒。焦虑。漠然。

孙权这是赌了，赌一种未来的可能性。一个书生转眼之间就成了大都督，在东吴的历史上还没有这样的先例。

只是速生的大都督真能叱咤风云、威震四方吗？很多人持怀疑态度。

在这个世界上，权力和权威是截然不同的东西。

权力可以授予，权威不能速成。一般情况下，权力和权威成正比关系，权力越大，权威也越高。

只是具体到陆逊身上，情况并非如此。他的权力和权威成反比关系，权力越大，权威并没有随之升高。

很多人藐视了他。

特别是韩当、周泰。

韩当、周泰虽然逃到猇亭。是败军之将，却也是资深的败军之将。起码比陆逊要资深。

所以当提拔陆逊为三军总司令的红头文件下发到他们手里时，他们的反应是四个字。

不解。不服。

不解是对孙权的选择不解。不服是对陆逊不服。

陆逊很快就知道了韩当、周泰等人的情绪。因为他走马上任了，开始升帐议事。

帐里一片静悄悄，同志们没有议事，都沉默着。

难堪的沉默。

不服、不屑的沉默。

只有周泰提了一个问题。他说，安东将军孙桓是主上之侄，现在被困于彝陵城中，内无粮草，外无救兵。还是请都督早施良策，救出孙桓，以安主上之心。

陆逊打了个哈哈，如是回答："吾素知孙安东深得军心，必能坚守，不必救之。待吾破蜀后，彼自出矣。"

毫无疑问，这样的回答在周泰们听来是懦弱的象征。周泰其实提这个问题并不是真的要去救孙桓，他是要测试陆逊的智慧，看看这个人是不是有足够的大智慧担当三军总司令。

结果失望了。

韩当、周泰都失望了。韩当甚至以为，让这么一个鸟人来指挥作战，东吴完了。

彻底完了。

陆逊也失望了。不是对自己，而是对韩当、周泰。

因为智慧。他们的智慧不足以理解自己的智慧。这既是失望，也是惆怅。

在这个世界上，智慧与智慧之间是需要惺惺相惜的。而高智慧受到低智慧嘲笑的事则经常发生，这是不能惺惺相惜的结果。

表面上看，陆逊的回答无所作为，但无所作为其实就是最大的作为。刘备大军咄咄逼人，这样的时刻需要避其锋芒、韬光养晦，总之就是无所作为，然后再伺机有所作为——这是陆逊的战略观和战局观。只是无人理解。

起码韩当、周泰就不理解。

所以对陆逊来说，他现在首先要解决的不是外部的问题，而是内部的问题。就像人世间的很多问题，外部的就是内部的，内部的解决好了，外部的也就迎刃而解了。

等待一种可能

但是，内部问题无法解决。

由于陆逊的回答给韩当、周泰等人留下懦弱、无能的印象，所以他的话没人听了。

权威随风而逝。

陆逊传下军令，命令诸将严守各处阵地，不许轻敌。但将士们都笑他是胆小鬼，不肯坚守。

军令被视作儿戏了。

陆逊很生气，后果却并不严重。因为大家嘻嘻哈哈。韩当甚至敢跟他顶嘴，说老弟你只知道坚守勿战，是不是要等老天爷去杀贼啊？我们不是贪生怕死之人，为什么要当缩头乌龟呢?!

韩当的言论很有粪青风格，引得众将一片叫好。陆逊势单力孤了。

他只能拔出孙权赐给他的剑做声色俱厉状，警告同志们不要挑战权力，更不要挑战权威。因为历史的经验教训证明，与权力对着干绝没有好下场。

最终，这把剑起了作用。

因为是孙权的剑。

韩当、周泰们在最高权力面前做了让步，去严守各处阵地了。

起码做严守状，虽然心里还是不服。

刘备越来越浩浩荡荡了。

他从猇亭开始排兵布阵，几十万大军一直排到川口，前后四十个营寨，接连七百里地，白天看上去，哇，旌旗蔽日，晚上看上去，哇哇，火光冲天。很有人间不夜天的意思。

刘备很陶醉。

浩浩荡荡带来的陶醉。

的确，浩浩荡荡是这样一种力量——它会令人相信自己无坚不摧。

舍我其谁。

刘备就舍我其谁了——复仇，我行，我可以。

所以陆逊在他眼里就很渺小了。尽管马良提醒他“陆逊深有谋略，才不下周瑜”，刘备却依旧藐视他。

刘备下令进攻，排山倒海地进攻。

陆逊却坚守不出，誓将缩头乌龟做到底。

陆逊其实是在等待。等待一种可能性——刘备求战不得后，可能会移师于山林树木间。到那时他再有所作为。

刘备果然下令移师于山林树木间。

因为夏天到了，天气慢慢变得炎热，部队取水很不方便。

马良想到了一个问题：部队移防，吴兵突然袭击怎么办？

刘备轻笑。一副胸有成竹的样子。他说自己早已做下预案，令吴班引一万多弱兵，在靠近吴寨的平地移防；与此同时他再选八千精兵伏于山谷之中。如果陆逊来袭，就叫吴班诈败，引陆逊来追，到那时伏兵突出，断其归路，陆逊这小子还不手到擒来?!

众人恍然大悟。恍然大悟之后是齐拍马屁——“陛下神机妙算，诸臣不及也!”

马良没有参加到拍马屁大合唱当中，而是小心翼翼地提了这样一个建议——建议刘备将各营移居之地，画成图本，急送成都求教于诸葛亮，看合不合理。

刘备不高兴了。很显然，马良看轻了他。

这似乎是职业的偏见。在这个世界上，业有专攻，军师就是专门管出谋划策的，刘备虽然贵为皇帝，出谋划策也还是门外汉。

但此时的刘备不是以前的刘备。以前虚怀若谷、闻过则喜，现在做了皇帝，总觉得自己无所不能，没有必要再事事请教诸葛先生。

便说，我也是很懂兵法的，何必再问丞相，贻误战机？

刘备这话说得一点都不脸红，相反还有些恼羞成怒——他奶奶的我是皇帝，有没有搞错啊？哪有皇帝请教丞相的道理？

马良依旧在坚持。毫不放弃。

事实上马良已经看出了问题的严重性：刘备移师，是自找死路。只是自己人微言轻，无法说服，只好搬出诸葛亮来制止。

为了达到目的，他还对刘备引用了一条格言。

兼听则明，偏听则暗。

这条格言意外地起作用了——刘备采纳了马良的建议，让他自己去各营，画成图本，然后送呈诸葛亮。

刘备之所以突然改变立场是因为他要做一个明君而不是昏君。哪怕是走一走形式。

这是刘备的道德自觉。虽然脾气见长，却还是愿意做一个人人称颂的好皇帝。所以在自尊与名誉之间，刘备还是选择了后者。

这是做皇帝的委屈之处，也是刘备和曹丕的区别。刘备志存高远，尽管他人生中最大的挫折已近在眼前，历历在目。

乌龟把头缩回去的目的

初期的征兆却是花好月圆，一切都按计划进行。

刘备的四十多个营寨，全都顺顺当当移师于山高林密处，依溪傍水，大部队的饮水问题得到了解决。

靠近陆逊营寨的平地上，一万多老弱之兵成为诱饵，扛一“先锋吴班”的旗号引诱陆逊上钩。

陆逊没有上钩。

因为他看到了杀气。前面山谷中的杀气。

有杀气必有伏兵，就像有流水必有桃花一样，这是世界的对应法则。

周泰们却不相信这一点。他们相信陆逊还是懦弱，不敢出击。

他们很想有所作为，如果陆逊身上没有那把权力之剑的话。

只是三天后，他们不敢有所作为了。

因为谜底揭开，残酷的真相浮出水面——全副武装的伏兵们从山谷中出来，掩护诱饵撤出。

世事一如陆逊所料。

周泰们这才知道，原来人世间的很多事，不到谜底揭开是不可以预测的。“透过现象看本质”这句话说说容易做起来难。

陆逊做到了。

孤独地做到了。顶着压力做到了。

但陆逊更加令人称奇的是接下来他语出惊人——十日之内，必破蜀。

这一点让众将大跌眼镜。因为众将以为，破蜀要趁早，趁刘家军立足未稳之际才有可能。现在刘家军连营五六百里，驻防已七八个月，很多要害地方，都已固守，怎么能破？

陆逊却不以为然。在他看来，先发制人和后发制人在技术手段上并不存在谁更牛叉的问题。甚至很多时候，后发制人才能有所收获，因为它打击的是人性的弱点。

疲惫。散漫。大意。

刘家军刚来时气势汹汹、锐气正盛，此时如果先发制人，毫无疑问是以弱胜强，没什么胜算；现在七八个月时间过去了，虽然很多要害地方都已被刘家军固守，但是疲惫、散漫、大意等种种状况也在部队当中滋生。

出击已迫在眉睫。所谓十日之内必破蜀并不是开玩笑，而是玩真的。

因为陆逊要后发制人了。时机恰到好处的后发制人。

在最关键的时刻，刘备却犯了一个最关键的错误。

他命令水军，顺流而下，沿江屯扎水寨，以此深入吴境。同时他又命令黄权统摄江北之兵，以防曹丕。

曹丕叹息。为刘备的不智。

曹丕当然不相信黄权带那点兵就可以阻挡自己的进攻——如果自己愿意进攻的话。他只是觉得，刘备完了。自己被自己打败。

不错，人生的战争，说到底都是被自己打败的。败于不慎、自大以及过往的人生经验当中。

就像此时的刘备。以为胜利在望，以为陆逊真是缩头乌龟，却不知乌龟把头缩回去的目的就是为了把它伸出来。

在这一点上，曹丕比刘备有先见之明。他对那些一头雾水的手下如是叹息说，刘备到底是不懂兵法啊，打仗哪有连营七百里，而可以拒敌的道理？所谓包原隰险阻屯兵者，乃兵法之大忌也。刘备连这个常识都没有，还打什么鸟仗?！我断定，刘备必败于东吴陆逊之手，十日之内，一定会有消息传来。

百官们却不相信这一点，就像他们不相信月亮可以打败太阳一样。刘备是什么？刘备是这个江湖上的太阳，已是如日中天，而陆逊说他是月亮都抬举了他，他最多是颗流星，甚至是陨石，存在的目的就是为了毁灭自己。

以耀眼的形式。

曹丕轻笑。

孤独地轻笑。以预言家的感觉孤独地轻笑。

因为他已经看到未来了。确凿的未来。

只是没人相信。

人世间最大的悲凉其实在于，在众人没有看到未来的时候自己先看到未来，并且还要众人相信。这基本上是鸡同鸭讲，不具备在一个平台上交流的条件。

好在曹丕手上还有一样东西。权力。

权力者言是一句顶一万句的，哪怕听者口服心不服。就在百官们言辞恳切地请曹丕出兵阻止黄权可能的进攻时，曹丕却告诉他们黄权的进攻是虚拟的进攻，现在要讨论的不是刘备方面未来会怎么样，而是要讨论陆逊胜利以后会怎么样。陆逊如果取胜，一定会带领吴兵去取西川；吴兵远去，东吴空虚，这对我们来说是个机会。所以我们的下一个目标不是刘备，而是东吴。

泾渭从来分明，玄机从来无语

有一个成语叫拍案叫绝。

但很多时候，人们拍案并不是为了叫绝，而是叫苦。

就像现在的诸葛亮。

因为他手上捧着一份图本。

刘备的七百里连营图。

图本画得浩浩荡荡，极尽豪迈气势，但在诸葛亮看来，却是极为空洞和苍白。

不错，世事经常是反其道而行之。表面上豪迈的东西往往空洞不已。就像刘备这次的七百里连营，诸葛亮看来看去，只看到了一样东西。

火。

赤壁之战，曹操败在火攻上，现在刘备要重蹈覆辙了。当然，诸葛亮身为一代军师，自然可以想出破解之道，只是有一样东西他却破不了。

任何人也破不了。

时间。

时间已经来不及了。

当马良千里迢迢地入川，气喘吁吁地将七百里连营图交到他手上时，诸葛亮就黯然明白，一切都已错过。在人间，有些事可以有解释、补救的机会，有些事却没有。它只能让你看到残酷的结局却无能为力。这是人生的一种悲凉。

但是，诸葛亮还是有过人之处的。

不错，有些世事没有解释、补救的机会，可预先看到结局也是一种能力。就像曹丕预先“看”到陆逊必胜、刘备必败一样，诸葛亮也看到了这一点。

诸葛亮不仅“看”到这一点，他甚至看到了曹丕看不到的结局——陆逊不敢追击刘备，因为他要提防“魏兵袭其后”。这是陆逊应有的计谋反应，只是曹丕忽视了这一点。

曹丕总以为自己比其他人都聪明，所以他会做出“陆逊如果取胜，一定会带领吴兵去取西川”的判断。正是在这一点上，他和诸葛亮大相径庭。

两人的智慧高下立判。

当然诸葛亮的智慧不仅于此。在对这场战争未来的判断中，诸葛亮还做出了两大重要判断。一是汉朝气数休矣！

汉朝玩完了。汉朝早就玩完了，在汉献帝被曹丕赶走之后。不过诸葛亮在这里感叹的不是汉献帝而是刘备。刘备是汉朝最重量级的拯救者，此次倾全力一击却大败而归的话，汉朝将不再有咸鱼翻身的可能。

二是刘备会败走白帝城。

白帝城在这里毫无疑问会成为历史的一个拐点，也是三国时代的僵持点，甚至可能成为刘备的人生归宿。诸葛亮在这里清晰地点出这个地名，毫无疑问是一个智者的判断。

对未来准确而悲凉的判断。

只是所有这些种种，刘备都不知道，马良也是只知其一不知其二。他只负责传达信息，从一个地点跑到另一个地点，做历史的穿针引线者，而不是心领神会者。智者自知之，混沌者混沌之。泾渭从来分明，玄机从来无语。

一切却都发生了。

天很黑。正是初更时分，火却起来了。

这是铺天盖地的火，在刘备的七百里连营中熊熊燃烧。

很多人死了。史书上说“先主遥望遍野火光不绝，死尸重叠，塞江而下”。那情景不叫惨，叫很惨。

刘备这才知道，火原来是人世间最可怕的力量。特别是欲火。

不错，眼前这火是自然之火，却是人的欲火点燃的。这欲火里，有陆逊的野心，也有他刘备的自大。

什么时候开始，他成了像曹操一样的人，唯我独尊，目空一切？

刘备泪如雨下。

这样的时刻，他只能再次选择逃跑。

刘跑跑。

虽然他很想将这样的逃跑比作撤退，或者叫战略大转移，但是残酷的事实告诉他，叫什么已经不重要，重要的是人都死光光了。

七十万人马只剩下一百多人跟着他逃入白帝城。这时的刘备也终于明白，隐者李意为什么会在他面前用纸笔画了一人掘土埋他，上写一大“白”字。原来这个“白”字，就是白帝城的“白”，而他将困于此地，甚至丧身于此。

历史的迷局开始清晰起来，但一切都晚了。三国历史上死伤近百万的三大战役就此落下帷幕。它们是官渡之战、赤壁之战和这一次的彝陵之战。

三大战役沉重地打击了三个人：袁绍、曹操和刘备。如果说官渡之战后导致袁绍一蹶不振，那么赤壁之战后的曹操失去的是统一中国的基础和可能。

特别是自信心。

至于彝陵之战，刘备失去的更多。

因为他什么都没了，包括自己的生命。

当然这个要等一下再说，毕竟现在另一个人还箭在弦上——陆逊。

胜利来得毫无悬念，有悬念的是要不要将革命进行到底，宜将剩勇追刘备？

很多手下都蠢蠢欲动，劝陆逊打到白帝城去。

但陆逊总在众人说“是”的时候说“不”。这是他有别于一般人的地方。

也是他的人生有别于一般人的地方。

有两个考虑。一个是他如果孤军深入西川，将直接与诸葛亮较量，这个是他不愿意面对的。

不错，他是智者，可诸葛亮是更大的智者。对智者来说，不与更大的智者直接交锋是一种生存本能。

所以他要急流勇退。

另一个考虑是担心曹丕趁火打劫。曹丕这个人很多时候像曹操，奸诈、狠毒，有便宜就占。

所以陆逊思前想后的结果是，急流勇退。

人生其实是急流勇退。急流勇退了才知道阴晴圆缺，知道不圆满处才是圆满，否则大浪滔天，随波逐流的话将会死无葬身之地。

笨还出来混什么？

曹丕则陷入了长考。为世事的不可测。

因为陆逊没有如他所愿去追击刘备，这让他大跌眼镜。

曹丕一直觉得，人性当中有些东西是永恒不变的。有了快感你就喊，有了果实你就摘。陆逊现在不喊也不摘，毫无疑问这是违反人性的嘛……

也遏制了他的蠢蠢欲动。

曹丕一直是等着陆逊有所作为然后自己再有所作为的。彼一动我才动，彼不动我怎么动？曹丕不明白了。

不明白便问道于贾诩。在郭嘉、荀彧、荀攸们相继离开人世之后，贾诩成了魏国最重量级的智囊之一。曹丕相信，这个人会给他答案。他想要的答案。

曹丕的问题是这样的——我想一统天下，是先搞掉蜀？还是先搞掉吴？

这真是一个形而上的问题。只是在形而上的背后，隐藏着曹丕形而下的企图——他的三路大军，已经整装待发，准备干掉东吴。

所以，曹丕现在需要的，只是贾诩给他一个出兵的理由。

贾诩给了。

但是理由很暧昧。

贾诩认为，刘备是老江湖了，诸葛亮又是人尖子，所以搞掉蜀，很难；孙权、陆逊也都不是吃素的，再加上长江险要，难以卒图，所以搞掉吴也很难。总而言之，现在不搞比搞好。

曹丕却迫不及待——做男人，怎么能不搞？更何况，他不是一般的男人，便扬言要派三路大军伐吴，那心情，已是迫不及待。

尚书刘晔试图阻拦。他重复了贾诩的理由，并强调指出，现在东吴新破蜀兵七十万，正上下齐心，士气高涨。特别是陆逊，足智多谋，实在是不好对付。所以现在的形势，还是不搞比搞好。

曹丕没有听他们的，而是听自己的。

就像很多人的胸怀，以为自己有容乃大，却不知自尊心可以战胜一切，广阔天地，最终只容得下自己的一颗心。

他的三路大军雄赳赳气昂昂地派出去了，曹仁出濡须，曹休出洞口，曹真出南郡——三路兵马数十万人星夜兼程直扑吴境。

结果是没有回来。

或者说几个头领回来了，大部分人马都成了牺牲品。

曹丕个人意志的牺牲品。

因为孙权方面早有准备。不仅曹休被吕范杀败。曹真、夏侯尚也被陆逊、诸葛瑾的伏兵内外夹攻，导致大败。曹仁则夹着尾巴逃跑了。

的确很遗憾，一个人的冲动只能以慷慨激昂始，以垂头丧气终。曹丕终于知道，人世间还是有意外的，自己的智慧敌不过天意。他当然不愿意承认自己比孙权、陆逊要笨。因为在这个世上混，很重要的一条真理是——任何时候都不要承认自己笨。

笨还出来混什么？回家抱孩子好了。

当以上的过程都走得差不多之后，刘备伤感地发现，他的时代快结束了。

刘备，这个乱世的弃儿、曾经的有志青年、最著名的飘一代、蜀国皇帝、壮志未酬者现在躺在白帝城永安宫里，差不多快不行了。

病了。病得很重。

那场失败的战争重重地打击了他，打击了他的人生目标。

在这个世界上，有些人可以毫无目标地生活，有些人却必须有一个目标。哪怕是遥不可及、说出来令人哑然失笑的目标。

刘备就是这样的人。

他和曹操、孙权这三个老家伙，在乱世的江湖打拼了几十年，目的就是为了吃掉对方，成为天下唯一的皇帝。

却要半途而废。

所以，世事真是难测啊。曾经当过孙子、曾经寄人篱下、曾经装聋作哑、曾经义愤填膺，到了还是壮志难酬。

这是人生的一种无奈。也是悬念。

现在，他的戏要谢幕了。在曹操谢幕之后没几年，刘备的人生演出也要戛然而止，只剩下孙权独自弄清影，与后辈们继续玩猫捉老鼠的游戏，刘备不知道这是自己的幸还是不幸。

这个江湖，笑到最后的人是不是最幸福？

还是最孤独？

刘备想不了那么多。他现在赶紧要做的就是交代后事。趁着还能呼吸，趁着思维还清晰。

诸葛亮从成都赶过来，老泪纵横地跪在刘备病榻前。

这是一个时代的诀别，也是两个男人恩义的诀别。

当年。隆中。帅哥。仁者。四目相对。一个目标。刹那间都已是白云苍狗，要阴阳两隔了。

这个江湖，主演已越来越少。张飞、关羽都已不在，放眼蜀中，诸葛亮竟是为数不多的硕果仅存者。

刘备当然先是检讨自己的性格弱点。彝陵之战，他不是败给了陆逊，他败给了自己。

自己的大意与豪迈。

不错，“豪迈”表面上看是褒义词，事实上却是人生的一个陷阱——豪迈者往往不拘小节。不拘小节者难成大事，因为细节决定成败。

诸葛亮没有说什么。智者不言，更何况刘备已是人之将死，无论说什么都是过眼云烟。

便聊到了一件事。

江山。

蜀国的江山托付给谁？刘备提了两个人选。一个是他的儿子刘禅，另一个是诸葛亮。刘备的原话是这样的：“君才十倍曹丕，必能安邦定国，终定大事。若嗣子可辅，则辅之；如其不才，君可自为成都之主。”

这里的君指的是诸葛亮。刘备一边拉着诸葛亮的手，一边君啊君地说半天，语气当然是断断续续，就像许多只剩一口气的老人那样，将最重要的一件事翻来覆去地说。

一件心事。

的确，这是刘备最大的心事了。在他之后，君弱臣强，诸葛亮和他的儿子之间，实力是不对等的。所以蜀国的江山到底由谁来坐，不仅是个问题，而且是大问题。

当然，刘备百分之九十九地相信诸葛亮是不会篡党夺权的，但还是有百分之一他不托底——形势比人强，当未来的形势走到非诸葛亮不能扭转乾坤时，这江山还是他刘家的吗？

便有了这样一道选择题。

诸葛亮很快做出了正确的回答——坚决拥护太子刘禅即皇帝位，自己做好保驾护航的工作。

刘备放心了。作为放心的标志是他停止了呼吸。

不错，在这个世界上，能放心地停止呼吸实在是功德圆满的事情，多少人死不瞑目是因为有心事未了。有该表态的人没有及时、坚决、果断地表态，以至于酿成人间憾事。

在这一点上，诸葛亮做得很坚决、果断，很心底无私天地宽。

因为他是一个智者。智者就是知道什么该做，什么不该做。

第五章　诸葛亮与孟获的那些游戏

需要一个人

章武三年夏四月二十四日，三国历史上的一个风云人物刘备与世长辞。带着他美好的声誉与显著的功绩离开人间。虽然革命尚未成功，同志仍须努力，好在一切都已安排得井井有条，他也就放心上路了。统一中国，曹操没能做到，他也没能做到，也许他的儿子辈可以做到吧，刘备临终前乐观地做如是想。

但刘备不知道，蜀国的危险已是如影随形，因为曹丕又蠢蠢欲动了。

在曹丕看来，刘备的死意味着一个机会，魏国进攻蜀国的机会。

人世间生死的辩证法就是这么残酷——对手的死亡就是自己的新生，虽然有些攻之不武。

贾诩明确反对。

贾诩的反对不是从道德层面出发而是从功利层面出发的。不错，刘备是死了，可诸葛亮还在，蜀国的人心还在，甚至蜀国的人心因为刘备的死而变得更强大。

那句话是怎么说的？同仇敌忾。

司马懿却不以为然。他觉得贾诩还是有些书生意气了。什么同仇敌忾？蜀国的敌人是魏国吗？错！是东吴。

再说了，这个世界实力说话。人心是最不可靠的。多少人可以从一而终？没有。从实力而终才是真的。

所以司马懿的想法是，大干快上，搞人海战术，搞大包围运动，调动五路人马，将蜀国这个小小的盆地活活淹没掉。

司马懿设想中的五路人马包括：辽西羌兵、南蛮孟获兵、东吴孙权兵、孟达上庸兵、曹真魏兵。每路人马各出十万，计五十万人马。总而言之是团结一切可以团结的力量，甚至化敌为友，先将枪口一致对外，以后再一个个收拾这其中不听话的。

此谓先战术后战略。

曹丕一听马上感觉司马懿在下一盘很大的棋。什么叫开拓型人才？这就叫开拓型人才。曹丕无限感慨地看一眼贾诩，觉得老同志到底还是保守，跟不上形势的需要。所以对不起，只能咔嚓掉你的建议而采用司马懿的建议了。

于是五路人马很快被召集起来，为曹丕所用。这其中孙权虽然心里有小九九，不那么心甘情愿地被曹丕呼来喝去，可他自己没做到皇帝这个位置，也只能逆来顺受了。再一个，孙权也想尝试一下可能性——万一蜀国真被打败了，自己还能分一杯羹不是？

便出兵。阳奉阴违地出兵，心怀鬼胎地出兵。

刘禅睡不着觉了。

这个刚刚做上新郎官的蜀汉后主这几天天天睡不着觉。在诸葛亮的建议下，张飞十七岁的女儿被义不容辞地嫁给了刘禅做老婆，是为正宫皇后。刘禅在新鲜的两性游戏中流连忘返，一时间乐不思蜀。

直到这一天，他收到一份边报。边报上说："魏调五路大兵，来取西川；第一路，曹真为大都督，起兵十万，取阳平关；第二路，乃反将孟达，起上庸兵十万，犯汉中；第三路，乃东吴孙权，起精兵十万，取峡口入川；第四路，乃蛮王孟获，起蛮兵十万，犯益州四郡；第五路，乃番王轲比能，起羌兵十万，犯西平关。此五路军马，甚是利害。"

刘禅尿裤子了。他难以想象这五路军马攻入成都会是何等壮观的场面，但有一点他是可以想象的，那就是他玩完了。

便找诸葛亮。

在刘备的临终交代中，诸葛亮是被指定为他儿子们的君父。现如今蜀国有难，君父怎么可以不管？

还真不管了。

因为诸葛亮不上班了。

在得到边报的第二天，诸葛亮就玩起了躲猫猫的游戏，称病在家了。

这不是他的风格。对诸葛亮来说，羽扇纶巾、闲庭信步才是他一贯的风格，可是现在，他的自信到哪里去了呢？没有人知道。

刘禅也不知道。便派了两个人到诸葛亮府上去请安，顺便请教一下破敌之策。

只是未果。

这两个被派上门去的人一个是黄门侍郎董允，另一个是谏议大夫杜琼。

级别都不低，可惜他们都未能见到诸葛亮。

在这个世界上，一个人见到另一个人有时很简单，有时却很难。简单的理由都是相似的，难的理由却各有各的不同。

诸葛亮却做得更绝——没有理由。

不给他们不见的理由。他选择了闭门不出，沉默是金。

这样的反常之举让刘禅害怕了——该有多大的灾难降临，才能让一向镇定自若的诸葛亮如此手足无措啊……

他不知道自己还有没有明天。

蜀国还有没有明天。

便决定亲自上门，直面命运的裁决。

一人。一杖。一池。

诸葛亮倚风独立，在他的相府后花园里凝神静思。

刘禅出现在他身后，看着他的背影。

不错，是背影。很多时候，一个人的背影其实比正面的信息更丰富。因为正面可以掩饰，掩饰那些显而易见的喜怒哀乐，背影却无法掩饰。

就像此时的诸葛亮，背影透露出来的是无尽的忧伤和困惑。

这样的发现让刘禅心里一震——遇到难题了。

诸葛亮遇到难题了。

的确如此——诸葛亮无法破敌。特别是孙权那一路。

因为他不知道孙权内心的真实想法：究竟是向魏还是向蜀。孙权一定在首鼠两端。

在这个世界上，首鼠两端的人其实最可怕，因为此类人从不表明心迹。诸葛亮现在需要的就是派人去孙权那里探知消息并做他的思想政治工作。

他当然不可能亲自去。作为蜀国的丞相，诸葛亮现在的身份已是今非昔比。再说其他四路军马需要他去运筹帷幄一一阻击，所以诸葛亮的心情不能不沉重。

他需要一个人。

一个口若悬河的人。

一个置之死地而后生的人。

只是这样的人蜀国没有。

便卡在了这里。

便一人。一杖。一池。一萧瑟。

刘禅也无可奈何。他更加无可奈何。对刘禅来说，诸葛亮是他的保护伞。保护伞如果出现漏洞，他将经历风雨。

风雨有多大，会不会电闪雷鸣，一切都是未知数。

和弱者联合还是和强者联合

有一个人笑了。

仰天而笑。

当然在这世上，每天都有人笑，仰天而笑，这不稀奇。稀奇的是在众人一片忧愁凝重当中仰天而笑，这似乎说明此人迥异于众人。

的确如此。这个人叫邓芝，是蜀国的户部尚书。但诸葛亮以为，邓芝做户部尚书屈才了，他一定还有过人之处。

便考他。

问：当今蜀、魏、吴鼎分三国，我们蜀国想讨伐另两二国，应当先伐哪一国呢？

邓芝回答说，魏国国力强大，不是一下子可以摆平的，我们只能慢慢来；更何况我们新主刚继位，民心未稳，当此时也，应该与东吴团结起来，互相结为唇齿，先自保，再图长远，如此，蜀国将前程远大……

诸葛亮突然间明白，他要找的那个人找到了。邓芝，不应该做户部尚书，而应该做外交部长。

于是一切一顺百顺，包括其他四路兵马的破敌之策，诸葛亮尽在掌握。

什么叫人定胜天？这就叫人定胜天。诸葛亮把宝押在邓芝身上，希望他不辱使命，去东吴摆平孙权。

首鼠两端的孙权。

不错，他是答应出兵助曹，却只是口惠而实不至。他在等待与观察，看看其他四路兵马的战况如何。如果四路兵胜，川中危急，诸葛亮首尾不能相救的话，那他就发兵去成都摘取胜利果实，否则就按兵不动。

这是孙权的生存智慧，也是中国式智慧——模棱两可。两可之间取其利益大者。

邓芝就在孙权的模棱两可间走进他的办公室的。

豪华的办公室。

摆了一座油鼎的办公室。

不是孙权有怪癖，而是他要对付一个人——邓芝。

这事实上是张昭的主意。张昭说，邓芝是一个说客，来自蜀国的说客。我们东吴是什么地方，他说来就来吗？没有两把刷子他就敢来？先过了油鼎关再说吧。

邓芝就这样站在了油鼎面前。这个油鼎，那是华丽丽的大，贮油达数百斤，下面用炭烧得通红通红的，直将鼎内的油烧沸腾了，数尺之外还是热浪袭人。而两旁身材高大的武士手执利刃，从宫门前一直站到了孙权大办公桌前。

一切咄咄逼人。

一切都指向那个典故——郦食其说齐故事。邓芝胆敢张开鸟嘴，他将在第一时间被油炸了。

这是历史的冲突时刻，也是危情时刻。从来就没有什么救世主，一切只能靠自己。

邓芝整理衣冠，昂首而入。他看见了两排武士，个个威风凛凛，手持钢刀、大斧、长戟、短剑，做金刚状。这情景，很像地狱里的布置。而在大办公桌后，孙权一双阴晴不定的眼睛冷冷地盯着邓芝，看他如何作为。

邓芝走到他面前，长揖不拜。动作被定格了，空气似乎也被定格了。

邓芝不知道，自己其实已经闯祸了，闯大祸了。因为他的所作所为，已然突破了孙权的底线。孙权不由自主地拍案而起，食指怒指邓芝，表情则怒不可遏，很有你不下油鼎你都对不起我的意思。

在这个世界上，礼仪其实是至关重要的东西。

因为它和威权联系在一起，和一个人的自尊心联系在一起。邓芝长揖不拜，严重地打击了孙权的威权和自尊心。

更要命的是邓芝出言不逊。在孙权质问他为什么不拜时，他竟昂然回答说：“上国天使，不拜小邦之主。”

话说到这个地步，礼仪之争便成了国家实力之争。孙权下令，将这个不识好歹的家伙扔到油鼎里去。

但是，邓芝最终没有被扔进去——他使出了激将法，在最关键的时刻救了自己。

邓芝的激将法有两层意思。前一层意思是东吴兵精将广，怎么会怕我一个儒生，迫不及待地要我就死？后一层意思是我邓芝为陈说吴国利害而来。现在你们如临大敌，设兵陈鼎，拒我于千里之外，难道东吴的气量真的就像这个油鼎不能容物吗?!

孙权被邓芝的激将法激住了。他突然觉得，此人是个人才啊，大开大合的人才。话说得虽然有些偏激，却处处将自己置之死地而后生，在进退之间挥洒自如，是个人物。

可以坐下来谈一谈的人物。

便坐下来谈。

邓芝说，东吴现在面临的问题不是苟且的问题，而是二选一的问题。什么是二选一？就是在魏国和蜀国之间选择一个战略同盟。

谁是我们的朋友，谁是我们的敌人，任何时候都是战略家首先要解决的问题。认敌为友和认友为敌都是非常致命的举动。大王是要选择魏国吗？那首先第一个就要称臣于魏，魏王曹丕会要求大王朝觐，并送太子去作为人质。如果不从，肯定兴兵来攻，到那时，我们蜀国也趁火打劫的话，则江南之地，不再属于大王了。相反，如果我们吴蜀二国联合，共为唇齿之依的话，进可以兼吞天下，退可以鼎足而立。总而言之，魏国要想吃掉我们，就没那么容易了。

孙权不说话。他在思考邓芝话里的利害关系。不错，表面上看，邓芝是为东吴的未来着想，但是和一个弱者联合真的比和强者联合要好吗？孙权不敢肯定。

人世间的事情往往是这样。肯定一件事与否定一件事都经不起细致的推敲，没有谁可以清晰地洞见未来，因为未来不是靠一堆理由和貌似合理的逻辑关系推导出来的。

未来就是未来。它充满偶然和悬念。就像命运的翻云覆雨手，转眼间就可以冰火两重天。

所以孙权还是踌躇复踌躇。

邓芝没有时间陪他一起踌躇，而是站起来便往油鼎中跳。动作决绝，充满了大无畏的勇士精神。孙权怕怕了，他站起来下意识地拦住了他。

事实上孙权这一拦也是在拦他自己，拦住自己的那些踌躇。因为邓芝告诉他，他想以自己的死来“绝说客之名”，意思是我都这样奋不顾身了，你怎么还前怕狼后怕虎的，不像个男人？

孙权终于下定决心，联蜀抗魏，做一个纯爷们——是纯的，纯金的纯。

毫无疑问，这是孙权的一小步，却是三国历史上的一大步。而接下来的事实也说明了孙权选择上的明智：曹丕派出的四路兵马被诸葛亮一一化解了。西番兵出了西平关，碰上马超，不战自退；南蛮孟获所部起兵攻打四郡，都被魏延用疑兵计杀退回去了；上庸孟达兵刚走到半路，突然宣布军中染病不能行；曹真的兵马出了阳平关，赵子龙把住各处险道，那叫“一将守关，万夫莫开”。曹真屯兵于斜谷道中，最终不能取胜，怏怏而回。

一无所获。全都一无所获。

除了孙权。孙权庆幸自己没有做曹丕的炮灰，而是暗度陈仓，与蜀国修好去了。他派出特使张温，随邓芝去到蜀国，建立两国大使级外交关系，全力打造面向未来的吴蜀战略同盟。

天有头吗?

张温的视力很好。2.0。但通常情况下，他不看人，看天。

张温一生见过无数的人，善良的、奸诈的；推心置腹的、胸有城府的；大智若愚的、装疯卖傻的……他对人的种种行径或者说表演已了如指掌，所以不感兴趣。

相反天上的东西倒是百看不厌。因为天上很多东西没有规律。这个世界就是这样，没有规律的东西比有规律的东西更有趣，变化起来充满了偶然和悬念。

所以张温天天看天。张温看天的时候鼻孔朝上，很给人傲慢的感觉。

他也的确是傲慢。这次出使蜀国，尽管孙权叫他低调再低调，可张温一想到刘备被陆逊打得在白帝城郁闷而死，就无法低调起来。这个世界，低调和高调是要看实力的。张温以为，东吴和蜀国结盟是看得起蜀国，真正该低调的应该是蜀国。所以在张温在晋见蜀国后主刘禅和诸葛亮时颇有傲慢之意。

刘禅不以为然，诸葛亮则沉默不语。诸葛亮年轻的时候对这个世界很傲慢，但是对人不傲慢，所谓恃才傲物。现在他对人对事都不傲慢了。因为诸葛亮以为，一个人傲慢其实有两个原因，一个是看到的世界太小，以为自己就是世界；另一个是自卑，只能做傲慢状。

现在的他，不卑不亢，对这个世界既不迎合，也不反对。他跟这个世界和解了。

这是一种高贵的姿态，需要将生命放进时间里去打磨才能慢慢做到。

只是张温还做不到这一层修为。诸葛亮笑看张温所作所为，微笑不语。

有一个人却不能做到诸葛亮那样，微笑不语。

微笑不语按佛家的境界来说是拈花微笑，顿有所悟。可这个叫秦宓的益州学士不想自己做醍醐灌顶状，他想让张温醍醐灌顶，知道蜀国有能人，不是可以小觑的地方。

便与他深入交谈，一问一答。

张温问：天有头吗?

秦宓答：有头。

张温：头在何方?

秦宓：在西方。《诗》云："乃眷西顾。"以此来推论，天的头应该在西方。

张温：天有耳吗?

秦宓：当然有耳。天处高而听卑。《诗》里头说："鹤鸣九皋，声闻于天。"天无耳怎么能听?

张温：天有足吗?

秦宓：有足。《诗》里说："天步艰难。"天无足怎么能走路?

张温：天有姓吗?

秦宓：当然有姓。天子姓刘，所以天也姓刘。

张温不问了。不敢再问下去。他突然觉得，人世间有些规律他其实还没摸透。这个叫秦宓的益州学士，真是歪才啊，虽然是文字游戏，却玩得一本正经，令人肃然起敬。特别是最后一句回答——天子姓刘，既承袭了汉家天子，也不动声色地将蜀国的刘备一族堂而皇之地推出。

吃亏了。他吃亏了。东吴也吃亏了。

但吃亏的事情并没有到此为止，因为秦宓向他提问了。秦宓的问题一招致命。他问：先生是东吴名士，既然以天事问我，一定深明天理吧。都说混沌初分，阴阳立判。轻清者上浮而为天，重浊者下凝而为地。后来到共工氏战败，头触不周山，天柱折，地维缺：天倾西北，地陷东南。所以我的问题是——天既然轻清而上浮，怎么会倾其西北？难道在轻清之外，还有其他不明物体？愿先生有以教我。

张温被雷倒了。老天，还有这样的问题！这是要以科学精神对待传说野史啊，怎么回答？我又不是UFO，怎么知道还有其他不明物体？

便甘拜下风。

张温终于低下他那高昂的头颅，向这人间表达惺惺相惜之意。诸葛亮却仍旧微笑着，一如既往。这是两国建交过程当中的小插曲，无伤大雅。重要的是消除歧见，共同面向和谐发展的未来世纪。

毕竟，未来的路还很长，曹丕的挑战还没有到来。

东吴，今夜谁为你哭泣？

曹丕的挑战说来就来。

他怒了。在听到蜀吴狼狈为奸的消息之后。

在曹丕看来，吴、蜀联合目的只有一个，那就是要北伐，二打一。所以曹丕的对策是人不犯我，我先犯人。一打二，先打出泱泱大国的气势再说。

曹丕的气势是很豪迈的。事实上在当时几乎没人可以让他放弃主张，因为大司马曹仁、太尉贾诩都已离开人间（三国时代真是越来越不好玩了），缺乏制衡他的力量。倒是侍中辛毗还能孤单单地站出来说上两句。辛毗的意思很明确，打仗首先打的是人和物。现在中原连年战乱，人物都极度缺乏，一下子要哗啦啦拉出去一打二，实在是没有胜算的。不如先休养生息、韬光养晦，养兵屯田十年，到那时兵强马壮，吴、蜀也就不在话下了……

曹丕一听这话，气得鼻子都歪了。十年，人生有几个十年？有十年时间，老母鸡都变鸭了，吴、蜀还等着你去打啊？再一个，你发展，人家也在发展，十年后谁比谁发展得好还很难说。

最主要的问题是你不打人，人家打你。曹丕担心吴、蜀联合起来之后随时会打上门来，所以，还是要坚决地先打出去再说。

便开打。曹丕亲自驾着龙舟，提水陆大军三十余万，从蔡、颖出淮，直取广陵渡江，准备给孙权一点颜色看看。

战争其实一点都不好玩。因为它的目的就是让人倒下，最好再流点血出来，所谓血流成河。

只是关键问题在于哪一方流血。敌方还是己方？孙权在这个问题面前绞尽脑汁。

也许，这是和蜀国联盟的代价。但是不联蜀就好吗？这样的三角时代，世界是不可能和谐的，如果三国都联盟，那就是让世界充满爱，也就不存在哪一方流血的问题。

只是可能吗？不可能。

有人心的地方就有欲望。有欲望的地方就有战争。所以流血是必然的，为哪一方流的问题。

孙权决定，迎敌。让魏国人的血流得更猛烈一些。

可是水陆大军三十余万不是个小数目。要让他们流血，不仅要有实力，也要有计谋。

总之需要智勇双全的统帅。

陆逊当然是很好的人选，但他镇守荆州，不能轻离。除他之外，东吴究竟还有谁能够力挽狂澜呢？

孙权的眼神黯淡下去了。

这个时代，才到用时方恨少。人才难得，还是人才难得啊。面对手下将军们那些躲躲闪闪的目光，孙权突然无比怀念一个人。

周瑜。

谈笑间樯橹灰飞烟灭。那是周瑜的气概，也是那个时代的传奇。只是现如今传奇不再，只剩下一些庸才患得患失、进退两难……

东吴，今夜谁为你哭泣？

孙权的眼睛湿润了。他自怨自艾、爱恨交加、惆怅莫名，为一个时代传奇的缺席和沉沦。

徐盛站了出来。

舍我其谁地站了出来。

但是孙权的眼皮并没有抬一下。因为徐盛给出的竞选统帅的理由太单一了，只有一个字：勇。

在这个世界上，狭路相逢勇者胜，但是曹丕的三十多万水陆大军不是从狭路上过来的，而是从广阔天地冲过来的。靠什么抵挡，怎么抵达？问题都大大地。

却也只能用他。

因为没有别人了。

徐盛的统帅竞选其实是等额竞选不是差额竞选，好也是他坏也是他了，孙权别无选择。所以在徐盛豪迈的誓言（若曹丕亲渡大江，臣必主擒以献殿下；若不渡江，亦杀魏兵大半，令魏兵不敢正视东吴）鼓舞下，孙权封他为安东将军，总镇都督建业、南徐军马。

把东吴就这么交给他了，希望徐盛真的可以无往而不胜。虽然东吴方面有外援（蜀军的助阵），但人世间多少事，最可靠的还是自己。

孙韶却忧心忡忡。在徐盛被委以重任之后。

作为孙权的侄子，扬威将军孙韶并没有太大的野心。

他只是有一个理念：进攻是最好的防守。眼见得徐盛以重兵守护江岸，不肯渡江迎敌，孙韶便急了。在他看来，这是自找死路。

所谓置之死地而后生。现在在活地上求生存，那是求无可求。

便请求渡江作战，打过长江去，活捉曹司令。

徐盛不许。坚决不许。

僵局就此形成。

事实上人生有很多僵局是观念的冲突导致的。每个人都以为自己是正确的，他人是错误的；甚至每个人都以为自己是真理的化身，维护自己就是维护真理。

徐盛也是如此。他是老将军了，知道一动不如一静，也知道凡事要有退路。现在东吴的安危系于一身，更是不可轻举妄动。所以徐盛注定不能像孙韶那样置之死地而后生。

什么死地——曹丕的三十多万水陆大军可以毁灭一切，所谓打过长江去，活捉曹司令简直是痴人说梦！

徐盛不屑一顾。

孙韶也不屑一顾。

因为他年轻，年轻到有足够的自信支撑着他按照自己的理念行事。孙韶曾经做过广陵地区的守备军总司令，熟知广陵路势，他之所以愿去江北作战，与曹丕正面交锋并非心血来潮。

孙韶玩的是出奇制胜。这个在战争学上也是有依据的。

便相持不下。徐盛和孙韶为了各自的战争理念继续僵持，直到徐盛的眼神突然阴暗了下去。

因为他觉得孙韶其实应该去死。

表面上看，他们是为了各自的战争理念在相持不下。但是一触即发的战争需要这样的相持不下吗？

特别是孙韶挑战了他的统帅威权。这是战场上的大忌。如果所有的手下都像孙韶这样和他进行战略战术研讨，我靠！这战还怎么打?!

所以，徐盛断然下达了命令——孙韶不听号令，处斩！

胜在固执己见上

人生常常是这样，生死只在一念间。

不在自己的一念间，在他人的一念间。

就像此时的孙韶，已然被五花大绑，推出辕门之外，直待徐盛一声令下，刀斧手便手起刀落，结束孙韶那自以为是的一生。

不错，自以为是是要付出代价的，特别是一个下级的自以为是挑战了上级的威权之时。只是孙韶明白这个道理时，他的人生已不由自主。

但是，刀没有砍下去。

不是刀斧手心软了，是有一个人心软了。

孙权。

孙韶是他的侄子，如果不是死于战场，而是死于自己人手下，孙权以为，这无论如何是一出悲剧。

便出手制止。

应该说，这是一件违反法律的事情。法大还是权大，是孙权多少年来没有搞明白的事情。不错，孙韶的命是要保的，徐盛的统帅威权也是要维护的，当两者不可兼得时，孙权还是要两手抓，两手都要硬。

虽然能不能硬起来只有天知道。

徐盛一声叹息，为孙权的暧昧、黏糊。

孙韶也一声叹息，为自己的继续苟活。

虽然，他的命是被孙权救下了，但是最重要的东西没有被挽救——他的战争理念。

以攻为守、出奇制胜的战争理念。孙韶当时哭着对孙权说：不在江北与曹丕厮杀，直待他下了长江，东吴指日休矣！

但是孙权为了维护徐盛的统帅威权，也为了稳妥起见，没有支持孙韶的冒进计划。因为在孙权看来，那是找死。

孙韶只得赌一把。为自己的明天，也为东吴的明天。

这是寂寞之赌。没有人看好他的行动，除了他自己。

但要命的是寂寞的代价却很沉重，它甚至包括生命。

所以那句话说得好：出来混，总是要还的。随波逐流的人是这样，逆流而行的更是如此。

孙韶就这样出发了。在没有得到孙权和徐盛授权的情况下，带着三千人马偷偷突出江北，走上了自己凶多吉少的命运之旅。

他只能成功，不能失败。他的对手，是这个世界上目前最强悍的男人——曹丕，以及他身后的三十余万水陆大军。

三千对三十万，理想与现实的差距真是遥不可及。

但是孙韶却输不起。因为他的赌注太大了，是生命。

为了理想或者说心中的理念，要把身家性命押上，很多人不会这么干，孙韶却乐于为之。

因为他是孙韶。

自以为是的孙韶。

和世界对着干的孙韶。

于是曹丕在某个大雾迷漫的早晨，从江面上看见南徐沿江一带一连数百里，城郭舟车，连绵不绝，城楼上枪刀相互辉映，遍城都是旗帜。

这是一种假象。因为人是芦苇做的，城也是假城，但在曹丕眼里，却是一种气势。大雾迷漫之中，一种精神在蔓延。

那是“告诉你，世界，我来了”的精神。

孙韶也真的来了。当曹丕的大部队在大雾种胆战心惊地靠岸时，孙韶率军杀到，一时间鼓角齐鸣，喊声震天，魏兵魂飞魄散之下一个个吓得屁滚尿流，淹死者无数。与此同时外援赵云引兵杀到。真真假假、虚虚实实间，这场战争竟然以魏兵的大败而告终。

胜利了。东吴胜利了。但真正的胜者只有一个人。

孙韶。

他胜在自以为是和固执己见上。

当人人循规蹈矩时，孙韶离经叛道，并最终出奇制胜。

这是一个人的战争，一个人的性格之战，但是这场战争的意义却没有被孙权充分认识。在孙权看来，战争其实没有任何意义，除了输赢以外。

所以孙权重赏了徐盛，毕竟后者是这场战争的统帅。一切功劳归于统帅，这是战争学的常识。在这样的常识面前，孙韶无话可说。

好在孙韶要求的也不多，那就是完胜自己。这一点，实践证明他已经做到了。

那就够了。足够了。

曲径通幽才是捷径

历史总是在一个阶段完成一个阶段的事。沉浸其间的人儿或惊心动魄，或闲庭信步，或有惊无险，或死不瞑目，表情真是各有不同。

表演当然是本色表演。不妨这么说，在历史这出大戏中，每个人都是演员。

包括诸葛亮，也包括孟获。

不错，这样的时候，孟获开始粉墨登场，与诸葛亮演对手戏。

这是建兴三年的益州，孟获起兵十万，进攻蜀国的边境。

有三个人同流合污了，在孟获强大的军事攻势面前。

建宁太守雍闿。牂牁郡太守朱褒。越嶲郡太守高定。他们献出了自己所在的城池，成为孟获的利益相关者。

只有永昌太守王伉还在负隅顽抗，苦苦等待诸葛亮的救援。

对诸葛亮来说这是个焦头烂额的时刻。成都的天是解放区的天，可其他地方呢？都在风雨飘摇中。

更要命的问题还在于，不解决孟获及其跟随者的问题，蜀国就会面临三面受敌的情况。魏国始终对蜀国虎视眈眈，东吴则是立场不坚定者。虽然现在暂时联盟了，但这个时代，没有永远的朋友，只有永远的利益。万一孙权这个老兄趁火打劫的话，蜀国将苦不堪言。

所以，首先必须解决孟获及其跟随者的问题，这样才能将“联吴抗魏”这条国策落到实处。

诸葛亮出发了。

带领五十万川兵向益州进发。

刘禅却不明白他为什么要如此兴师动众。这是打孟获的架势吗？这是伐魏的架势啊。有那么一瞬间，刘禅脑海里浮现出一个词——主次颠倒。

当然，诸葛亮是不认可这样的评价的。诸葛亮以为，人生有时候要直奔主题，有时候要曲径通幽。一个人年轻的时候往往喜欢直奔主题，以为两点之间直线最短，到老了才发现，世界上不存在绝对的直线。要想达到目的，曲径通幽才是捷径。

只是这个道理，刘禅不懂。他还太小，小到对世事的评价只有两极：非黑即白。非错即对。

所以诸葛亮只能孤独地出发，在刘禅幽怨的目光下孤独地出发。诸葛亮不需要理解和支持，就像一个男人要成就事业，没有误解就不可能有动力一样，诸葛亮孤身走我路。

雍闿、高定、朱褒开始进攻了，分兵三路，各引兵五六万张牙舞爪地扑了过来。

结果是有一个人被捕了。

鄂焕。

鄂焕是高定所部的前锋。使一枝方天戟，以为有万夫不当之勇。可他被魏延等拿下之后才知道，在这个世界上，有勇力者行不远。

如果没有计谋的话。

当然要是再发挥一层的话，那就是真正能走得远的不是勇者、智者，而是仁者。为什么刘备身后跟着一大群勇者、智者，就因为他是仁者，大家伙儿要借力而行。

不过这样的道理鄂焕还不明白。说到底他只是个勇者。

好在诸葛亮没有杀他，而是放他回去了，为的是让他带一句话：高定是忠义之士，跟雍闿有本质的区别，希望高太守早早归降，免遭大祸。

高定听鄂焕回来说了这话，开始心潮澎湃——也许，跟着诸葛亮混比跟着孟获混要好？

但雍闿却打击了他的心潮澎湃。雍闿以为，这是诸葛亮的反间之计，目的是令他们两人不和。诸葛亮的统战工作说到底也没什么新鲜的。兄弟们只要坚定信念，在一条道上跑到黑，那就能迎来光明。

那句话是怎么说？黎明前的黑暗是贼黑贼黑的。只要耐得住这黑，未来的日子就贼亮贼亮的。

高定半信半疑。为雍闿的黑亮理论。因为他不知道这个世界是不是有黑亮轮回？贼黑之后是不是就贼亮了？他缺乏信心。

便等待。等待不可知的未来。

这一边，诸葛亮还在加大力度。统战的力度。

不错，统战工作就这几招，关键是要抓落实。等雍闿、高定两路兵第二天再次杀来时，诸葛亮令魏延尽量生擒俘虏，并将雍闿的兵和高定的兵分别关押，还放出谣言说高定的兵免死，雍闿的兵尽杀。一时间被俘虏的兵们全称自己是高定部下。

于是全都放回。放回之前诸葛亮发表高调谈话，说雍闿今天秘密派人来投降，要献高定和朱褒的首级以为功劳，我听了，心里大为不忍啊。高定是好人，是忠义之士，跟雍闿有本质的区别，这个我上次就明确宣布过的。所以我还在等他，等他幡然醒悟。现在你们既然是高定的部下，我就放你们回去，回去好好跟高太守说说，及早回头是岸。我在等他。

高定又心潮澎湃了。

难道诸葛亮真的在等他？痴痴地等他？那我要不要赴约呢？高定就像一个情窦初开的少女一样，开始去留两徘徊了。

徘徊的结果是派一个亲信再去诸葛亮寨中探听虚实。

结果这个亲信一进去就被捕了。

诸葛亮干的好事。诸葛亮总是这样，有条件要施展计谋，没有条件创造条件也要施展计谋。

可怜的亲信被当成了一颗棋子，传递信息的棋子。诸葛亮故意将他认作雍闿的人，责备他说，你们元帅既然约下献高定、朱褒二人首级的时间，为什么还要延误日期？你小子也太不精细了吧，怎么做得了间谍?!

便修书一封，煞有介事地交到对方手里，让他立刻送给雍闿，希望雍闿同志早日动手，取下高定等人首级。

世上事所谓假作真时真亦假。诸葛亮对人心的研磨那真叫一个细致入微。

都说团结就是力量，可诸葛亮以为，两个人之间的团结是不可能的。因为有人心。人心隔肚皮，多年的夫妻还能反目成仇，更何况是为了各自的利益心怀鬼胎走到一起的两个男人？

所以，即便雍闿还相信高定，高定却已绝不相信雍闿。

因为有了物证。

诸葛亮炮制的物证。在一系列的工作都做到位后，诸葛亮写的那封策反信便成了撩拨高定疑心的最后一根羽毛。

高定的心痒痒了。

他奶奶的，做人不能太老实。狡猾的人杀人，老实人被杀，世上的生存术就这么残酷。

便设下鸿门宴，请雍闿赴宴。

事实上这是高定玩的一个死亡游戏，也是雍闿最后的生存机会。他如果坦然赴宴，则安然无恙；如果不来，高定认为他心中肯定有鬼。

结果没来。

结果雍闿死了。

当天夜里，高定就引兵杀向雍闿寨中，结果了其卿卿性命。这个事情本来还有一丝悬念的，起码雍闿手下的兵们要保护自己的统帅，但是他们没有。

诸葛亮把一切工作都做到位了。那些被他免死放回的人，此时都想着高定的大恩大德，都在暗中助战——协助高定而战。

所以雍闿很快就死翘翘了。他的脑袋第二天出现在了诸葛亮面前。血淋淋的，很有死不瞑目的意思。

站在雍闿脑袋面前的当然是死心塌地要归降的高定。一切都已经水到渠成，高定终于如诸葛亮所愿做了他的人生新选择。

这一切都是诸葛亮的安排。

但是诸葛亮看上去好像不太高兴。

岂止是不太高兴，甚至是勃然大怒。他喝令左右将高定推出去斩了。

给出的理由是诈降。

高定脑袋“嗡”的一声，彻底傻了。这个世界变化快他是知道的，但是变得这么快他还是难以承受。他的归降怎么可能是诈降呢？是诸葛亮错了还是他错了？或者是这个世界错了？高定看着一脸严肃的诸葛亮，觉得人生真是玄机重重，所有的逻辑链条訇然破碎。人人不可信任，每一件事都可疑。他不知道自己从何而来，更不知道要去向哪里——以为自己是奔向了新世界，却不料来到了万恶的旧世界。

所以，他急需一个解释。

一个可以让他对世界产生信任感的解释。

体面的阴谋

诸葛亮高坐于帐上，看着茫茫然不知所之的高定，觉得世界终究是可以设计的。

被他设计。

不错，他依靠反间计拿到了雍闿的首级，也使得高定真心归降，但高定的归降是不是真心他自己可以说了算吗？错！诸葛亮说了算。

诸葛亮并没有如是说，而是利用高定，再行反间计。

一个人被利用一次那可能是无辜的；一个人一再被利用那就不是无辜的了，只能说明他有利用价值。

在诸葛亮眼里，高定就有利用价值，虽然这个归降者看上去一脸无辜。

人生似乎就是这样，无辜要被一再地牺牲，直到一脸沧桑。在过来人和聪明人眼里，这叫成熟。

当然，高定现在不能叫成熟，最多叫走向成熟。诸葛亮信誓旦旦地对他说，朱褒已经派人向我密献降书，说你与雍闿是结生死之交的兄弟，怎么会突然之间杀掉此人？由此可知你是诈降无疑。

高定开始争辩，表情真切地争辩——朱褒这是行的反间之计啊，丞相切不可信！

诸葛亮笑了，不动声色地笑了。他突然觉得做人是有层次的。低层次的人一切都在高层次的人掌控之中行事而不自觉，可以说他们的命运是被人操控的。

便向他提要求：要想自证清白，将朱褒捉来说话。

至此，一个阴谋以体面的形式走完全程。诸葛亮在高定身上再行反间计，以捉拿朱褒。这是高智商者的挥洒自如，只是用在老实人高定身上，颇有些欺人之嫌。但诸葛亮却管不了那么多。因为这是战争，赤裸裸的战争，战争让道德走开，以成败说话。飘逸如诸葛亮者，也不能免俗。

仅此而已。

朱褒死不瞑目。

在朱褒的死亡想象中，他曾经设想过一千零一种死法，但是有两种死法他没有想到过。

一是死在高定手里。二是冤屈而死。

当高定怒气冲冲地引着部将鄂焕和他的手下兵马，杀奔朱褒营去时，朱褒不知道，他的生命已进入倒计时。

不错，我们中间的很多人可能会以为自己死在仇敌和必然手里，但恰恰相反，我们很有可能死在熟人和偶然手里。就像此时的朱褒，面对高定不可理喻的怒气冲冲，百思不得其解。

高定问：他奶奶的你小子怎么会写信给诸葛亮，使反间计害我啊？

朱褒自然是大呼冤枉，百般争辩。可他的争辩因为焦急和愤怒听上去言不由衷、断断续续，很有漏洞百出的意思。

直到戛然而止。

因为鄂焕出手了，他绕到马后突然转过，一戟就刺死朱褒，结束了这个喋喋不休者的残余人生。

历史不相信喋喋不休，也不相信任何解释。

历史只相信白刀子进，红刀子出。就像此时的现场，干脆利落，没有多余的场景和多余的人。

诸葛亮成功了。

或者说他的计谋成功了。他在同一个人身上两使反间计，干掉了其他两个人，平掉了三路军马。高定同志则因为革命意志坚定被提拔为益州太守，总摄三郡。这是一个老实人的最好结局了。不仅诸葛亮这么认为，高定自己也这么认为。

毕竟益州太守这个官不是随便什么人都可以当的。

俘获的获还是收获的获

最重要的对手开始浮出水面。

孟获。

在摆平高定等三位孟获的追随者之后，诸葛亮突然感受到了一种落寞。

打败一个人，其实不需要多大的智慧，有时用一下反间计就可以了。但是打垮一个人呢？

诸葛亮不知道。

就像他不知道人心和人心的差别有多大一样，有的人容易被打败，却很难被打垮。因为这样的人有意志和信念。

一般来说，为信仰而战的人是不容易被打垮的。

诸葛亮不知道孟获是不是有信仰，抑或他是个像高定一样的人物，可以被感召，可以弃暗投明。天知道。

马谡则对诸葛亮说了这样一番话。他说，用兵之道：攻心为上，攻城为下；心战为上，兵战为下。丞相啊，你其实是挑了一个最艰难的任务，不仅要让孟获输，还要让他输得心服口服。这个就比较麻烦了。孟获和他的兵们自恃地远山险，必不肯久居人下。今日破了，明日再叛。跟你玩躲猫猫。丞相的大军却还要北伐曹丕，在这里跟他玩得起吗？玩不起啊。玩不起却要孟获永不复叛。这个难。极难。

马谡此时是作为天子差使来慰问大军的。他不知道，自己的这一番话决定了他的命运，若干年后的命运。

因为诸葛亮对他刮目相看了。这样的刮目相看毫无疑问在若干年后让他将马谡与“街亭”两个字联系在一起，与一场悲剧联系在一起。这充分说明——一个人能说什么不重要，重要的是能干什么。

当然现在不需要马谡去干什么，现在要有所作为的人是诸葛亮。

他要收人心了。要通过有限的战争让无限的人心不再起起落落。唉，这还真不是一般人能干的呢。

战争一触即发。孟获赶紧召集三洞元帅会议。

不错，是三洞元帅，不是三军元帅。作为山沟沟里的统帅，孟获的作战编制很有山区特色，分为一洞元帅、二洞元帅、三洞元帅。一洞元帅叫金环三结，二洞元帅叫董荼那，三洞元帅叫阿会喃，名字都很雷，很有“雷你没商量”的意思。

三洞元帅会议的结果是分兵三路而进。得胜者，便为洞主。这个又有竞争上岗的意思。呵呵，孟获文化程度不高，却知道怎么调拨人心，为其所用。

于是三洞元帅各引五万蛮兵，分兵三路前进。

结果却很惨。一场大战下来，三洞元帅没有一个能成为洞主。

金环三结元帅很壮烈地身首异处了。董荼那、阿会喃元帅则成为俘虏，一脸羞愧地出现在诸葛亮面前。

诸葛亮优待俘虏，对他们实行革命的人道主义，“以酒食衣服赐之”，然后令他们各自归洞，别再跟着孟获混了。

事实上这是诸葛亮收人心工程的第一步：去其羽翼，感召心灵。

目的当然是为了感召孟获。

让他知道自己的处世哲学。

孟获很快就知道了。因为在接下来的一场战争中，这个传说中的人物不幸被捕。抓捕他的人儿是另一个传说中的人物——魏延。

诸葛亮继续重复他的收人心工程：去其羽翼，感召心灵。

孟获被俘获的随从们带上来了。他们以为自己必死无疑，却谁知受到了优待。

诸葛亮杀牛宰羊，设宴款待。这些孟获的随从们吃了生命中最难忘的一顿饭。随后他们获得了自由。

这样的自由甚至比以往更甚。他们不必再跟在孟获的屁股后面东奔西走了。因为孟获还在诸葛亮的手里生死未卜。

这是一个人的生死未卜，但对诸葛亮来说却是收放自如。

在收与放之间，诸葛亮需要层次，需要微妙起伏、欲擒故纵。

所以他对孟获当头棒喝：先帝待你不薄，你为什么要造反？

孟获：造反有理，革命无罪。

诸葛亮：造反成功了才有理，可你败了。

孟获：失败是成功的妈妈。

诸葛亮：不是每一个妈妈都有后代的。

孟获：既是妈妈，必有后代。

诸葛亮：口才不错，但是，真能成功吗？

孟获：只要给我机会。

诸葛亮：有些人的一生总在机会和机会当中度过。他们一生充满机会，却从未成功。

孟获：我不是这样的人。

诸葛亮：你是谁？

孟获：孟获。

诸葛亮：俘获的获？

孟获：收获的获。

诸葛亮：很好，我们从头再来。

诸葛亮就此放了孟获，从而开始了七擒七纵的游戏历程。

这是两个人之间的心理较量，表面上的输赢已经无关紧要。重要的是对放者对被放者心路历程细致入微的洞察和影响。

孤独者却是孟获。

不错，他是回来了，重获自由。但是真的自由了吗？没有。

身边已无人跟随。那些曾经的追随者都被诸葛亮分化瓦解了。孟获孤身一人在天地间行走，心中只有一个空荡荡的目标。

几乎难以实现的目标——打败诸葛亮。

打败诸葛亮，不是一般的难，那是不可能完成的任务。

孟获不仅要有重整旗鼓的能力，还要有创新的手段和计谋。

从一个不可能的角度出发，出奇制胜。

所有这些他现在都没有，有的只是疲惫和无奈。

好在行至泸水边时，孟获来了灵感——

我如果凭借泸水之险，在这一带构筑土城，深沟高垒，同时将船筏都归拢到南岸，令蜀兵渡无可渡，诸葛亮还能其奈我何？

这叫以静制动，也叫以守为攻。

最重要的，经过努力，很多孟获的老部下又被召集到一起，这中间甚至包括董荼那、阿会喃二位。他们在孟获的威胁利诱下，也心情复杂地引洞兵来助阵。

孟获东山再起，再成气候。

人世间最大的失败

诸葛亮遭遇难题。

就像乌龟好对付，缩头乌龟不好对付一样，诸葛亮这回碰到了缩头乌龟。孟获躲进小楼成一统，凭借泸水之险高枕无忧，完全是缩头乌龟的做法。

怎么办?

一般来说，可以设法让缩头乌龟把头伸出来，再痛击其软肋。可一个缩头乌龟下定决心就是不把头伸出来，那也是挺难办的事。

诸葛亮想了两个办法。一是引诱。

这时的天已是五月的天，川南天气炎热，士兵们衣甲都穿不住了，急需找一凉快之地乘凉，以避暑气。诸葛亮便在离泸水百里处，找了一阴凉之地，分作四个寨子，内外都搭上草棚，以遮盖马匹、将士。

这是个人本工程，将士们欢呼雀跃，觉得丞相真是亲民的丞相，处处体恤下情。

参军蒋琬没有欢呼雀跃，而是心惊肉跳。

因为他看到了一出悲剧在上演，或者说即将重演。当年刘备是怎么败的?七百里连营遭遇火攻惨败的。现在虽然没有七百里连营，但是四个营寨联成一体，内外搭上草棚，我靠，这是自杀式做法啊……一向精明的诸葛亮为什么要这么做呢?

诸葛亮没有向蒋琬说什么。

不好说。不可说。不能说。

世事的微妙就在这里。很多事情一说就错。天机的玄妙在于不能泄露，一泄露就不是天机了。再说了诸葛亮如此布局不是为蒋琬布的，他是为孟获布的。是为引诱。

诸葛亮想出的第二个办法是痛击要处。缩头乌龟不把头伸出来是因为它以厚厚的龟甲保护自己，可要是痛击要处呢?那些龟甲保护不到的软肋?

缩头乌龟铁定要把头伸出来予以报复。所以诸葛亮决定劫粮。

劫断孟获的粮草。

夹山峪。两边是山，中间一条路，只容一人一马而过。

这是孟获所部运粮的总路口。

如果蜀军在此偷袭，结果肯定是四个字。

马到成功。

但孟获却不怕对手这么做。因为泸水边所有的船筏都已被他归拢到南岸，蜀兵渡无可渡，怎么到夹山峪来？

所以孟获现在最重要的工作是喝酒——高枕无忧就要有高枕无忧的姿态，孟获从来不做杞人忧天的事情。

但是这一天，杞人担心的事情还是发生了——天塌下来了，孟获所部解运来的百余车粮草在夹山峪遭到了蜀军敢死队的偷袭，他们奇迹般地出现在那里，并且马到成功。

这与其说是蜀军的成功不如说是诸葛亮的成功。诸葛亮事先探得泸水下流沙口的水流缓慢，可以扎筏而渡。他命令马岱引三千军以飞夺泸定桥的精神火速赶到沙口渡河，并在第一时间出现在夹山峪。

夹山峪。

历史的夹山峪。

致命的夹山峪。

一夜之间，它成为拐点。当孟获粮草尽失之后，他决定反攻，挽狂澜于既倒。

但是已经倒下去的狂澜是不可能立得起来的。

孟获悲凉地发现，他派出去的二洞元帅董荼那其实不是个战将，而是个思想家。董荼那在战场上面对蜀军时思前想后，就是不能痛下杀手。

这都是诸葛亮的怀柔战术在起作用啊。一个人如果心太软，那是不能受恩的。否则就会踌躇复踌躇，打不了战。

孟获谆谆教导董荼那，做人要想成就功名，必须恩将仇报。

但董荼那还是不能恩将仇报。在第二天的战场上，他依然是一个思想家而不是军事家。

孟获决定清理门户。他要杀了董荼那，以鼓舞士气。

只是未遂。

孟获手下的兵马本来就不是为了一个共同的目标走到一起来的，听说孟获要杀董荼那，一个个如丧考妣，反战情绪立马高涨了起来。

战争就这样猝然而止，几乎没什么开打就结束了。因为董荼那把孟获绑了起来，并送到诸葛亮那里听凭处理。

诸葛亮波澜不惊。

一切都在他的算计之中，包括董荼那的反水。

一个人，究竟会做出怎样的举动有时候自己不知道，别人知道。

因为有因就有果，有付出就有回报。从表面上看，孟获凭借泸水之险，为自己构筑了一个貌似铜墙铁壁的世界，但是诸葛亮知道，它不堪一击。

最终不堪一击。

因为人心不在孟获那里。孟获以为可以赢得世界，却发现输掉了人心，到最后连自己都输了。就像此时的他，被五花大绑后跪在诸葛亮面前，任凭宰割。

诸葛亮没有宰割他，而是观察他。

观察一个人如何从不屈走向屈服的过程。

只是很遗憾，诸葛亮没有在孟获脸上看到屈服的表情。他依然是不屈的，或者说是不服。

孟获给出的不服理由是这次我被抓不是你诸葛亮有多牛，而是我手下人自相残害的结果，所以不能说是你胜了，也不能说是我败了。你现在即便杀了我，我在九泉之下也是不服气的。

诸葛亮气定神闲，呵呵一笑。

他知道孟获在强词夺理，不肯承认失败，就像这个世界上的很多人，以为败在自己手里不叫失败，一定要败给他人、败给世界才叫失败，却不知人世间最大的失败就是被自己打败了。

哪怕是被自己身边最亲近的人。

因为有一个词叫离心离德。

当然诸葛亮并没有跟他斤斤计较。他只是跟自己斤斤计较：还要经过几次的反复，才能让这个不肯承认失败的人最终输得心悦诚服？诸葛亮自己当然有这个耐心，他只是输不起那个时间。

多少事，从来急。北伐中原的大事还在等着他呢，他却在这里和孟获反复过招。

充满阴谋的夜晚

孟获又被放了。

在放他之前，诸葛亮请他阅兵，看蜀军的雄姿英发。

事实上诸葛亮这样做是有意图的。他请孟获一同上马出寨，观看各营寨栅所屯的粮草，所积的军器。那真叫一个充实无比、犀利无比。诸葛亮感慨万千地对孟获说，兄弟啊，你不降我，真是愚蠢啊。我有如此的精兵猛将，粮草兵器，你怎么能战胜我呢？人世间最重要的事是什么？知己知彼。知道自己的分量，也知道他人的分量。这样才不会做错事、做蠢事。怎么样？现在回头还来得及……

孟获拒绝回头。他要一条道走到黑。

很多时候，很多人把一条道走到黑的举动称之为有信仰，跟着信仰走，是很多人的生存理由。

孟获也不例外。

他回去了。在诸葛亮的安排下，他吃饱喝足回到泸水边，回到继续与诸葛亮对抗的那个据点。

只是一无所有了。

很多兵们被打死了，没有打死的也自己跑掉了。孟获几乎要赤手空拳地再战诸葛亮。他没有新鲜的套路，没有一呼百应的人心支持，除了泄愤般地杀掉董荼那、阿会喃两个里通外国的特务，孟获几乎对这个世界无能为力。

事实的确像诸葛亮指出的那样，蜀国有精兵猛将，粮草兵器，他怎么能战胜呢？

孟获开始钻牛角尖了——不错，我一无所有，但我就是不投降？你能拿我怎么样？每个人混世界，都有自己的独门暗器。勇敢者依靠勇力、智慧者依靠智慧，一无所有者依靠信念。哪怕到最后还是一无所有，那也没什么，因为还有姿态。

不降的姿态。

在这个世界上，任何的坚持都是有价值的，哪怕是坚持某种姿态。前提条件是持之以恒地坚持。

一无所有者孟获在泸水边孤独地奔走，试图以不降的姿态证明着什么。泸水浩荡，泸水婉转，它见证着一切，却什么都不说。

孟优出现在了诸葛亮面前。

孟优是孟获的弟弟。他带了很多礼物出现在诸葛亮面前。目的是为了谢恩，谢诸葛亮不杀哥哥之恩。

诸葛亮笑了。笑得不动声色。

人世间没有无缘无故的恩义，也没有无缘无故的谢恩。诸葛亮明白一切都是计谋。当然孟优心中到底藏着什么计谋，诸葛亮是不会说的。

一般人他不告诉他。

除了马谡。

马谡这人真是冰雪聪明，要不是后来痛失街亭，他完全称得上是军事家。起码是谋略家。

因为在诸葛亮告诉他孟优的计谋之前，他已经将这个计谋写在手心上了。诸葛亮看后又笑了。这一回笑得惺惺相惜。

人才啊。天才啊。鬼才啊。

马谡同志跟当年的周瑜有一拼。

当然诸葛亮营寨中发生的一切孟获是不知道的。

孟获只知道他在努力，并有所得。

在很短的时间内，他又召集了三万蛮兵，从而有了和诸葛亮再次较量的资本。

另外还有一大收获——在苦思冥想之后他获得了一个攻击诸葛亮的新角度。前所未有的新角度。

如果用一句话来概括那就是四个字：里应外合。

孟优为什么带了很多礼物去见诸葛亮，出于里应外合的需要。而此前诸葛亮带他在营寨里高调阅兵的行为，在孟获看来也是了解蜀军布防情况的绝佳机会。

诸葛亮太自信了。

自信到不将孟获视为对手，什么都向他袒露无遗。这是要付出代价的。

因为孟获将诸葛亮视作对手，他点滴在心头。一旦时机成熟，就毫不留情地攻击。就像现在，他要攻击了。

这是二更时分，蜀军的营寨里静悄悄，看上去毫无防备。

孟获的人马上来了，每个人身上都带着火具，直等孟获一声令下，就火烧连营。

孟获没有下令——他在等一个人的消息。

孟优。

但是孟优没有给孟获消息，并且这个夜晚他是不会再给了。

因为孟优喝醉了。准确地说是被马谡、吕凯二人灌醉。这一切都是诸葛亮的安排。

诸葛亮不仅安排了醉酒这场戏，还安排了场面更加宏大的战争戏。

他的人马冲出来了。在孟获等待消息、不知所措的情况下。

孟获这才知道，人生是富有戏剧性的。自己以为在包抄别人，却被别人包抄了。

一切还都没有任何先兆，却什么都发生了。

这个夜晚真是充满阴谋的夜晚，算计他人的人最终被他人算计，孟获再次成为了俘虏。

诸葛亮的俘虏。

你以为你是谁？

一般的人走到这个地步，那真是羞愧有加——都被捕三次了，怎么还有脸皮再玩躲猫猫游戏？

但孟获不是一般的人。他现在生存下去的唯一价值就是将躲猫猫进行到底。

成为诸葛亮的对手，并继续成为诸葛亮的对手，是他的人生价值之所在。这是个被游戏绑架的男人，游戏的乐趣就是他生之乐趣，尽管在这场游戏中，他永远是输者。

诸葛亮却希望游戏尽快结束。

时间耗不起是一方面，孟获不是对手是另一方面。

不错，孟获以为自己是诸葛亮的对手，但诸葛亮并不这么认为。

在这个世界上，一个人能成为另一个人对手并不是件容易的事，它需要旗鼓相当。所谓棋逢对手、将遇良才，两个人的智慧应当是不分上下，在伯仲之间。如此，争斗才有乐趣。

就像当年的周瑜和诸葛亮。虽然周瑜始终差那么一点点，但诸葛亮却能找到对手的感觉。

离间计、苦肉计、将计就计，周瑜谈笑间樯橹灰飞烟灭。这是一个人的英气和豪气，也是诸葛亮的英气和豪气，因为他尽在掌握，并且略胜一筹。

所以周瑜临死前才有如是感叹——既生瑜，何生亮。

相比之下，孟获就差劲多了。诸葛亮给他设的局他无所不钻。包括故意在林地里连营扎寨，包括故意请他阅兵卖个破绽，孟获都兴致勃勃地一探究竟，不以为是计。

而孟获设计的计谋都是小儿科，什么里应外合、夜半袭营、火烧连营等等，这都是诸葛亮玩剩下的，只让诸葛亮哑然失笑。

的确，世界上没有新鲜的计谋，但拜托，能不能用点心，将计谋活学活用一下好不好？

孟获却一脸的不服气。

这真是一个对抗到底的男人。似乎输赢对他并不重要，重要的是对抗。

永无止境的对抗。

并且每一次对抗，他都能找出不服输的理由。比如这一次，他给出的理由是——这是我弟弟贪杯误事，导致我的里应外合计谋失败，所以不是我的错，是我弟弟的错。如果再给我一次机会，我一定会马到成功的。

诸葛亮简直无语了。在这个世界上，一个人不服输有千万条理由，服输却只有一条理由：从心里放弃抵抗，不再对胜利抱有幻想。

很显然，孟获对未来可能的胜利还是抱有幻想的。所以每一次失败，他都能找出各种各样的理由怨天尤人，唯一不对自己的能力产生怀疑。

就像我们中间的很多人，不肯为自己的失败负责一样。

诸葛亮决定，再放。此时他已是三擒三纵孟获，看孟获已然是彀中人，所谓黔驴技穷，谅此人将来也玩不出什么新鲜的套路，他只是陪他玩罢了。

陪他一步步认清自己，终究是庸人一个，而所有种种的自命不凡，终究是水中月镜中花，虚幻得可笑。

你以为你是谁？

诸葛亮含笑不语看孟获，刹那间天机通透。

孟获又回家了。

这一次他的心情显然不是很好，毕竟被诸葛亮捉拿了三次，又受教育无数，自尊心已是大受打击。

便恼羞成怒，要咸鱼翻身。他放下种种身段，派心腹之人携各种金珠宝贝，前往八番九十三甸等处以及蛮方部落去借兵。

借数十万兵。

虽然这些兵们东拼西凑，整体战斗力不强，孟获对他们又只有使用权没有所有权，但孟获相信，他还是可以制造奇迹的。

因为有了资本。

咸鱼翻身的资本。

孟获是个革命的乐观主义者，不仅能为自己过往的失败寻找各种开脱的借口，以增加前行的勇气，还能为将来可能的胜利寻找理由。

哪怕是牵强的理由。

比如这一次，他就认为自己非胜不可，因为大部队来了。几十万兵，几十万熟悉当地地形的兵在他掌控之下，他就一定能够带领他们打败诸葛亮的蜀兵们。

孟获以为，诸葛亮带领蜀兵们劳师远征，一直跟他玩躲猫猫的游戏，胜利来得太轻而易举，便一个个都成了骄兵。所谓骄兵必败，孟获相信，这次无论如何也该轮到诸葛亮失败一次了。

否则，也太没天理了吧。

计谋背后有潜计谋

诸葛亮成了缩头乌龟。

当孟获带领他的大部队雄赳赳气昂昂地开到蜀军阵前时，他骄傲地发现，诸葛亮把头缩了回去。

不敢打了。高挂免战牌。

尽管蛮兵们裸奔骂阵，极尽侮辱之能事，诸葛亮还是下令紧闭寨门，不许出战。

孟获笑了。

如释重负地笑了。

志满意得地笑了。

诸葛亮手下的将领们却哭了。那是愤怒之哭，他们纷纷找到诸葛亮要求出寨决一死战。

诸葛亮不许。

在诸葛亮看来，一个将领是否敢决一死战并不重要，重要的是在什么时间或者说时机去决一死战。比如说这次，蛮兵初来，气势汹汹，是决一死战的好时机吗？

错！

所以诸葛亮需要将领们忍耐。

有时候忍耐比冲动更重要。忍耐是人生的必修课，学会忍才能有所得。诸葛亮谆谆教导他的将领们。

便忍。忍到蛮兵懈怠时。

经过几天的叫阵之后，蛮兵们大多疲惫不堪了。人世间的游戏讲究互动。一方兴致勃勃，另一方毫无反应，那是很无趣的。

诸葛亮要的就是这样的无趣。

他对同志们说，现在时机成熟了，可以行动了。

诸葛亮所谓的行动却是撤退。他下令弃寨而走，退过河北；同时拆去浮桥，移到下流，以渡赵云、魏延的军马过河来接应。

这里面真是大有玄机。只是诸葛亮手下的将士们看不懂。

在冲动时忍耐，进攻时撤退，诸葛亮对世事总是反其道而行之。这不是正常的战争思维。

但孟获却以为自己看懂了。

孟获总是有一个错觉，认为自己是诸葛亮的对手就可以和他过招，就像这个世界上的很多人，逮住一个名人就合影留念，以为自己也是名人了。

当然，孟获所谓的看懂还是有依据的，因为他看到了灯火。

诸葛亮营寨中的灯火。

虽然大部队已经弃寨而走，营寨中却是灯火通明，给人的感觉是蜀兵并未离去。

孟获的脑海里就浮现了四个字。虚张声势。

诸葛亮在虚张声势。

诸葛亮为什么要虚张声势呢?

孟获开始陷入严肃的战争学思考。

很快,他得出结论——出大事了。蜀国肯定出大事了。不是东吴入侵,就是魏国伐蜀。否则诸葛亮不会率军匆匆离去。

尽管,有那么一瞬间,孟获脑海里闪过诸葛亮会不会对他搞阴谋诡计的念头,可他看着空荡荡的满营灯火,追击的欲念还是起来了。

这似乎是一个陷阱。人性的陷阱。

虽然理智告诉世人,世事存在两种可能,或此或彼,或黑或白,但世人们还是相信其中的一种,却对另一种视而不见。

相信他们即将遭遇的是机会,而不是陷阱。

就像此时的孟获,两眼通红地带着大部队跟着感觉走,以为诸葛亮在慌慌张张地逃离,无心恋战,自己可以手到擒来。

追到了西洱河边。

西洱河边好风光,人嘶马叫好不热闹。放眼望去,只见河北岸上,蜀军营寨林立。寨中旗帜整齐划一,灿若云锦,而沿河一带,诸葛亮又设锦城,端的气势非凡。

蛮兵们不敢前进了,怕遭攻击。

孟优也怕怕。作为诸葛亮曾经的猎物,孟优对诸葛亮有一种崇拜式的恐惧。他以为这里面肯定有阴谋。

大阴谋。

孟获也觉得这里面有阴谋,却不是大阴谋,而是小小的阴谋。他一眼可以识破的小阴谋。

孟获对孟优说,这是诸葛亮怕我们追赶,故意在河北岸边少住,摆一摆迷魂阵。我敢断言,不出两日,蜀军必走!

于是孟获开始抓紧战机,派人到山上去砍竹为筏,准备渡河;同时将敢战之兵,都布置到蜀军营寨前面,只等准备工作完成就发动攻击。

但是,来自蜀军的攻击却猝不及防地开始了。

赵云领着一彪军从寨中杀出,与此同时早有准备的马岱领着一彪军从另外寨中杀出,形成前后夹击的态势。

孟获这才知道，什么叫以逸待劳，什么叫迂回包抄。诸葛亮所有的计谋背后原来都藏着一个潜计谋。就像规则背后有潜规则一样，明的东西是骗人的，暗的东西才是置人于死地的关键所在。

很快，孟获就又见到了诸葛亮。

诸葛亮端坐在一辆小车上，从一片竹林后缓缓地转过来，羽扇纶巾、谈笑风生，神情宛若天人。他对孟获呵呵笑道：“蛮王孟获！天败至此，吾已等候多时也！”

要失败多少次

孟获闭上眼睛，表情相当的痛苦。

人生最大的悲剧是什么？那就是你技不如人时偏偏一而再、再而三地败在他手里。以为可以窥破天机，以为可以运筹帷幄，却谁知一切都在对方的操弄之中。不，不仅仅叫操弄，应该叫玩弄了。孟获被诸葛亮玩弄于股掌之间老本尽失。

他绝望了，决定同归于尽。

当时的他与诸葛亮大概有50米的距离，而他身后只有不到十个蛮兵，他最后的跟随者。孟获回过头来对这些人说，我又遭这个鸟人算计了！想我堂堂孟获，受辱三次，难道还要有第四次不成?!弟兄们！冲上前去，将诸葛亮连人带车砍为粉碎呀！

诸葛亮孤身一人，却笑吟吟地看着孟获的最后一击。

他不闪。不惧。不惊。也不攻。

只是眼神里多了一层内容——悲悯。

孟获不知道诸葛亮为什么突然间有了悲悯情怀。他也不知道诸葛亮是为谁悲悯。但很快，他就知道了。

为他，孟获。因为他掉尽了陷阱里——诸葛亮以一番激语激得孟获走这50米的路程，并最终将他送进了陷阱里。

这是一个职业计谋家的成功之举。不费吹灰之力就让对手自己走进陷阱里。所谓行云流水、游刃有余，诸葛亮真是将计谋玩到家了。

孟获则在陷阱里痛不欲生，为他和诸葛亮之间的距离。这距离当然不是指地理距离，而是两人智慧间的差距。

孟获每行一步，自以为得计，却每每在诸葛亮的掌控之中，这样的人生真是悲凉得可以。

所以一个问题出来了，还有没有再较量下去的必要？

每一步都是错，每一段旅程都是绝望之旅，他跟诸葛亮，原本就不是对手，却要做对手状。他累，诸葛亮也累。

那么，这样的游戏是不是可以结束了？孟获却回答不上来。毕竟这是两个人的互动游戏，他一个人说了不算。再说了，游戏规则是诸葛亮定的，诸葛亮会拒绝再玩还是要戏弄到底，只有诸葛亮自己才能给出答案。

孟获只好等待，惴惴不安地等待。

诸葛亮不可能拒绝再玩。因为他要征服的是人心，而不是要一个结果。

胜败的结果。

胜败是没有悬念的，一次战争是这样，一万次战争也是这样，这场发生在他和孟获两个人之间的战争胜败早已注定。诸葛亮要的是人心的转变。

哪怕是渐变的过程。

这个很难，不可以期待在哪一次，孟获会完全放弃自己，无条件地臣服于他。

起码这次不是。

所以诸葛亮继续演戏。

他先是以酒肉相待那些归降的蛮兵，一番好言抚慰后，就恢复了他们的自由。这样的工作诸葛亮不是第一次做——这也是收人心工程的组成部分，诸葛亮沉醉其间，乐此不疲，目的当然是为了感化孟获。

其次，诸葛亮对孟优板起了脸孔。他怒气冲冲地说，你哥孟获也太冥顽不化了。被我捉住了四回，还是不认输。有这样带兵打仗的吗？没有！现在他丢的不仅仅是自己的脸，还丢了你们全族、全寨人的脸。你这当弟弟的要好好劝他，别再执迷不悟了。

孟优听了这话，自然是羞惭满面，觉得自己的哥哥也真是太不要脸了。他伏地请求诸葛亮免他哥哥一死。诸葛亮冷笑一声，置之不理。

外围工作扫清之后，诸葛亮直面孟获，看看这个人还有什么话要说。

孟获当然有话说。他说了这样一句话："吾今误中诡计，死不瞑目！"意思是我误中了你诸葛亮的诡计，不是我真被你打败了，所以我死不瞑目！

呵呵，这话说的，实在是强词夺理了一些。人世间战争，就是计谋与计谋的较量。所谓误中诡计云云，只能怪自己智商不高，怎么能埋怨敌人太狡猾呢?!

所以诸葛亮听了，也是气不打一处来。他令身边武士将这个死不改悔的反革命分子推出去斩了。

诸葛亮下令的时候表情真切，很有恼羞成怒的意思，看不出是在开玩笑。

孟获见了，心里一沉，觉得两人之间的游戏怕是到此为止了。

拒绝再玩。

诸葛亮拒绝再玩啊。

但他却恋恋不舍。不是贪生怕死，而是要看一看谜底——到底要经过多少次之后，自己才输得无怨无悔。

在这个世界上，输得无怨无悔其实不是一件容易的事。需要自己尽情发挥，需要各种主客观因素都达到最佳状态。如此机缘巧合后如果还是完败，孟获才肯承认自己彻底玩完。

所以这样的游戏的确是两个人之间的游戏。它需要耐心，需要合作，需要寻找感觉。

就像一对恋人需要心心相印才能达到最佳状态一样，孟获希望诸葛亮不要半途而废。

可现如今诸葛亮耐心尽失，很明白地告诉他游戏结束了，孟获便觉得，自己该开口了。

该为诸葛亮提供一个游戏继续进行下去的理由。

所以，他高声喊道："若敢再放吾回去，必然报四番之恨！"

这是示威之语，事实上也是示弱之语。

是孟氏激将法，也是他的自我激励——一个人，要在失败多少次之后，才能拣回他的自尊心？

可怜的自尊心。

诸葛亮听了这话一震，随后便笑了。

淡淡地笑了。因为诸葛亮突然觉得：有戏。接下去有戏。

山洞在哪里？

从内心里说，诸葛亮也是不希望二人游戏戛然而止的，除非孟获输得心服口服。

什么叫心服口服，一个人对未来不抱希望，对打败自己的那个人崇拜得如滔滔江水绵绵不绝，这才叫心服口服。现在孟获还想再战江湖，很显然，他还是看好自己的。

以为会有那么一天，可以找到诸葛亮的漏洞，一举打败他。

就像我们中间的许多人，相信“我能，我可以”一样，对这世界较量到底，却不知世界到底是不可战胜的。

因为它是世界。

充满未知和神秘感的世界。集中了所有智慧的世界。

诸葛亮当然愿意再给孟获机会。事实上他南征孟获就是来陪他玩的，陪他慢慢消磨心性。

收拾他的心性。

所以恼羞成怒也罢，做拒绝再玩状也罢，都是诸葛亮欲擒故纵的手段。所谓千变万化，不离机心。

说到底，诸葛亮就是这么一个人。有时大开大合，有时婉转细腻，全看时势的需要。他是属于这个时代的，却很少有自己的喜怒哀乐。他的表情，是这个时代规定情景的应有反应，哭笑之间，全不由他自主。所以，诸葛亮活得很累。

一个很累的人，赢得了这个时代，赢得生前身后名，却没有赢得自己，诸葛亮若干年后在五丈原英年早逝，就是极好的说明。

当然，这都是后话了。

孟获又回去了。

为了下一个可能战胜诸葛亮的机会，他回到了川南。

川南没有遍地桃花等他，只有满目疮痍，和为数不多的几个兵。

基本上从前两次战争开始，孟获就四处举债，借兵打仗了。

这是一种生存状态，也是一种行为艺术。

的确，在这个世界上，有些人搏世界是有老本的，老本输光了也就善罢甘休了；有些人搏世界是没有老本的，他们借老本来搏，老本输光了再借，决不善罢甘休！

就像此时的孟获。

但此时的孟获还遭遇了一个重大的难题——他借不到兵了。

不仅是没有本钱去借兵，还在于那些有兵的洞主都不愿借兵给他。

因为孟获实在是混得太惨了，一连打了四次败仗，一次比一次败得窝囊。而且在未来可以看得见的时期内，孟获没有打胜仗的可能或者说希望。

有谁会愿意把自己的东西借给没有未来的人呢？

孟获就是个没有未来的人。他不仅没有未来，还几乎丧失了一切，除了一点可怜的自尊心。

所以在川南苍茫的大地上，屡战屡败的孟获怀揣一点可怜的自尊心，仰天长啸，很有“无语问苍天”的意思。

只是没有人能听懂他的啸声究竟代表了什么。这是不合时宜的啸声，总而言之不是与时俱进的啸声。所以，毫无意义。

孟优试着让自己努力理解哥哥的追求。

不错，每一个人都是有追求的。有人追求金钱，有人追求美女，有人追求名望……哥哥追求什么呢？

在无数次失败中追求一次胜利！

这样的追求很是令人肃然起敬。虽然从现在的局面来看，孟获成功的可能性很低。

但孟优还是替哥哥着想，为他指明了一条道路。他说我兵屡败，蜀兵屡胜，难以抵挡。所以如今之计，不如找一阴凉山洞躲避。所谓以退为进，不争是争。蜀兵受不过这暑气，又找不到哥哥，自然会退去。

孟获心中一片悲凉——这是让他当缩头乌龟啊。

可不当缩头乌龟又能如何？一无所有者除了把脑袋缩回去以图自保外，对这个世界还真是无可奈何。

可以不承认失败，却不能不当缩头乌龟。这是孟获的两难选择。

当然最困难的选择还在于，山洞在哪里？

那个保护我们的山洞，在外面受了伤害可以躲在里面疗伤的山洞在哪里？孟获不知道。

不错，世界很大，山洞很多，但是没有一个山洞是属于你的——如果不去寻找的话。

孟优指出了一个山洞。

秃龙洞。

秃龙洞洞主叫朵思大王，与孟优的关系刚刚的，孟优以为，哥哥孟获可以到那里一避。

孟获无话可说。

他和诸葛亮之间的战争走到这一步已然不叫战争了，叫追逃。一个追，一个逃。追者从容不迫，逃者慌不择路，有洞就钻。孟获几乎可以想见自己的狼狈。他只是不认输罢了。

在任何情况下都不认输。

躲进山洞里也不认输。

人生是什么？无非是不肯承认自己失败的一个过程。什么时候承认了，这人生也就玩完了。

有一口气在，是因为心中还有希望在。不是行尸走肉。

目标不见了

孟获委曲求全，跟着弟弟钻进了秃龙洞。

秃龙洞有两条路：东北一路虽然地势平坦，可行人马，可洞口要是被隔断的话，那即便有百万之众，也不能前进。西北一路则山险岭恶，道路窄狭。其中虽然有小路，但多藏毒蛇恶蝎等，所谓水不可饮，人马难行。

总而言之，这是个藏身的好地方，可以隔断一切人世的消息。孟获来到此处，天天与朵思大王饮酒作乐，很有“不知魏晋，遑论有汉”的意思。

诸葛亮却感觉不对劲。

因为目标不见了。

人生在世，最重要的是瞄准目标。不管这目标是拿来追求的还是拿来射击的，总之目标不能失去。

可现在孟获突然人间蒸发，几十万大军六月酷暑当中来回寻找，一无所获，这样的情形诸葛亮还是第一次遇到。

心里便一阵惶恐。

不错，诸葛亮智谋盖世，在这个世间几乎没有他解决不了的难题，可“目标丢失”这个难题却是他解决不了的。

所有的神机妙算都必须落实在一个具体的对象身身上。所谓推手推手，没有对方的手，又能怎么推?!

诸葛亮发誓，一定要把孟获找出来，挖地三尺也要把孟获找出来。因为他不能没有他，就像很多人的人生，不能没有一个可以瞄准目标一样，否则就会失去意义。

活着的意义。

孟获没有被找到，却找到了一条路。

一条狭窄的小路。毒蛇遍布，恶蝎丛生，水不可饮，人马难行。

蜀兵大批地倒下，在喝了此间的无名水之后。

没有人知道小路的尽头是什么，可能有孟获，可能什么都没有。所以诸葛亮需要做出一个判断，要不要踏上这条路。

人生的很多时刻其实都是这样，走下去可能一无所有，不走下去肯定一无所有。

便走。

诸葛亮下令全速前进。在付出沉重的代价之后，他们来到了一个山洞前。

秃龙洞。

秃龙洞在此时又面临着命运的交锋，两个男人将再次对决，看自己的人生是否会有转机。

孟获遗憾地发现，又败了。

不是败在诸葛亮手里，而是败在自己人手里。二十一洞主杨锋引三万兵来助战，谁知他要帮助的不是孟获，却是诸葛亮。

这不仅让孟获遗憾，也让诸葛亮遗憾——因为孟获又为自己的失败找到一个借口了。

果然，孟获被俘后心有不甘地对诸葛亮说，“非汝之能，乃吾洞中之人，自相残害，以致如此。要杀便杀，只是不服！”

“自相残害”这个借口孟获以前用过，他现在重复使用了，并且看样子还会继续用下去。

只要他愿意。

诸葛亮却为孟获叹息。诸葛亮以为，一个人总是遭遇自相残害的话，只能说明他的为人有问题。

没有凝聚力。

众叛亲离。

更何况孟获遭遇了不止一次的自相残害。这说明他是个没有前途或者说未来的人。他的团队缺乏统一的信仰，注定走不远。

诸葛亮：要不，就这么罢手吧。

孟获：生命不熄，战斗不止。

诸葛亮：可那没意义。

孟获：什么叫有意义。

诸葛亮：活出未知的生活，和以往不一样的生活。

孟获：我……会的。

诸葛亮：你不会。

孟获：为什么？

诸葛亮：没有人陪着你走。

孟获：我一个人走。

诸葛亮：一个人能走多远？

孟获：有信仰就能走得远。

诸葛亮：好奇害死猫，信仰害死人。做一个没信仰的人，活得不累。

孟获：没信仰，毋宁死。

诸葛亮：我要是你，早就放弃了。

孟获：可惜你不是我。

诸葛亮：还想玩下去？

孟获：什么？

诸葛亮：这个游戏。

孟获：只要你奉陪。

诸葛亮：我的天……

伪善是世界上最大的恶

孟获又获得了自由。

也许是孟获这个名字颇有深意存焉，他屡有所获却又屡屡失去。这是一个人的名字带来的魔咒。孟获无法破解，在命运的怪圈中浮沉飘零，不知所终。

这一次他选择了回故乡。

真正的故乡。

银坑山。

银坑山中有三江之险，重关之固。三江是指泸水、甘南水、西城水。三路水会合，所以叫三江。而重关之固是指银坑山中三江城。此城三面临江，一面通往旱路，真真易守难攻。孟获以为，那是他生命中的福地。

他将在这里咸鱼翻身。

的确咸鱼翻身了。起码最初的态势是这样。

当魏延、赵云领着一路蜀军，于旱路攻打三江城时，他们发现世界上有些城池是攻不下来。这里面有人心的城池，也包括三江城。

因为三江城和人心的城池一样，很毒很阴险。

无数的蜀军死在城下，他们中箭而亡。

原因是城上弓箭齐发。箭不是普通的箭，是毒箭，箭头抹上毒药，但凡有中箭者，皮肉烂透，现五脏而死。

的确毒。

并且这样的阴毒没有克星。对蜀军来说，进攻就意味着死亡，不进攻才有救。

但诸葛亮不这么看，诸葛亮以为，进攻意味着死亡，不进攻也意味着死亡。因为他是战场上的指挥官。

对一个指挥官来说，进攻，没有任何停下来的借口。哪怕血流成河，堆尸如山。

诸葛亮又下达了进攻令，在午夜时分。

只是这一回蜀军的进攻有些怪异，他们不仅手持武器，还人人怀揣一包黄土，目的是将它扔到三江城下。

十万蜀军十万土，一时间，三江城外积土成山，并接连城上。

三江城很快就攻下来了。

虽然有很多蜀军前赴后继中箭而亡，但是更多的蜀军如履平地般冲进三江城，砍死了守城的朵思大王，并接管了三江城。

这场战争的胜败至此已是没有什么悬念了，有悬念的是孟获以什么方式落败和他是否承认自己失败。

这一点，诸葛亮没有把握。

不错，他可以积土成山，可以众志成城，可以不费吹灰之力拿下一座毒城，却不能轻而易举地拿下孟获的那颗心。

始终不服输的心。

诸葛亮只能继续派兵缉拿孟获，以收其心。

但是，没想到的是，孟获被他的妻弟带来洞主押来受降了。

孟获真的投降了？这个消息让诸葛亮一阵欣喜的同时也深感失落。为什么一个人在降与不降之间如此草率从事，缺乏应有的过渡和转折。

特别是缺乏他的良苦用心。

诸葛亮不知道，现在的情形是他的成功还是孟获的成功。孟获真的是在他的良苦用心下幡然醒悟，还是戏弄了他，以一次偶然的失手顺坡下驴说降就降？如果是后者，那一切都没有了意义。

他们进来了。

带来洞主一脸豪迈，孟获一脸颓丧。孟获的颓丧很刻意、很夸张，一目了然，却是那么的不真实。

就像这个世界，亦真亦幻，假作真时真亦假。

诸葛亮突然电光石火，一片澄明。他大声喝道：都给我拿下！

很快，孟获和带来洞主都被诸葛亮身边的蜀军拿下了。蜀军从他们身上，搜出各自的利刃。

很显然，他们是一伙的，却各自演红白脸，以图获得一个接近并解决诸葛亮的机会。

果然，接近了，却没有解决，而是被诸葛亮解决了。

诸葛亮这才知道，人心都有善恶两面，泾渭分明不可怕，可怕的是有人利用善来行恶，就像孟获和带来洞主演的双簧戏。

伪善是世界上最大的恶！

诸葛亮于悬崖处勒马，挽狂澜于既倒，终于在第六次击败了孟获。

孟获没有垂头丧气，而是一如既往地强词夺理。他对诸葛亮说："此是我等自来送死，非汝之能也。吾心未服。”

呵呵，人世间失败的理由真是有一千零一个，连自寻死路都能成为不甘于失败的理由，诸葛亮无话可说了。

孟获却昂首挺胸、大义凛然，很有死不瞑目的意思。

诸葛亮跟他商量：老兄，能不能给我一个定数，失败到哪一次才算完？

心服口服。

你是说要败得你心服口服？

对头。

可这世界上，有些人败一万次也不愿承认失败啊……

那是你的问题。

为什么？

没有败到他心里去。

什么叫败到心里去？

我不知道。

是吗？那你觉得还会打赢我？

会。

凭什么？

时间。

时间是站在我这边的。

错。时间站在我这边。我可以永无止境地打下去，而你不能。

你连老窝都没了，怎么打？

老窝没了，还有天下，我以天下为窝，与你战斗。

我的天啊，你是一牛人。

错，我不是牛人，是神人。

穿山甲不出手还以为是王八呢

孟获又踏上了复仇之旅。

就像他自己说的那样，老窝没了，就以天下为窝，继续战斗。

他把目光瞄准了七百里外的乌戈国。传说乌戈国国主兀突骨，一人长得有两人那么高，整天不好好吃饭，吃些毒蛇啊野兽什么的，总之什么生猛吃什么，直将自己也吃成了野兽。身上天然地生有鳞甲，所谓刀箭不能侵。而他的手下军士们，也个个身穿藤甲。这藤甲可不是由一般的藤做成的，那都是久经考验、忠贞不屈的藤做成的。它们生于山涧之中，盘于石壁之上，一看就气质非凡，可远观而不可亵玩焉。至于藤甲的制作过程那也是相当的复杂，简直称得上是藤坚强了。先是将藤取下浸于油中，半年后才取出晒干。晒干了再浸，总的一条原则是折腾，往繁琐处折腾，往不堪忍受处折腾，往死里折腾。如是折腾十几遍，才可以造成藤甲——这过程，活脱脱是“钢铁是怎样炼成的”之藤甲版。

这样的藤甲，制作工艺如此复杂，制作成本如此之高，品质当然无可挑剔。它们穿在身上，据说渡江不沉，水过不湿，刀箭也不能入，基本上跟金刚石有一拼，因此号称藤甲军。藤甲军虽不是文明之师，却是威武之师，金刚石之师。

这样一支部队的存在，实在是人间极品。现在孟获要找的，就是这样的人间极品。

孟获七百里迢迢踏上乌戈国，去面见乌戈国国主兀突骨，希望获得他的支持。

乌戈国国主实在是不好找，老人家不愿意住巍峩的宫殿，而是住在一个阴暗潮湿的山洞里接客，始终保持着艰苦朴素的革命传统和生活作风。

孟获肃然起敬了。

一个国主，史上最强悍的国主，要有怎样的胸怀和气质才能在如此阴暗潮湿、卫生条件堪忧的山洞里长年累月地生活下去啊。这不是一般人能做到的。

也不是一般野兽能做到的。

当然，对兀突骨来说，既不能用一般人的标准来要求他，更不能用一般野兽的标准来要求他。

他不是人，也不是兽，而是——

神人。

和孟获一样的神人。

在这个世界上，神人是指这样的一些人：和常人反其道而行之。

孟获被诸葛亮六擒六纵，死不认输，其面部神经和脑部神经之坚强，非一般人可比。

兀突骨也是如此，几十年如一日不好好吃饭，专吃毒蛇野兽，同时意志坚强地在阴暗潮湿、卫生条件堪忧的山洞里长年累月生活下去，这个不是一般的猛。

可以说，他们两个都是活出了境界的人，玩的就是心跳。

和与众不同。

孟获便惺惺相惜，对着兀突骨一阵猛拍，活脱脱将拍马功夫提升到一个新水平、新高度。

应该说，孟获这一阵拍也不完全是言不由衷的。他这里既有对自己命运的重新发现和莫名感动，更有对兀突骨的景仰之情。

他对这个国主的景仰如滔滔江水绵绵不绝，直将这小小的山洞淹没。

但是很显然，兀突骨不满意。

因为他的眉头皱起来了。

每天，兀突骨的一个重大烦恼就是倾听各种各样的马屁声。

这实际上是做国主的职业病。

任何一个国主，哪怕是乌戈国国主，都要遭遇被人讴歌的境况。

这是一个国主的宿命。

所以，兀突骨听觉疲劳了。不仅听觉疲劳，还听觉愤怒——奶奶的，就不能来点新鲜的吗？都说阳光底下没有新鲜事，可我这是在洞中，没阳光！

孟获果然创新了。他开始哀求兀突骨为自己报仇——痛说革命家史，同时极力描述蜀军之不可战胜，以激起兀突骨的好战心。

果然，兀突骨蠢蠢欲动了。他慷慨激昂地对孟获说：“吾起本洞之兵，与汝报仇。”

事实上兀突骨这么说并不是他有多大的人本关怀，而是他发现了对手。

人世间最无趣的事是没有对手，最有趣的事发现对手。

所谓生之乐趣就是找到对手并战胜他。

但是这样的乐趣，兀突骨很长时间没有体验了。掌握史上最强悍部队的指挥官，兀突骨一直生活在传说里。他在传说中战无不胜、攻无不克，却是鲜有对手。

在乌戈国方圆几百里之内，所有曾经挑战过的力量都已经烟消云散了。所以乌戈国是一个传说中的国度，没有谁敢接近这个地方，更别说去挑战他了。

现在孟获带来一个信息，一个外部世界新霸主诞生并横扫一切的信息，这让兀突骨产生了战胜他的冲动。

谁比谁强多少啊？穿山甲不出手还真以为我是王八呢，兀突骨下令起三万兵，都穿上藤甲，向东北方向进发。

目标是蜀军。

很快便碰到麻烦了。

不是蜀军拦截，而是一条江挡住了去路。

江很美，叫桃花水，江的两岸有桃树，正是春暖花开季节，片片桃花落于水中，很有诗意。

正所谓落花有意，流水无情。

只是桃花水何止无情，简直是绝情。

所有喝了桃花水的人都会去死。

因为有毒。剧毒。桃花毒。

这个世界上凡是剧毒的东西都很鲜艳，就像桃花一样，灿烂夺目。

所以每年春暖花开的时候，桃花水两岸都空无一人。的确，景色是绝美的，但没有人敢拿自己的生命去换风景。

除了三万乌戈国兵。这三万乌戈国兵也不是心甘情愿拿自己的生命去换风景，他们是不知道桃花水的厉害。

行军打仗，走到哪里就喝到哪里，不可能化验了再喝。

便喝。

三万人全都喝了。

结果，奇迹出现了，三万人都没死，而是活得更加精神抖擞。桃花水到了他们嘴里似乎是春水，有提神的作用。

总之，这是一个科学难以破解的生命之谜。三万乌戈国兵浑然不觉地喝了桃花水后就在此处安营扎寨，以等待蜀兵的到来。

一场较量已是呼之欲出。

人力可以穷尽，天意难以定夺

蜀兵们来了。

在诸葛亮的指挥下，蜀兵在桃花渡口对岸安营扎寨，准备发动进攻。

很快，进攻就开始了。

很快，进攻就失败了。

因为三万乌戈国兵不是人，是超人。

蜀兵的箭射到藤甲之上，纷纷垂头丧气而去，而刀砍枪刺，也不能穿透藤甲。相反，蛮兵都使用锋利的武器，直杀得蜀兵大败而走。

这是野蛮对文明的挑战，结果文明落荒而逃。

诸葛亮决定用计。

不错，在野蛮和文明的对决，如果没有智慧的光芒闪耀其间，文明是不可能最终取胜的。

孟获仿佛有心灵感应。在与诸葛亮的多次作战中，孟获没有学会别的，却学会了诸葛亮可能会以什么手段打击他。

历史的教训需要吸取。孟获对乌戈国主兀突骨说，诸葛亮这个人，很会用计。所以要提防他搞埋伏。我看今后交战，山谷林多之处，不可轻进啊。

这样的提醒毫无疑问是有先见之明的。兀突骨此时也知道蜀军狡猾狡猾地。比勇力，他第一，比狡猾，唉，洞里出来的人再狡猾也滑不到哪里去。

便小心谨慎，以守为攻。

魏延攻来了，打不了几个回合就成魏跑跑。只是魏延逃跑的姿态太过故意，蛮兵恐怕前面有埋伏，不敢去追。

第二天，魏延又攻来了，打不了几个回合又成魏跑跑。这一次蛮兵没有经受住诱惑，追杀出去十余里，还在蜀寨中过夜。

没问题。

一夜无事。

于是相同的故事在接下来几天又重复进行。魏延屡战屡败，屡败屡走，总共败了十五阵，连弃七个营寨。蛮兵则大肆追杀，很有快意恩仇的意思。

直到一林木茂盛的所在。

没有人知道这是什么地方，只有诸葛亮知道，这里的地名叫欲望。

他让魏延共败十五阵，连弃七营寨，目的就是为了挑起孟获的欲望。

不错，历史的教训是要吸取，但欲望强烈时，历史的教训也可以扔在一旁。这是诸葛亮对人性的一个深刻观察。

因为在这个世界上，只要是人，就躲不过这个诱惑。

这是人性的弱点。

所以，孟获尽管被打败了六次，每一次的教训都很深刻，可诸葛亮仍旧赌孟获会上钩。

孟获果然上钩了。

欲望使他突然觉得蛮兵们个个都是金刚石，诸葛亮就是埋下伏兵又能怎样呢？

便鼓动兀突骨和他的蛮兵们继续往前跑。

直到一山谷中。

山谷很狭长，却没有草木，看上去也不像有埋伏，应该是没有危险的。

只是山谷中有几十辆黑油柜车横七竖八地挡在半路上，给人很是奇怪的感觉。

有探者报告，说这是蜀兵运粮的道路，因为大王追杀，所以他们撇下粮车逃命去了。

这真是一个令人愉快的报告，孟获和兀突骨哈哈大笑，觉得蜀兵到底不堪一击，而诸葛亮也黔驴技穷，玩不出什么新鲜的花样。

但是，人世间愉快的事情总是短暂的。

随之而来的便是痛苦。

孟获痛苦地发现，有横木乱石从山顶滚下，阻断了谷口。与此同时山上扔下大量火把，烧着了那几十辆黑油柜车。它们猛然起火并发出爆炸声。一时间山谷中火光乱舞，碰着蛮兵身上的藤甲，那真叫干柴烈火，一点就着。这些久经考验的藤甲在烈火中熊熊燃烧，很有凤凰涅槃的意思。兀突骨和他的三万藤甲军，被烧得互相拥抱，死于山谷中。

诸葛亮在山上看了，一声叹息。

唉，敌人是被消灭了，但是用这么残忍的手段去消灭他们，却是得不偿失。

以三万人的性命，换取一个人的回心转意，这个人心工程的代价，实在是太大了。

孟获也惊呆了。在火光中看着乌戈国人几乎种族灭绝，他觉得一切都失去了意义。

不错，诸葛亮的计谋是空前绝后，但是以这样的手段取胜，未免太残忍了……

孟获发誓，要诸葛亮给他一个道歉，否则他将复仇到底。

这是等价交换。很公平。

诸葛亮没有与孟获见面。

第一次，他没有以胜利者的身份与孟获见面。

诸葛亮在自责。

和羞愧。

人世间不争是争，争是不争，争来争去，仇恨不但未能消弭，反而不断放大，让更多无辜的人卷了进来，意义何在呢？

很多时候，他在匆匆赶路，以为战胜一切便是胜利，却不知思考胜利比胜利本身更为重要。

诸葛亮决定，放弃孟获，放弃那个遥不可及难以完成的人心工程。

为了更多人能在这个世上生存下去。

虽然，一个人的幡然醒悟很重要，但是更多人的生命更重要。

所以诸葛亮没有给孟获一个道歉，而是给所有死于战争的无辜者一份深深的歉意。

人力可以穷尽，天意难以定夺，诸葛亮意兴阑珊，弃子认输。

他决定班师了，就让孟获在这块土地上继续存在下去、叛逆下去吧。总之，不能再死人了。

诸葛亮安排了一桌酒席，请孟获、祝融夫人、孟优、带来洞主及其追随者飨用。

这些人跟他演了这么长时间的捉放戏，每个人都表情真切，可以说演可得丝丝入扣、催人泪下，很成功。但诸葛亮没想到的是，自己竟然演失败了。

用情过深、用力过甚了，演砸了。

所以他没有出现在酒席上，而是让传令官传出话来，说："使乌戈国之人不留种类者，是吾之大罪也！"

又说："丞相不得已而用此计，大损阴德，故面羞，不欲与公相见。"

孟获幡然醒悟。

在最后时刻幡然醒悟。

他在酒桌上终于哭得眼泪一把鼻涕一把，真是悟以往之不谏，知来者之可追。

这样的战争，没有谁是胜利者，大家都是失败者。

而现在他和诸葛亮唯一可以做的，就是停止游戏。

这场死人太多的游戏。

于是，化干戈为玉帛。七擒七纵的故事至此画上句号。诸葛亮没有想到，他一直以来孜孜以求的人心工程在最后决定放弃的时候却意外地成功了，并且是双倍的成功。

不仅拯救了孟获的心灵，也拯救或者说净化了他自己的心灵。

最后的结局自然是皆大欢喜，因为孟获热泪盈眶地说：“七擒七纵，自古未尝有也。某子子孙孙皆不复反矣！”

这样的话语毫无疑问是动听的，也是诸葛亮所需要的。但是长史费祎却认为眼泪只能感动一时，不能维持永久。在仇恨与仇恨之间，仅靠眼泪来稀释是远远不够的。

必须要有制度保障。

他建议，在此地设置官吏，与孟获一同参与管理，以昭示蜀国国家主权的存在。

诸葛亮不同意。

不错，国家主权是很重要，可设置官吏就能保障国家主权的存在吗？诸葛亮不相信。

就像他不相信打败一个人就可以打垮他一样，诸葛亮认为最重要的不是土地的收复而是人心的收复，要是为开疆拓土而来，他需要对孟获七擒七纵吗？

所以他不是征服这片土地而来，是为征服土地上的人而来。

关于这个问题，诸葛亮向费祎提出了“三不易”说：一是设置官吏就要留兵，保持武装力量。可如此不毛之地，兵粮无法筹措，怎么留得住兵，此为一不易；二是设置官吏不留兵的话，则蛮人在历次与蜀人的战斗中死伤累累，必定怀有宿仇，矛盾一旦激化，则成祸患，这是二不易；三是蛮人既与蜀人有宿仇，设置官吏也好，留兵也好，只能加重他们的疑心，效果将适得其反。所以要真正治理好这片蛮荒之地，只能是无为而治。

费祎恍然大悟，第一次对“无为而治”四个字产生了新鲜的理解。

的确，对待仇恨，不能以仇恨的方式去化解。无为而治表面上是不治，实际上却是最大的治理。因为它表现出来的是对人心的尊重和宽容。

诸葛亮长袖善舞、举重若轻，将复杂的政治问题简单化和人性化了。这是功力，也是修养。

体现了大国气度。

虽然当时的蜀国还称不上大国，但毫无疑问，诸葛亮具备了大国丞相的气度。

这让孟获以及当地的土人们都感恩戴德，他们纷纷为诸葛亮立生祠，并称呼他为慈父。一种新型的治理关系就此确立。诸葛亮班师回国，孟获则率领大小洞主、酋长以及诸部落十八相送，很有依依不舍的意思。

南方就此平定，蜀国的战略格局开始转向北方，转向那个最致命的敌人——魏国。

第六章　一分为三的中国

提建议是个风险活

魏国的曹丕却等不及了。

虽然他很想跟诸葛亮较量一下，看苍茫大地，谁主沉浮？可老天爷不答应。

没有人知道老天爷为什么不答应，只知道老天爷在曹丕四十岁的时候就匆匆带走了他，不给他和诸葛亮在人间继续交锋的机会。

也许，这是对曹丕的一种保护。也许是这样，谁知道呢？反正老天爷在不高兴的时候会使小性子，令世人痛苦莫名或惆怅莫名。

所以悬念落在了曹睿身上。曹睿是曹丕的儿子，在曹丕壮志未酬身先死之后，他坐上了魏国的龙椅，直面当时已一分为三的中国。

就像一个大蛋糕一分为三一样，虽然魏国占的部分稍微大些，那最多也是三分之一强。现在曹睿初登大宝，很有将全中国的蛋糕都归拢到自己手里的意思，便开始封官拜将，集纳全国的人才为己所用，封钟繇为太傅，曹真为大将军，曹休为大司马，华歆为太尉，王朗为司徒，陈群为司空，司马懿为骠骑大将军。

司马懿不仅被封为骠骑大将军，还提督雍州、凉州等处兵马，颇有剑指蜀国之意。

诸葛亮有些怕怕。

不是怕曹睿当了魏国的皇帝，而是怕司马懿掌管了雍、凉二州的兵马。

因为司马懿的能力还是不错的。所谓深谋远虑，是可以成大事者。现如今，他直接与蜀国交锋的话，诸葛亮没有十足的胜算。再者说了，司马懿不是孟获，可以收他的心，司马懿的心，早已是坚如磐石，为了魏国的利益，那是抛头颅洒热血，在所不辞。

诸葛亮踌躇复踌躇，一时不知该如何是好。

马谡却认为问题不大。

不错，司马懿是人才，大人才，但这个世界上，人才是不是能够才尽其用，还得看伯乐乐不乐意。

的确，司马懿的心是坚如磐石，但曹睿的心也坚如磐石吗？

未必。

他信任司马懿吗？从现在的情势看，应该没什么问题——雍、凉二州的兵马都让司马懿掌管了，曹睿没理由怀疑他的忠诚。

对党国的忠诚。

但是，把理由炮制出来交给曹睿呢？曹睿还心无芥蒂吗？

马谡不相信。因为马谡一直以为，一个人相信自己都是一件难事，更别说相信他人了。

所以最重要的是理由，让曹睿心生疑忌的理由。马谡向诸葛亮建议，秘密派人去洛阳、邺郡等处，散布流言，指司马懿欲反。同时伪作司马懿告示天下的榜文，遍贴魏国各处，目的是使曹睿心疑，然后杀掉此人。

诸葛亮听了，觉得马谡的建议还是有可操作性的。只是隐隐地，他感觉这条计谋有些阴。诸葛亮以为，计谋反两种，阴谋和阳谋。高明的谋士行阳谋，不高明的谋士或者心地阴暗的谋士行阴谋。随着年纪渐长，诸葛亮对自己的过往有了更多的警醒意识，开始检讨自己的谋士生涯是不是足够光明正大，但是很遗憾，一路检讨过来，他发现自己处处是阴谋的算计，却自以为得计。特别是七擒七纵孟获，机关算尽，与人斗与天斗欺人又欺天，自己真的胜了吗？诸葛亮实在是不敢下一个定论。

这一次的情形也是如此。

要搞掉司马懿，必须用计。用计则必使阴谋，这似乎是一件无可奈何的事情。

当然对诸葛亮来说，他是极愿意用阳谋搞掉司马懿的，但是绞尽脑汁之后，依然一无所获，这让他惆怅莫名。

一个人的智慧真是天注定，要想超越自己，太难了……

开始得了慈悲症的诸葛亮无奈地按马谡的计谋行事。不过在内心里，他还是有一个期望的，那就是司马懿被调离工作岗位就行了，曹睿最好别妄动杀机。毕竟人才难得，人才难得。

一张告示呈放在曹睿面前。

告示是这样写的：

“骠骑大将军总领雍、凉等处兵马事司马懿，谨以信义布告天下：昔太祖武皇帝，创立基业，本欲立陈思王子建为社稷主；不幸奸谗交集，岁久潜龙。皇孙曹睿，素无德行，妄自居尊，有负太祖之遗意。今吾应天顺人，克日兴师，以慰万民之望。告示到日，各宜归命新君。如不顺者，当灭九族！先此告闻，想宜知悉。”

告示是从邺城门上揭下来的。据全国各地线报，一夜之间，魏国各大小城门上都贴有同一内容的告示。

不是司马懿疯了，就是这个世界疯了。

曹睿愤愤地做如是想。

但是，司马懿为什么要发疯呢？还把宫廷丑闻拿出来炒作，什么“皇孙曹睿，素无德行”，他是想搞艳照门吗？幸好我没乱来。

太尉华歆则进行了理性思考。他说，司马懿突然发难，是一起有组织有预谋的反革命暴乱事件，而不是什么发神经。司马懿会发神经吗？他早过了发神经的年龄。这是老谋深算老奸巨猾啊，他上表乞求守护雍、凉二州，就是出于不可告人的目的。当年太祖武皇帝（曹操）是怎么说，他说司马懿鹰视狼顾，不可付以兵权，久必为国家大祸。现在看看，说准了吧，唉……

华歆表态后，王朗马上跟进，说一定要把这起有组织有预谋的反革命暴乱事件扼杀在萌芽状态。“若不早除，久必为祸。”

华歆说这话时表情坚定，很有为国除奸的意思。大将军曹真却向他翻一翻白眼，觉得司徒王朗整天就知道喊口号，具体的事情还得下面的弟兄们去落实。特别是他曹真，弄不好就要出去跟司马懿真刀真枪地干了。

曹真当然不愿意做这样的跑灰。这世界，多一个朋友多一条路，多一个仇敌多一堵墙，曹真不愿意四处树敌，特别是与司马懿为敌。

便从另外一个角度启发曹睿说，革命的首要问题是分清谁是我们的朋友，谁是我们的敌人。司马懿是我们的敌人吗？错！他是我们可信赖的朋友。司马懿如果是我们的敌人，只能说明文皇帝（曹丕）看错人了。文皇帝临终托孤时曾对我们说，司马仲达（司马懿）无异志也。难道文皇帝真的看错人了吗?!

鸦雀无声。

在场之人谁都不敢指认曹丕看错人了，包括曹睿。只有华歆在心里对曹真大为鄙夷——这个老滑头，抬出死人压活人，一点都不懂得与时俱进。唉，国家无望了，魏国完了……

好在曹睿在此时指出了一个问题所在：司马懿不想造反的话，为什么会贴出这样的告示呢？

曹真推测了一种可能性：蜀、吴奸细行反间之计，使我君臣自乱，彼却乘虚而击，未可知也。

意思是这很可能是蜀、吴两国搞的反间计，目的是乱我君臣，以达到他们乘虚而击的目的。

这样的可能性当然是有的，但也可能没有。

因为只是可能性而已。

在这个世界上，存在着无数的可能性，可必然性只有一条。在未经铁的事实论证前，所有的可能性一文不值。

所以大家都不说话，所谓不置可否。

曹真急了，他又从另外一个方向提出推测，说，如今司马懿造反之事不知真假，在此情况下匆匆忙忙出兵镇压，很有可能适得其反，逼得本不想反的司马懿铤而走险，选择反叛啊……

这话听着还真有几分道理。

但仅仅是几分而已，因为曹睿又想到了另一种可能——司马懿真的造反了怎么办？

所以出兵镇压不好，不出兵镇压也不好。人世间的事从来是模棱两可，就看你怎么判断。曹真这才知道，原来提建议是个风险极高的活。它需要面面俱到，需要别出心裁，需要由此及彼，需要自圆其说。

最重要的是要自己肯定自己的同时还能自己否定自己。

哪怕提建议者仅仅是为了推卸责任，他也要让这个建议貌似客观公正，经得起方方面面的考证和挑剔。

真是累死他了。

人心的胜利

曹真最后给出的建议是做一个实验。

忠诚实验。

御驾亲临安邑，看司马懿来不来迎。忠不忠，看行动。司马懿如果图谋不轨，立刻拿下。所谓“观其动静，就车前擒之”，“咔嚓”一下就解决问题。

当然这个建议要是仔细推敲也是有风险的——御驾亲临，拿我曹睿当试验品啊……万一有个闪失，谁能担责？

只是这样的话，曹睿没好意思说出来。这样的时代，做人都是有风险的，做皇帝的风险那就更大了——任何的建议都不能规避这种风险——躲皇宫里还有人刺杀呢，所以曹睿也不能显得太孬种。

他豁出去了。

御驾亲临安邑。当然，曹睿的屁股后面还跟着十万御林军，以壮其胆。

司马懿看见这场景，受刺激了——我靠，这是皇家威严啊，他也应该加入到这个大合唱里，以壮皇家声色——便整顿兵马，率领数万甲士夹道欢迎。

没有人知道他是在夹道欢迎还是前来迎战。在这个世界上，一个人要是不明确说出自己的目的，他的行动总是可以有多种解释。就像此时的司马懿，究竟想干什么并不重要，重要的是他干了，带兵出来了。

曹睿的表情凝重了。世界，真是不可信任，连老爸委以重任的司马懿都想造反，他奶奶的，他还能相信谁呢？

便命令曹休出击。

曹休没有率兵出击，因为司马懿先倒了下来。他大惊失色，汗流浃背，瘫坐在地上。

司马懿为自己辩解说，他绝没有造反，一片忠心可鉴天，这一切都是吴、蜀的奸细在行反间之计，欲使魏国君臣之间自相残杀，他们好乘虚来袭。

所以当前最主要的问题是不要中计。

司马懿为自己辩解时表情真挚，充满了忧国忧民的色彩——只是没有打动曹睿。

因为曹睿在思考一个问题——一个人的自我辩解究竟在多大的可能上接近事实，或者与事实背道而驰？

人心险恶，人心险恶啊。

华歆凑近他的耳边，为人心险恶添加解说词——不管司马懿是忠臣还是反臣，兵权却是不可再交给他了。可以让他回家吃老米饭去……

这真是个最保险的做法——你尽可以为自己辩解，但是对不起，辩解无效。因为我们没有时间和功夫等待你自证清白。

世上重要的事太多了，一个人的清白与否有什么要紧的呢？

太无关紧要了。

于是，司马懿被顺理成章地拿下，无奈地回老家吃老米饭去了。取而代之的是曹休，由他来总督雍、凉军马。

一个阴谋至此走完全程。这与其说是马谡的胜利倒不如说是人心的胜利。在曹睿的阵营里，各种各样的人心阴暗面在交错融合。它们或假公济私，或猜疑嫉妒，或自大冷漠，或首鼠两端，直将那个最后的结果和盘托出，从而让一个不该出局的人出局，不该入局的人入局。

诸葛亮喜出望外。

因为这个结局是最好的结局。没有死人，却达到了目的。他开始奋笔疾书，为一场即将到来的大战写下战表。

这个战表便是《出师表》：

“臣亮言：先帝创业未半，而中道崩殂；今天下三分，益州罢敝，此诚危急存亡之秋也。……亲贤臣，远小人，此先汉所以兴隆也；亲小人，远贤臣，此后汉所以倾颓也。先帝在时，每与臣论此事，未尝不叹息痛恨于桓、灵也！……臣本布衣，躬耕南阳，苟全性命于乱世，不求闻达于诸侯。先帝不以臣卑鄙，猥自枉屈，三顾臣于草庐之中，谘臣以当世之事，由是感激，遂许先帝以驱驰……”

毫无疑问，这个《出师表》是千古名篇，因为诸葛亮不是用毛笔写成的，而是用责任和希望写成的。

这个世界上最重要的东西其实就这两样。责任和希望。

有责任就有希望，有希望才有责任。在诸葛亮的人生旅途中，他负笈而行，行囊里除了这两样东西没有别的。现在，他又出发了，这一次责任重大，那么希望会是怎样呢？

快感总是短暂的

夏侯楙是夏侯渊的儿子，性子很急，相信人生是由五个字组成的。

我能我可以。

当然，夏侯楙不仅是夏侯渊的儿子，还是曹操的女婿。当夏侯渊的脑袋被黄忠砍下来之后，曹操就毅然决定把自己的女儿清河公主许配给夏侯楙，以示对烈士遗孤的嘉许。

由此，夏侯楙变得愈发的根正苗红，很有“魏国大事，舍我其谁”的意思。所以，当诸葛亮率领数十万蜀军前来叫板时，他马上写下请战书，要求为国捐躯。

曹睿很欣赏他的态度。能力如何先不管它，起码政治正确嘛。他当即任命夏侯楙为大都督，总督关西诸路军马迎战蜀军。

司徒王朗怕怕了。

不错，夏侯楙是根正苗红，一腔革命热情那是没得说的，但这位驸马爷从来没上过战场，猛一上来就是大都督的干活，他能不能把活干好啊？

夏侯楙义正词严地驳斥了司徒王朗。首先他怀疑王朗同志思想动机有问题——“司徒莫非结连诸葛亮，欲为内应耶？”你这家伙，是不是要内外勾结啊？呵呵……

然后高度评价自己——“吾自幼从父学习韬略，深通兵法。汝何欺我年幼？”我从小就学习各种兵法韬略，我能者哪，你可千万别因为我年纪轻看不起我……

最后玩狠的——“吾若不生擒诸葛亮，誓不回见天子！”这个就有点躲猫猫的意思了，我要抓不住诸葛亮，我就永远不回来，你们谁也别拦着我！

司徒王朗不再说什么，他这回是真怕怕了。

因为无法沟通。

在这世上，一个人无知不可怕，可怕的是认识不到自己的无知。

一个人狂妄也不可怕，但以狂妄为豪迈那就可怕了。

所以，他和夏侯楙缺乏对话的基础。这是一层原因。

另一层原因是曹睿的脸阴下来了，为王朗而阴。

曹睿以为，王朗说什么不重要，重要的是不能在他拍板之后再说什么。毕竟，皇家的威权是排在第一位的。

我誓死捍卫你说话的权利，但我坚决反对你在我说完之后再说什么。

这是曹睿的底线，也是历代威权者的底线。

你不可突破我的底线。

于是一切尘埃落定，不落定也不允许你擅自飞舞。从未带过兵打过仗的夏侯楙奔赴抗敌前线，与诸葛亮对着干。

魏延以为这是天赐良机。尽管诸葛亮没说什么，魏延自己却感觉拿下魏军那是小菜一碟。

他对诸葛亮建议说，夏侯楙这个人是个纨绔子弟，嘴皮子功夫好，真刀真枪地干，不行。丞相如果给我五千精兵的话，我将带领他们出褒中，循秦岭以东，当子午谷而投北，十日之内，可以到安长。如此，夏侯楙必然弃城往横门邸阁而逃。到那时我再出其不意从东方折回，丞相则带领人马从斜谷而进。两头包抄打击夏侯楙，那咸阳以西，就是我们的地盘了。

诸葛亮呵呵一笑。笑得很暧昧。

很沧桑。

他如果再年轻十岁，一定会为魏延的计谋叫好。但是现在，不了。

因为世事多微妙，所谓两头包抄云云，往往是一种美好的想象。人生哪来那么多的两头包抄，人生经常的状态是顾此失彼，在首鼠两端之间悔恨余生。

最重要的，是魏延将复杂的问题简单化了。不错，夏侯楙是笨蛋一个，但他身边的人都是笨蛋吗？中原人才不要太多啊！假如有人趁此建议机会进言，在山中冷僻处伏兵截杀，那非但五千兵保不住，蜀军大部队也将元气大伤。所以魏延之谋决不可用。

魏延不甘心，他又从另一个角度强化自己计谋的正确性。魏延说，丞相如果不奇兵突进，选择从大路进发的话，夏侯楙一定会尽起关中之兵，于路拦截，如此两军正面交战，旷日持久，中原何时可得？

诸葛亮含糊论之：吾从陇右取平坦大道进兵，何忧不胜！然后他还豪迈地笑了笑，以示自己的决心和必胜心。

魏延怏怏而退，到底不明白诸葛亮的计谋高明在哪里。

他只是感觉，诸葛亮老了，凡事中庸而行，再也没有当年草船借箭的奇崛之想，看来北伐的胜利不是短时间内可以期待的。

人生是什么？人生就是突发奇想，在最不可能的地方找出可能来，活出他人没有经历过的新鲜感和喜悦感。这是魏延对人生的一个感悟。可是现如今，诸葛亮激情不再，中规中矩，合理化建议一点都不听，这让魏延很是不爽。

诸葛亮却是八风不动，对人生的感悟与魏延截然不同。

不错，在年轻的时候，诸葛亮也以为人生就是突发奇想，在最不可能的地方找出可能来，这样的人生快感多多。但他现在却觉得，快感总是短暂的，任何快感都只是快感，而不是幸福。

最重要的，突发奇想是一件很不可靠的事情。路是怎么形成的，走的人多了，也就成了路。如果抄小路或者走一条从来没有人走过的路，那就意味着风险重重。

因为会有毒蛇猛兽，有陷阱，甚至还有可能走不通。现在蜀军和魏军是国与国的较量，双方不胜在一时。从战略的眼光看，保持实力以图长远比险胜一两场战役更为重要。

这是诸葛亮的一个认识。

作为蜀军统帅而不是谋士的认识。

于是常规战开始了。

双方集结重兵，在一个叫凤鸣山的地方开战。

蜀军方面的出战将军是赵云，魏军方面是西凉大将韩德领着他的四个儿子并西羌兵八万，要跟赵云 PK 一下。

结果是，他的四个儿子都壮烈牺牲，死在赵云枪下。此时的赵云也是七十高龄的老同志了，就像那些人老心不老的退休老同志一样，他是很想老骥伏枥志在千里的，果然，一场较量下来，赵老将军斩获颇丰，由此更坚定了他发挥余热的信心。

韩德见状，脸都绿了。你赵云这么干，不是让我绝后吗？便亲自上阵，要为儿子们复仇。

复仇的结果是，他也壮烈牺牲了。

赵云宜将剩勇追穷寇，挺枪直刺夏侯楙。

但是未遂。

夏侯楙跑了。

以迅雷不及掩耳盗铃之势跑了。他本来想跑得慢一点，跑出一个指挥官从容不迫的气度来，只是赵云的枪实在是太快了，他刺的简直不是枪，而是寂寞。

是一种如影随形的不舍和黏糊劲儿。

传奇即将落幕

夏侯楙惊魂未定。

逃回营寨后他依然惊魂未定。对现在的他来说，消灭赵云是当前压倒一切的头等任务，否则自己将有性命之虞。

却是很难。

因为赵云是传说中的人物。据说传说中的人物是不朽的，他们是传奇故事里最生动的组成部分，如果轻易死去，传奇也就不能成为传奇了。

夏侯楙一声叹息，为自己遭遇如此劲敌。

但参军程武却不信这个邪。

参军程武是程昱的儿子，大谋士之后。在他看来，一个人武功高强并不可怕，可怕的是武功高强的同时还足智多谋。这样的人才是最可怕的。

幸好赵云不是。

程武就建议，来日再战时，先设一个伏击圈，预伏两支军马在左右。然后再引诱赵云到伏兵处，痛下杀手。如此赵云就会死翘翘。

夏侯楙听了，不为所动。

因为，破绽太多，技术含量太低。

赵云真的会这么笨吗？会轻易上钩？最重要的是，上钩后他会不会脱钩，伏击圈不是真空密封的，赵云要想溜，谁能拦得住？

七十岁的老头了，跑起来却比兔子还快，这个，不是人力可以算计的。

但程武固执己见。

不为别的，只为别无选择。

不错，他提出的这个计谋没有十分的胜算，但世上事，没有哪一件是有十分胜算的。更何况，赵云有勇无谋，他要不上钩，老天爷都不答应啊……

人生经常的一个困境是什么，那就是别无选择。两害相权取其轻是别无选择，火中取栗也是别无选择。程武坚信，他的计谋是当前困境下最好的计谋。如果没有意外，赵云将会走到自己生命的终点。

绝对。百分百。

夏侯楙依计而行。

不是程武说服了他，而是他自己终于明白这样的人生哲理——别无选择。

人生就是别无选择。

还有更好的计谋吗？没有了。所以成不成，就指望它了。他命令手下将军董禧、薛则各引三万军马在伏击圈中预先埋伏好，然后自己充当诱饵，去引诱赵云上钩。

赵云其实有一个机会可以避免上钩的，如果他听从副将邓芝建议的话。因为邓芝觉得，魏兵昨天大败而逃，今天又冲上来进攻，肯定有不一样的招数和阴谋。所以要小心谨慎，不要贸然出击。

赵云却很豪迈。

勇将赵云一生枪林弹雨无数，从来就是靠力气吃饭。经过昨天对魏军的摸底考试之后，赵云的脑子里就没有“害怕”这两个字。

人就是那几个人，枪就是那几把枪，还能玩出什么新鲜的花样呢？

他不相信。

不相信的一个结果是冲出去了，义无反顾地往前冲。

义无反顾往前冲的一个结果是掉进了伏击圈，遭遇六万魏军的轮番攻击。

而此时赵云手下的人马只有一千。

赵云这才知道，人生充满意外，有时候往前冲不如原地不动来得稳当，而豪迈与自信有时候是可以害死人的。

但是命运的獠牙已经展露无遗，即便他武功盖世，也不能冲破六万人围起来的铜墙铁壁。一切已是追悔莫及。

赵云闭上眼睛，仰天长叹：“吾不服老，死于此地矣！”很有死不瞑目的意思。

至此，传奇即将落幕，继关羽、张飞之后，这个乱世中硕果仅存的传奇人物差不多可以看到自己的结局了。这个很残酷，简直称得上咎由自取。只是如何评价这样一个结局并不重要，重要的是，传奇不再有，这个乱世变得一点都不好玩。留下的或是碌碌无为之辈或是精明得不犯一点错的人儿。他们没有缺点，也就没有魅力，成为这个乱世可有可无的背景人物，而不是熠熠生辉的主要演员。

仅此而已。

老实人最可怜

但是诸葛亮的手伸过来了。

穿过乱世，穿过赵云的性格缺陷，来挽留这一段传奇在人间继续停留。

因为他派出了两个人。

张苞。

关兴。

这两个张飞、关羽的后人舞着丈八点钢矛和偃月青龙刀从伏击圈外杀将进来。他们的身后，是数量庞大的蜀军。

于是，解围。

赵云的人生有惊无险。魏兵们则纷纷弃戈逃走，伏击圈一触即溃。

夏侯楙又开始叹息了，深觉人生偶然，成败难料，得意之后便是失意。他眼见魏军被杀得尸横遍野，血流成河，只好引帐下随从百余人，惆怅地往南安郡一路狂奔，去寻找自己的栖息地。

命运的栖息地。

南安郡由此成为一个拐点，战事成败的拐点。

因为接下来，赵云、张苞、关兴率领三路军层层包围了这个小城，并一连攻打了十天，必欲除之而后快。

但是南安郡并不好除。

城虽小，城壕却很深，城墙也很高，端的是易守难攻。

赵云们开始无可奈何，所谓进退两难。

不错，论武功，他们可以战胜任何一个人，却战胜不了一座城池。

这是武功自身的缺陷。

要不要再打下去呢？如果接着打下去，又该以什么方式攻打？这都是一个问题。

难以解决的问题。

诸葛亮则认为，麻烦大了。

城中人被城所困，城外人也被城所困。这既是城的困境，更是人的困境。

城把人拖住了。

如果此城久攻不下，魏兵分道而出，袭取汉中的话，那蜀军就危险了。

可又不能弃城而走。鸡肋再没肉，那也是鸡身上的一个部位啊。何况夏侯楙是魏国的驸马爷，抓住他具有非同一般的战略意义。

所以，必须两手抓，两手都要硬，一个都不能少。

这是考验诸葛亮政治智慧的时候，鱼和熊掌，必须兼得。

诸葛亮突然间豪情顿生，很有“我是孔明我怕谁”的意思。

因为他看到了事物间的内在联系。

不错，南安是一座城，一座从正面难以逾越的城。要是从侧面进攻呢？

诸葛亮看到了两座城。天水和安定。

南安西连天水城，北连安定城。此时，天水太守马遵，安定太守崔谅正规规矩矩地做着两地的父母官，谨小慎微，不敢越雷池一步。

诸葛亮要的就是他们谨小慎微，不敢越雷池一步。因为这样的人容易摆布。他们永远在制度和规矩之下小心翼翼地生活，跟着别人的指令走。

他们永远做不了世界和生活的主人，甚至做不了自己的主人。因为在他们的字典里，没有"自我"这两个字。

而诸葛亮要做的就是他们的主人。

南安城外，很多蜀军运柴运草真忙。

他们将柴草堆于城下，扬言要火烧南安城。这让城里的魏兵听了乐不可支。

南安城是由什么做成的，青砖和巨石。火烧南安城？呵呵，石头都笑了。

诸葛亮也笑了。

却是天机不可泄露的一笑。

世人笑我太疯癫，我笑世人看不穿。只是诸葛亮不会解释什么。这是他整个计谋当中的一个组成部分，一般人不告诉他。

与此同时，安定太守崔谅听说蜀兵围了南安，困住夏侯楙，赶忙召集四千军马严阵以待，很有与安定共存亡的意思。

起码，保不住南安，保住安定也可以呀。这叫守土有责。

但安定注定是守不住了。崔谅不仅守不住安定，他甚至连自己也守不住。因为一个自称夏侯都督帐下心腹将名唤裴绪的人正宿命般向他跑来，并表达了夏侯楙急等他救援的意思。

裴绪说：南安甚急，每日城上纵火为号，专望天水、安定二郡救兵。

裴绪还说：夏侯都督差某杀出重围，来此告急。可星夜起兵为外应。都督若见二郡兵到，却开城门接应也。

裴绪甚至掏出一份被汗水湿透的都督文书，以证明他的身份。

但是所有这一切并不能说明什么。

不管是他的人，他说的话，他掏出的都督文书。

一切存疑。一切是崔谅前所未见的。

值此紧急时刻，崔谅要做的只有一件事——相不相信此人。

相信要承担相信的责任，不信要承担不信的责任。而情况是如此的紧急，以至于他没有证伪的时间和可能。

一切都取决于直觉。

这一点就像我们中间的很多人，在人生的关键时刻，只能跟着感觉走，去迎接不可知的未来，去接受命运的奖赏或处罚。这是人之所以为人的原罪之一。

你没错，但你有罪。就这么简单。

崔谅选择了相信。

他是宁可信其有，不可信其无。否则夏侯驸马以后怪罪下来，要吃不了兜着走。

便出发，带着安定城所有的守备军向南安出发。远远地就看见火光冲天，南安城很有在烈火中永生的意思，便觉得自己的选择还是正确的——从火城中救出夏侯驸马，这个功劳，可不是一般的大。

但崔谅注定救不了。

他非但救不了夏侯楙，甚至连自己都救不了。

在离南安城还有五十多里路的时候，关兴挡住了他的去路，而在身后，张苞也如影随形地杀来。崔谅这才知道，人生充满陷阱，陷阱总在你充满希望时到来。

猝不及防地到来。

只能逃跑。

也只能逃回安定。所谓从哪里来，回哪里去。

却悲哀地发现，回不去了。就像某些地方，人们离开时以为还能回去，却是永远地不能。

因为这些地方是根，而不是浮萍，可以四处漂泊。

魏延站在了城上，豪迈地。

在崔谅带着安定城所有的守备军向南安进发时，魏延就带领蜀兵扮作安定军，连夜赚开城门，因此得了安定。

安定，现在不再是崔谅的安定，而是魏延的安定。站在城壕边，感受着城上乱箭雨点般地射下，心灰意冷的崔谅深感人生无常，盛筵必散，老实人最可怜。

也最可耻。

这是乱世的一个特点，狡猾者生存，老实人走投无路，就像现在的崔谅，茫茫然不知所之。

将计就计

当然，人生的道路千万条，真要找，还是有一些旁门左道可以走的。

旁门左道不是歪门邪道，它是正道之外的一些小路，也许通向生存，也许通向死亡，总之充满了不确定性。

崔谅无奈之下慌慌地走向通往天水郡的小路。

也许天水的情况不比安定好多少，但是现在，除了这个地方，他还有什么地方好去呢?

这叫给自己寻找一个希望。尽管到了天水，最好的结局也只是寄人篱下，可是这样的世代，有一个屋檐能让你遮风挡雨，那已是天大的造化了，就怕没有。

果然没有。

天水的屋檐自然是有的，只是它不能给崔谅遮风挡雨了。

崔谅在半道上遇到一个人。

诸葛亮。

诸葛亮纶巾羽扇，道袍鹤氅，端坐于车上，很有气定神闲的意思。

他在等他，等待崔谅臣服。

诸葛亮总是这样，等待一个又一个人臣服。抓孟获时是这样，现在抓崔谅也是如此。诸葛亮以一种气定神闲的神仙姿态，等待崔谅做出选择。

是降还是死?

的确，现在的崔谅只有这两种选择。诸葛亮希望他两害相权取其轻。

崔谅没有让诸葛亮失望。他归降了。

当一切希望都已破灭时，崔谅做出了一个凡夫俗子都会做出的选择——活下去，像狗一样地活下去，而不是慷慨赴死。

因为，他不是圣人崔谅，是老实人崔谅。仅此而已。

诸葛亮需要崔谅为他所用，目的是拿下南安城。

南安太守杨陵跟崔谅私交很好，诸葛亮希望，崔谅能够担负起统战工作，说服杨陵归降。

所谓榜样的力量是无穷的。崔谅已经归降了，杨陵能不见贤思齐？

最重要的，这里有利益的再选择——跟着坐以待毙的夏侯楙混还是跟着诸葛亮混，前程大不一样。

崔谅进城了。

进了南安城。带着诸葛亮的殷殷重托。

只是他没有完成任务。

杨陵不肯归降。

虽然两人都是太守，穷途末路的太守，但很显然，他们的世界观不一样。

一个对未来已经绝望，一个依旧相信未来。

当一切希望都已破灭时，崔谅选择像狗一样地活下去，杨陵却选择高贵地生。

哪怕鱼死网破。

他用大失所望的眼神捶胸顿足地对崔谅说，哥们，挺住啊，我们都受魏主大恩，怎么可以有奶便是娘？他诸葛亮有奶吗？没有。即便有，也是问题奶，喝了要出问题的。

崔谅：可是穷途末路了啊……

杨陵：貌似穷途末路，却是柳暗花明。

崔谅：诸葛亮不可战胜。

杨陵：世上没有不可战胜之人，除非他不是人。

崔谅：诸葛亮确实不是人。

杨陵：是什么？

崔谅：神。

杨陵：心中无神，世界便无神。

崔谅：你很自信？

杨陵：你很自卑。

崔谅：事到如今，不自卑不行。

杨陵：不抛弃，不放弃，不自卑。

崔谅：可以转危为安？

杨陵：可以转败为胜。

杨陵所说的可以转败为胜的办法是将计就计。

利用崔谅为媒介，谎称杨陵献城，赚得蜀兵入城门后，再关门打狗，在城中绞杀之。

计是好计，又阴又狠，很有欺天、欺地、欺人的意思。

但崔谅不知道自己是不是该依计而行，做杨陵的工具。

每个人的一生当中，都有做工具的时候。不是做这个人的工具，就是做那个人的工具——如果你混得不够好的话。

可现在崔谅的问题是必须二选一：做诸葛亮的工具？还是做杨陵的工具？

这是工具人生，也是崔谅要不要做双面间谍的抉择时刻。老实人崔谅做单面间谍都已力不从心，何况要阴阳兼顾，由此及彼呢？

他最后的决定是，做。

人生无非就是做嘛。怎么做都是做，那索性做复杂一点，以给自己多一种可能。

起码是浑水摸鱼的可能。

崔谅对诸葛亮说，摆平了，杨陵摆平了，他答应打开城门，放大军入城，去捉夏侯楙。杨陵人好，立功心切，好几次跟我说要亲自去抓夏侯楙，只因手下勇士不多，不敢轻动。所以还需丞相支援。

崔谅说这话时表情诚恳，就像一个天真的小孩，脸不改色心不跳。

只是身上有一个部位不听话，泄露了天机。

脚跟。

他的脚跟在不断地颤抖，提示出他内心的慌乱与不安。

唉，老实人撒个谎不容易啊。他可以说服自己的思想，却不能说服自己的身体。哪怕是极微小的部位。

诸葛亮笑吟吟地看着他，目光很温暖。

若无其事。

但是崔谅却在诸葛亮的温暖当中不寒而栗。不知道为什么，他极想哭。就像迷路的孩子手足无措，想以哭泣赶走恐惧一样，这是一种自我安慰。

诸葛亮对他说，好，很好。你好，杨陵好，大家都好。大家好了，世界就好了。

诸葛亮的话说得很抽象，很哲学，崔谅听得一头雾水。

诸葛亮又说，我看这样，让关兴、张苞跟你先进城，只说救军马上就会杀入城中。等里面都安排好了，你们举火为号，我立即率兵入城去捉夏侯楙。你看好不好啊？

崔谅傻了。他这才知道，诸葛亮的目光为什么很温暖。因为他胸有成竹。

这个人的反应太快了。所谓将计就计，那就是他的本能啊。

所以到了这里，出现了两个将计就计。杨陵将计就计要捉拿诸葛亮，诸葛亮将计就计要捉拿杨陵和夏侯楙。而崔谅置身其间，身不由己，命运岌岌可危。

因为诸葛亮的意图很明显。他也要来个里应外合。让关兴、张苞先进城摸清情况，举火为号，他再杀将进去。

这个，就是诸葛亮式的将计就计，和杨陵的将计就计针锋相对，很有相生相克的意思。

重要的是智慧

崔谅首鼠两端了。

真正的首鼠两端。

他这个双面间谍现在真是糊涂了。要帮哪一边呢？最重要的，谁会是最后的胜利者？

谁都不知道。在时间将历史的谜底揭晓之前，没有谁可以预料成败。所谓功亏一篑的事是经常发生的。

所以，崔谅只能随波逐流。他现在已经不能说“不”了。自始至终，他都是计谋里的一个棋子，无足轻重的棋子，却是缺一不可的棋子。在这场斗智斗勇的游戏中，谁都没拿他当主角，但谁都不允许他擅自离场。

他必须陪他们一起熬着，直到游戏结束。

直到陪上卿卿性命。

这就是崔谅的宿命。

想通了的崔谅带着关兴、张苞等进城了，

南安城上。杨陵撑起悬空板，倚定护心栏，一语双关地问崔谅：“何处军马？”崔谅也一语双关地回答：“安定救军来到。”

两人一问一答，很有默契。都以为理解了对方的意思，但实际上却都误解了对方的意思。

两个人都在演戏，但很显然，戏演砸了。危险，已是近在眼前。

最关键的时刻，崔谅突然补戏。

他开始救场了。

崔谅在关兴、张苞等进城时悄悄向城上射了一箭。

这不是致命的箭，而是救命的箭。救杨陵的命，也救夏侯楙的命。

因为箭上有信。

密信。

信是这样写的："今诸葛亮先遣二将，伏于城中，要里应外合；且不可惊动，恐泄漏计策。待入府中图之。"

这封信毫无疑问摆明了崔谅的政治立场。他还是把宝押在了杨陵身上。

不错，一个人是可以随波逐流，首鼠两端，但最后他必须抓住一端，抓住一根救命稻草。不管是从哪里漂来的。所谓左右逢源的好事一向与普通人无关，更何况是普通人当中的老实人。

夏侯楙见了这信，也将计就计了。

在所有的计谋中，将计就计是用得最烂的一招。

是人不是人拿过来就用，以为可以算计他人。但事实上，很多人设计害的不是别人，而是自己。

说到底，计谋不重要，重要的是智慧。你的智慧是不是高于他人，这个最重要。智慧高，用什么计都如行云流水，不带半点阻碍；智慧不高，用什么计都是捉襟见肘，贻笑大方，甚至送了自己的卿卿性命。

这个道理其实不复杂，很好懂。

但真正懂进去的人不多。

因为拒绝。

每个人都拒绝承认自己智慧不高，都愿意相信自己高人一等。所以都喜欢将计就计，以为真的可以将他人引入彀中，任自己摆布。

就像现在的夏侯楙，豪迈地要算计诸葛亮。他说：既然诸葛亮已经中计，那我们可在府中埋伏刀斧手百余人，等关、张二将随崔太守到府下马，闭门斩杀。然后呢，在城上举火，骗诸葛亮入城。最后呢，伏兵齐出，活捉诸葛亮，哈哈，哈哈……

夏侯楙笑得很豪迈，很自信。那神情，像极了一个智者，一切尽在掌握的样子。

但南安终究是诸葛亮的南安。

因为他的智慧比夏侯楙、杨陵都高。在三个人的将计就计中，最后胜出的是诸葛亮。

杨陵死了。在城门边迎接时被关兴手起刀落斩于马下。

崔谅死了。在见势不妙逃走时被张苞手起一枪，刺中后心，很难看地挣扎了几下就一命呜呼了，从而终止了他短暂的双面间谍的人生。

夏侯楙被活捉了，开始在牢里反思自己的将计就计为什么功亏一篑。

诸葛亮大获全胜。

当然，说诸葛亮大获全胜还是有些夸张的。

因为天水郡没有动静。

和计赚安定太守崔谅一样，诸葛亮也派出心腹伪称魏将裴绪去忽悠天水太守马遵，让他出兵去救困在南安城中的夏侯楙。现在，夏侯楙都已经被活捉了，天水那边还是没有一丝动静——诸葛亮的引蛇出洞计划意外地失败了。

发生了什么事呢？是天水太守马遵不够爱国，还是天水出了一个高人，识破诸葛亮的计谋？

诸葛亮输了

天水果然出高人了。

出了个姜维。

这个三国历史上赫赫有名的人物潜伏在这里已经很久了，目的就是为了和诸葛亮遭遇，以完成一出英雄惺惺惜惺惺的好戏。

姜维这个人从小就博览群书，那兵法武艺，端的是无所不通。总之，是个人才。当然这个世界上人才很多，究竟是大才还是小才，需要一个平台去展示。姜维的平台并不大，这时的他，还只是个中郎将，为天水郡的军事而效力。没有人知道他到底有多大能耐，也许，把一个郡守住已是相当了得了。毕竟这样的时代，很多人连自己都守不住，一不留神间就一命呜呼了。

姜维却不这么看。他以为，守一个郡并不难，难的是把自己守住。一生一世，能守住自己的人，是有福的。

特别是那些不仅守住自己的身，还守住自身心灵的人。

这个需要修为和智慧。

只是这样的道理，没人能懂。天水郡内，人人都为外部世界而奔忙。人们真诚地以为，城安全了，人也就安全了。

他们无法和姜维交集，在一个平台上对话和交流。

但是，一个出类拔萃的人在任何时刻都是出类拔萃的，哪怕是对一件具体事情的观察上。

当一个自称夏侯驸马心腹将裴绪的人大模大样走入马遵府中，告知夏侯楙正困在南安城中，急等安定、天水两郡之兵救援时，很多人都信以为真。

他们中间包括：天水太守马遵、功曹梁绪、主簿尹赏、主记梁虔等。这些人本能地以为，这个自称裴绪的人确实是夏侯楙的心腹将，而不敢在其中打一个问号。

姜维却打了一个问号。

因为他看事情不是从一面去看的，而是从两面——正面和反面。

不仅仅看整体，还看细节。细节决定成败。

姜维看到的细节是：

一、这个所谓的裴绪是无名小将，以前从不曾见过，所以身份存疑；

二、诸葛亮将夏侯楙困于南安，围得是水泄不通，怎么可能有人从重围之中突围而出？所以来路存疑；

三、对方自称是安定来的通讯员，却又拿不出可靠的介绍信证明其身份，所以此人必定是蜀将诈称魏将。目的是骗太守出城，趁城中空虚没有防备，暗伏一军于左右，乘虚而取天水。

马遵恍然大悟。这个姜维，长了一双什么眼睛啊，把寻常人等视而不见的事实都一一捕捉到，从而避开陷阱。

当然这不是最重要的，最重要的是姜维的逻辑推理能力。

发现了细节之后，在细节与细节之间寻找桥段，一一联络，以由此及彼，由表入理。这不是一般人能够做到的。

这说明姜维不仅长了一双锐利的眼睛，还长了一颗严密的脑袋。

它们合二为一，贡献出一个发现——

诸葛亮在搞阴谋诡计。

在这个世界上，几乎是个人都搞过阴谋诡计。

但很多人的阴谋诡计都失败了。因为智慧不够。很多时候，搞阴谋的人以为是在算计别人，事实上他们能做的只是将自己撂倒。

这一回的人物却是诸葛亮。

毫无疑问，诸葛亮是这世上一等一的人才。他搞阴谋诡计从来都是成功的，没有失败过。

原因很简单，没有对手。

所以，诸葛亮只能算计他人，却不能被他人算计。这是被历史经验所证明了的。

姜维却不相信这一点。姜维只相信，是人就有弱点，就有他人可以战胜的地方。

因为人无完人。

他决定将计就计，和诸葛亮一试高低。

姜维向马遵献计说，诸葛亮一定会伏兵于城后，等我大部队出城，再悄悄地进城，打枪地不要。我们不妨先埋精兵三千于要路；另外太守你假装发兵出城，只行三十里便回，不可远去，等我城中火起为号，立马就打一回马枪。如此前后夹攻蜀军和诸葛亮，必获大胜。

马遵同意了。他愿意和姜维一起设这个局，看看诸葛亮的神话会不会破灭。

神话确实破灭了。

准备趁虚而入的赵云发现自己在天水城下遭遇了一个劲敌。

姜维。

人生的精彩是什么？那就是你百无聊赖、昏昏欲睡的时侯遭遇劲敌，并且这个劲敌激发了你全部的潜能。

可人生的悲凉又是什么呢？大战三百回合之后，你竟然发现自己赢不了对方。

一辈子都不可能。

当然要说姜维的武功有多么多么厉害让赵云都无计可施那也是夸张了。他是被杀了个回马枪的马遵所部挡住了，以至于首尾不能相顾，渐入泥潭，不能自拔。要不是张翼、高翔两路军杀入重围，接应他回去，赵云的人生差不多也就到此为止了。

老同志差点晚节不保啊……可又有什么办法呢？仗打到这个地步，已经不是力与力的较量而是计与计的较量了。所以说到底，不是赵云输了，是诸葛亮输了。

输在姜维手里。

优秀品质是破绽

只是诸葛亮没有沮丧。他只有震惊。

震惊之后是喜悦。

这样的喜悦跟赵云乍遇姜维的喜悦差不多。那就是棋逢敌手、将遇良才。很多年前，诸葛亮碰见周瑜的时候有这感觉，现在，这样的感觉又回来了。他决定好好地跟姜维较量一番，看看两个人谁比谁更牛叉一些。

姜维心有灵犀。

不错，对手有时跟恋人一样，心心相印。

彼不动，我不动；彼若动，我先动。在动静之间，极尽微妙。

姜维现在就感受到了，诸葛亮那一颗驿动的心。

他对马遵说，赵云夹着尾巴逃回去了，诸葛亮一定会再来报仇。我看这样，一分为四，将我们的大部队分为四支，三支在城外设伏，一支在城里做诱饵，务必活捉诸葛亮。

这一回，马遵没有叫好，而是心有疑虑——诸葛亮的大部队拉过来了，我们人少了，能伏击他们吗？别说一分为四，一分为四十也没用啊，关键是要有人。

关键是要有心。人身上什么最重要，心。得人心者，天下可得，别说区区一个诸葛亮了。

姜维发表了不同意见。他这话说得，那叫一个意味深长，令马遵哑口无言。

诸葛亮的部队向天水城进发。

杀气腾腾。

这杀气是诸葛亮需要的。诸葛亮要的就是一鼓作气，拿下天水。虽然城里面可能有埋伏，但是对一支进攻的部队来说，进攻意味着一切，决不可瞻前顾后，先观察一段时间再打。

因为那会失了锐气。

所以，诸葛亮的口号是，进攻，没有任何理由！

却是攻不下。天水城上旗帜整齐，箭如雨下，很显然，姜维早有准备，并且准备得很充分。

诸葛亮隐隐地有一丝不安。这个对手，气定神闲，应对有道，不是等闲之辈。

他觉得，要吃亏——如果第二天还攻不下的话，蜀军锐气尽失，天水城军趁机倾巢出动的话，攻防将瞬间易手，胜负也将立判。

但诸葛亮的感觉还是太乐观了一些。

姜维没有让他等到第二天，而是当天夜里就给他一个说法——你不给我一个说法，我就给你一个说法，人世间的死磕就是这样你来我往。

姜维动手了。

袭营。

只见伸手不见六指的黑夜，突然间就四下里火光冲天，喊杀声震天动地，却不知敌人从何处来。所谓不见有兵，四处皆兵。与此同时城上也鼓噪呐喊，同声呼应，作狐假虎威状，吓得不明就里的蜀兵四处乱窜。诸葛亮也慌慌张张上马，在关兴、张苞二将的保护下，杀出重围，先保命要紧。

所谓站得高，看得远；跑得远，看得清，诸葛亮终于看清了，环绕天水城一带，到处是火光，势若长蛇，起伏不定，隐隐地有杀气存焉。

这都是姜维的兵马。

诸葛亮感叹，兵不在多，全在人的调遣。姜维，此人真将才也！

这样的感叹当然是发自肺腑的——姜维太懂用兵之道了。不仅预先设伏，还选择夜间袭营。因为只有趁夜间黑咕隆咚袭营，蜀兵才不知道对方有多少人马，才会不战自溃。

白天不懂夜的黑。

蜀兵不懂姜维的心。

良苦用心。

诸葛亮当然是懂的，只是懂得晚了一些，很有事后诸葛亮的意思。

不过，他并不承认失败，只承认暂时被打败了。

诸葛亮相信，未来肯定不在姜维那一边，而在自己这边。因为他不是别人，他是诸葛亮。

卧龙诸葛亮。以天下为己任的诸葛亮。

他的对手只有一个——天下，而不是哪一个具体的人。

姜维可以胜他一时，却胜不了他一世。因为他很快就找到了姜维的破绽。

他人没有的破绽。

每一个人都有一些优秀的品质。

哪怕十恶不赦的人也会有。起码是一个。

只要他是人。

姜维的优秀品质有很多。好学、聪明、随机应变、情商高。

还有孝顺。

但姜维不知道，他的优秀品质其实就是他的破绽。一个人心软是破绽，孝顺同样是破绽。孝顺者，必有牵挂之所在。不像心硬之人，百毒不侵，没有可以攻击的命门。

诸葛亮就利用了他的孝顺。这是无可奈何之利用，也是他不得不为之举。毕竟不是阳谋，而是阴谋。

就像当年曹操利用徐庶的母亲将孝子徐庶调离刘备身边一样，诸葛亮也要调虎离山了。他不仅调虎离山，还要为我所用——这一点，也像当年的曹操，很有惜才的意思。只是诸葛亮痛苦于自己的选择：什么时候开始，自己变得跟曹操一样，无所不用其极？

毫无疑问，这样的发现是痛苦的。并且诸葛亮的痛苦要甚于曹操。曹操可以负天下人而心安理得，他诸葛亮却不能。

因为有底线。

一个心中有底线的人注定谨小慎微，不敢打破某些既有规则。现在强行打破了，痛苦也就如影随形了。

诸葛亮就这样带着痛苦却满怀希望地往前走，就像我们中间的很多人，痛并快乐着。

他一方面教魏延引军去攻打姜维之母所居的冀城，另一方面教赵云引一军去攻打上邽——天水钱粮聚集的重镇。

这是诸葛亮在做局。

分头做局。

接下来，他请君入局。当姜维救母心切引三千军去保冀城，梁虔救粮心切引三千军去保上邽时，诸葛亮吩咐魏延和赵云诈败，各自放弃所据城池。

如此，姜维就被定在冀城，一时无所作为。

母亲是他保护的对象，他必须与母亲同在。姜维这样的孝顺之举，又被诸葛亮利用了一把。

与此同时，夏侯楙被诸葛亮放出来了。

诸葛亮放夏侯楙出来不是出于革命的人道主义，而是叫他去传递信息。

到马遵处去传递姜维献城归降诸葛亮的信息。

诸葛亮这样对夏侯楙说，不是我要放你，是姜维要替换你。他现在冀城，派人送信过来说："但得驸马在，我愿归降。"所以，你可以走了。

当然在这里，诸葛亮还不惜血本地安排了一些群众演员配合演出，一路逃难地告诉不明真相的夏侯楙姜维投降的信息，并配以流离失所的表情。

咬牙切齿的表情。

夏侯楙相信了，他果然跑到马遵处告诉对方这个不幸的消息。马遵也信以为真，直怪自己遇人不淑。

让每一个人都误解你

当然，以上都是伏笔，真正的较量从下面开始。

要打姜维了。

诸葛亮要打姜维了。他要把这个才子兼勇士逼入死路，逃无可逃，最终只能归降。如此，上面所设的一系列计谋才有价值。

或者说才能达到价值最大化。

姜维却是不好打。

冀城固若金汤。

怎么打，还是固若金汤。

久攻不下的魏延差点哭了——他打的哪是城啊，他打的是寂寞。

诸葛亮没哭。他笑了。

诸葛亮以为，冀城固若金汤不可怕，可怕的是人心固若金汤。但人心会固若金汤吗？

不会。

人心如水，水有三态。固态，液态和气态。所以水无定形。

人心也无定形，随着外界环境的改变而改变。

现在，外界环境马上要改变了——围城日久，城中粮少，人心惶惶已是显而易见的事实。

所以这样的时刻是胜利即将到来的时刻。蜀军要想取胜，缺的只是个机会罢了。

诸葛亮制造了机会。

不错，世事的规则是有机会要上，没有机会创造机会也要上。总之，上了才是硬道理。

于是一群蜀军开始搬粮搬米真忙。

他们是在大白天搬的。

是当着冀城官兵们的面搬的。当时，冀城官兵们已经饿得两眼发绿了，一看蜀军伙食条件如此之好，杀人的心都有了。

姜维不为所动。

虽然也饿得两眼发绿了，但他还是把握了一条原则：陷阱里的诱饵不可以吃。

没有明显的证据证明前方有陷阱，可同样没有明显的证据证明前方没有陷阱。

一切都在两可之间。

姜维决定小心为上，誓死不吃可疑之食。

只是姜维的这个决定没有能够维持多久。因为冀城官兵们不仅饿得两眼发绿，连脸都绿了。

城里已经断粮了，再熬下去，一个个都是饿死鬼。

这样的情况下，冒险就成了一件有价值的事情。

不冒险，必死；冒险，有可能死，也有可能活。

便冒险。姜维把三千兵都拉出城来，光天化日之下开始抢粮。

在这个世界上，凡是动手抢东西都是要付出代价的。

哪怕未遂。

事实上，姜维和他的兵们差不多胜利在望了。已经夺得粮车，准备回城了，却被一彪军拦住了去路。

领头的正是蜀将张翼。

紧接着王平也引一军拍马加入，两下夹攻姜维。

姜维饿着肚子，当然打不过，便想逃回城去。

但是，城已经不是他的城。是魏延的城了。

魏延按照诸葛亮的安排，声东击西、调虎离山得了冀城，此时已经在城上喝茶了。

胜负转眼易手，人生几度秋凉，人走茶未凉，只是喝茶的已然不是你了。

姜维惆怅地离开冀城，跑到天水城下叫门。

他以为，自己还是有收容地的。姜维的这个心态就像我们中间的很多人，相信天无绝人之路，相信此处不留爷，自有留爷处。

却是没有。

处处拒绝了他。

马遵认为这是姜维来骗他开城门，就令城上乱箭射下，将姜维活活射跑了。

姜维又逃到上邽城去，上邽城的守将梁虔分外爱国，见了姜维就大骂他是“反国之贼，吾已知汝降蜀矣”，也是乱箭射下，将他活活射跑了。

姜维这才知道，天有绝人之路，有时候人生是无法突围的，哪怕你用尽心计。

一切都已被诸葛亮算计好了——让每一个人都误解你，特别是让每一个可以提供帮助的亲人、熟人都误解你，人生的路啊，也就他奶奶的没法走了。

诸葛亮站在了姜维面前。

在他走投无路的时刻。

诸葛亮的眼神很温馨，很有“归来吧，归来吧，浪迹天涯的游子”的意思。或者说它干脆就是一深潭，希望姜维跌进去。

姜维别无选择，只能跌进去。他仰天长叹，两眼泪流，拨马望长安，然后下马投降。

诸葛亮当然是大喜。

这是一个英雄让另一个英雄折服。诸葛亮机关算尽，终于赢得姜维归。

正是在这个意义上，诸葛亮对姜维是另眼相看。

他不是俘虏，甚至不是败者。是英雄。

一时失手的英雄。

被另一个英雄调戏了一下的英雄。无伤大雅。

这是英雄和英雄之间的过招。大家点到为止，成败并不重要。重要的是在一起，化干戈为玉帛。

为了表示惺惺相惜之意，诸葛亮甚至紧握姜维的手，很动情地说了这样一句话："吾自出茅庐以来，遍求贤者，欲传授平生之学，恨未得其人。今遇伯约，吾愿足矣。"

很有天下贤者，舍你其谁的意思。

便在一起。紧紧地在一起。

为了一个共同的目标，两人不离不弃。

各怀鬼胎

虽然小有所成，革命的道路却还是相当漫长。

天水、上邽都还在敌人手里。

不过在姜维看来，这都不是问题。

不错，城是不变的，千百年不变，可守城的人却是变化的。没有谁会是一座城池永远的守护神。他们走马灯式地旋上旋下，以为可以占据舞台中心，永远放歌；以为人和城在一起就像鞋和脚在一起一样，天经地义，如影随形。

却不知道人是有欲望的，而城池无欲。

无欲则刚。

有欲则柔。

就像天水城中的两个人——尹赏、梁绪，与姜维交情深厚。现在姜维归顺了诸葛亮，尹赏、梁绪还有心思守城吗？

有欲则柔。有欲则柔呀。

姜维便给他们写信，写了两封密信，拴在箭上，然后纵马城下，一扬手射入城中。

这是两封动之以情、晓之以理的密信，是欲使天水城内乱的密信。姜维相信，只要尹赏、梁绪看了信以后，一定会行动起来的。因为他们是朋友，是兄弟。他们的心是柔软的——一个人的心只要是柔软的，那就有无限可能。

但是很遗憾，尹赏、梁绪没有看到信。

信被城上的警卫员拣到后交给了马遵。马遵从头到尾把这两封密信看了。

这是人生的误会时刻。人生其实是有很多误会的。有些误会可以制造爱情，有些误会可以导致分手，有些误会可以令人反目成仇，有些误会可以化解恩怨，甚至有些误会可以亡党亡国。这是误会的力量或者说可怕之处，它从一个侧面说明沟通是如何的重要。

马遵当然不会直接找这两个当事人沟通。他找了夏侯楙。

得出的结论是这两个鸟人与姜维勾结，欲为内应，必须尽早除之。

但是晚了。走漏了风声。

尹赏、梁绪在命悬一线的紧急时刻毅然决定，反水。

城门被打开了。城外的蜀军冲进来了。夏侯楙、马遵夹着尾巴逃跑了。梁绪、尹赏迎接孔明入城了。

解放区的天一下子成了蜀军的天。不妨这么说，这是选择的胜利。

尹赏、梁绪选择了反水，挽救了自己的命运。

姜维选择了尹赏、梁绪这两个人做突破口，改变了一座城的命运。

诸葛亮选择了姜维，改变了姜维的命运，也使整个战局大为改观。继天水轻易到手之后，上邽也是手到擒来。

并且不费一枪一弹——上邽守将是梁绪的弟弟梁虔。哥哥弃暗投明了，弟弟也不好意思一条道走到黑。

如是，诸葛亮三城尽得，名声大震，所谓远近州郡，望风归降。他随后整顿军马，尽举汉中之兵，前出祁山，兵临渭水之西，目标直指洛阳。

北伐战争进入了最关键的时刻。

这是魏国的太和元年，国家却不太平、祥和。

夏侯楙驸马连失三城，慌不择路之下竟然逃窜到羌中去了。这是国耻啊。

驸马也是要讲政治的，驸马尤其要讲政治。曹睿简直无语了。

但是曹睿真正的心焦之处还不在于夏侯楙驸马不讲政治，而在于诸葛亮无往而不胜。

世界上有无往不胜的人吗？没有。任何一个人，他可以胜n次，但必定在第n+1次时失败。这是人类战争史所证明了的。

诸葛亮也必定在第n+1次时失败。只是曹睿不知道，哪一次才是诸葛亮的第n+1次。

他等不起了。洛阳已是岌岌可危，曹睿需要一次明确的胜利来使自己转危为安。

这个愿望很朴素，很善良，但是……很过分。

因为没有人可以充当对手。诸葛亮的对手。

能打赢诸葛亮的对手。

所以朝会之时，一片鸦雀无声。

这里的朝会静悄悄。

只有呼吸声。

曹睿自己的呼吸声。

的确是这样。当这个世界过分安静时，我们能听到的唯一声音就是自己的呼吸声。

曹睿当然还想听到更多，所以他不满地发问了："谁可为朕退蜀兵耶?"

"谁可为朕退蜀兵耶?"

"谁可为朕退蜀兵耶?"

一连问了三声。

一连问了三声的结果是鸦雀无声。

这里的朝会静悄悄。

好像没有人存在。

直到过了很久，有一个老者终于颤巍巍地发声。司徒王朗。

司徒王朗已经七十六岁的人了。

一般来说，一个七十多岁的人是不可能再有什么作为的。司徒王朗也不想有所作为，毕竟不是廉颇，老了老了还能舞刀弄枪的，不服老。

他是站出来推荐一个人。

大将军曹真。司徒王朗希望他铁肩担道义，妙手著文章——不，文章就别著了，赶快杀敌去。

但是大将军曹真却很谦虚，说"臣才疏智浅，不称其职。"意思是我不杀，能力不行。

毫无疑问，这样的谦虚是不合时宜的。不说虚伪，也是懦弱的表现。

王朗不高兴了，说："将军乃社稷之臣，不可固辞。老臣虽驽钝，愿随将军一往。"他这是自己将自己给绑架了，曹真你这老滑头不去都不行。

便去。

带着副都督郭淮一起去，王朗则被拜为军师，从而形成了迎敌阵容。

对于这样的迎敌阵容说实话曹睿是不满意的。一个是老得快走不动的人，另一个是推三阻四不想战斗的人，这样的组合去对擂战无不胜、攻无不克的诸葛亮赵云组合，天！有胜利的可能吗？

曹睿不敢做乐观的想象。

所以这一年的十一月，当上述组合带领二十万魏军沉默地从京城出发阻击蜀军时，曹睿目送队伍远去心情复杂。

魏国还是缺人才啊。

不错，人很多，人才很少。这是魏国的隐忧。

另一方面，魏国还缺自信和忠心。王朗的表现应该说还不错，可其他人等就各怀鬼胎了。

几个各怀鬼胎的将，领着一群各怀鬼胎的兵，去打一场各怀鬼胎的战争，结果真是鬼知道。

站在十一月的寒风中，曹睿心思浩渺接广宇，于无声处就是听不到惊雷，心情简直糟透了。

有些人是死了才有价值的

两军对垒。

一触即发的对垒。

悬而未决的对垒。

之所以悬而未决是因为王朗有话说。

王朗七十六岁上战场当然不是打仗来了，而是说话来了。

他不是廉颇，舞的不是刀，是舌头。

王朗以为，刀不锋利，舌头锋利。因为软。

不错，世上的东西，硬了不锋利，软了才锋利。就像水，水滴石穿，这是以软克硬。

以硬克软就不行。所谓抽刀断水水更流，硬的永远拿软的没办法，无可奈何。

何况这水不是一般的软，是至软。什么东西一到极致就华丽丽。至软？至软无敌啊！

王朗决定化舌为刀，让诸葛亮领教他的锋利。

于是两军对垒时，他开始对诸葛亮口若悬河，说——我太祖武皇帝（曹操）那是何等人物？扫清六合席卷八荒，所谓万姓倾心，四方仰德。人们对他的景仰那是如滔滔江水绵绵不绝啊……这个，不是一般的牛。

在狂拍完曹操的马屁之后，王朗又开始狂拍曹丕的马屁——我太祖文皇帝（曹丕）那是何等人物？神文圣武，以膺大统，应天合人，法尧禅舜，处中国以临万邦，总之那就是世界的中心。天上有个太阳，水中有个月亮，人间有个曹丕……这个，不是一般的牛。

当然，在拍完太祖文武皇帝的马屁之后，王朗还想拍拍今上（曹睿）的，只是曹睿的丰功伟绩确实还没建立，一时要杜撰也来不及，索性就把话锋一转，开始攻击诸葛亮。他说你这位诸葛先生自比于管、乐，怎么不知道顺天者昌，逆天者亡的道理？现在我大魏带甲百万，良将千员（呵呵，这个有点夸张地说），谅腐草之荧光，怎及天心之皓月（这个比喻猛！很强悍）？

当然攻击的目的不是为了攻击，而是引诱。就像男女之间搞情调的目的不是为了情调，而是为了调情一样，王朗也是别有用心的。他最后对诸葛亮说——公可倒戈卸甲，以礼来降，不失封侯之位。这样国安民乐，岂不美哉？

诸葛亮并没有美哉。

而是笑哉。

嘲笑。

嘲笑王朗跟自己比舌头。

不错，世上人都有一条舌头，却各有巧妙不同。在这之中，诸葛亮可谓登峰造极者。

舌战群儒。一条舌头闯天下，他是靠舌头吃饭的人。现在王朗对他苦口婆心，他只能以牙还牙，以舌还舌了。

诸葛亮说，王老先生是汉朝的大老元臣，理当安汉兴刘，怎么会替魏国说话呢？哦，我忘了，王老先生是助逆的功臣，曹氏篡位的同谋！所谓罪恶深重，天地不容！天下之人，愿食汝肉！你这样的谄谀之人，本来应该躲在家里羞见世人，怎么敢在行伍之前，妄称天数?！我倒想问问你，你在归于九泉之下后，有何面目去见二十四帝?！难道你会跟他们说顺天者昌，逆天者亡的道理？会跟二十四帝说——谅腐草之萤光，怎及天心之皓月?！

王朗听了，目瞪口呆。

他这才知道，世上事，重要的有很多，可对搞政治的人来说，最重要的是不被政治搞。他现在就被政治搞了。

从汉臣摇身一变为魏臣，首先自己就政治不正确。当然可以用“顺天者昌，逆天者亡”的道理安慰自己，但这个可以自慰，不能慰人。

特别是诸葛亮这样的人。

更要命的是在两军对垒之时，他的品质受到诸葛亮的如此质疑和嘲讽，这让他今后还怎么混？

毕竟是老同志，要面子啊……

只是王朗很快明白，自己没有以后了。

因为他死了。

羞愧而死。也是气死的。他气满胸膛，随即意义不明地大叫一声，就撞死于马下，从而结束了他意义不明的一生。

这场战争就这样诡异地开场了。

一个雄心勃勃的老人想舌退万人，结果却只退出了一人。

他自己。

毫无疑问，这从一个侧面论证了一条哲理：技不如人害死人。当然，要说得更通俗一点，也可以这么说——

出来混，总是要还的。

王朗就将一切都还回去了。名誉、政治生命和肉体的生命。

但是，战争继续。

曹真突然得到了灵感。战争灵感。

王朗之死是不是可以被利用一下呢？这也许是这个老头死后的唯一价值了。

有些人是死了才有价值的。生前滔滔万言，不如死后的不发一言。世事的辩证法就在这里。

曹真开始治丧，为王朗之死成立了高级别的治丧委员会，他自己亲任主任委员。全军解甲哀悼，做痛不欲生状，做无心言战状。当然这一切都是做给诸葛亮看的，目的是引他来劫寨。这就是王朗之死的价值。

与此同时，曹真秘密部署，分兵四路：两路兵从山间小路，乘虚去劫蜀寨；两路兵伏于寨外，一旦蜀军来袭，就冲出来左右击之。

现在，诱饵做好了，钩子也做好了，就等着诸葛亮上钩。那么，诸葛亮会上钩吗？

防得住吗？

诸葛亮果然上钩了。他找来赵云、魏延，令他们各引本部军马去劫魏寨。

诸葛亮下这道命令时一副深谋远虑的样子，仿佛窥破天机。这让魏延很是不以为然。因为魏延看出来了，看出了真正的天机之所在。他提醒诸葛亮说，曹真在作秀呢，他如此大张旗鼓地治丧，一定是希望我们乘丧劫寨。他岂能不防？

诸葛亮笑道：他防得住吗？

一语道破天机。

魏延愣住了，感觉这句话真是有深意存焉。人世间的事无非是“攻防”二字。攻者以为无往不胜，防者以为尽在彀中，都是高估了自己，低估了别人。

攻，真能攻得下吗？防，真能防得住吗？

一切需要检验，更需要智慧。你的智慧不用太高，只要比对手高一点点就可以了。但是曹真的智慧会比诸葛亮高一点吗？

答案不言自明。

魏延的困惑也正在这里。诸葛亮这样一个聪明人，也看出了曹真的布局，为什么还往他设的口袋里钻呢？

这叫将计就计。

诸葛亮给魏延答疑解惑。他说，曹真诱我们去劫寨，这个地球人都知道。我们不去劫，对不起他的良苦用心。所以该劫不劫也不对。那怎么劫呢？应该这么劫——在他的埋伏圈外再设埋伏。曹真想要瓮中捉鳖，我们呢，则来个内外夹攻，以优势兵力摧毁他的埋伏圈！

魏延现在全明白了。他甚至以为这场战争可以不用打了。因为不可能再有什么意外，除了按照诸葛亮设想的方案去走。

第一次，魏延感觉战争的乐趣不在宏大的场面之上，而在运筹帷幄之中。这是一个谋士的荣光。真正的谋士会像预言家一样，清晰地说出未来的事实。而交战双方特别是那些真刀真枪冲杀的兵士们，只不过是谋士心中的棋子罢了。

他们虽然动作生猛，做你死我活状，却只是在实现谋士的意图而已。具体到这一场战争，就是实现诸葛亮和曹真的意图。

谁胜谁败？一目了然。

果然世事无悬念。

曹真败了。惨败。

一场事先策划的伏击战打下来，魏兵败走十多里，魏将死伤者极多。

而蜀兵则大获全胜。

这说明曹真的智慧比诸葛亮差的不是一点点。

人生的路啊，到底该怎么走？曹真陷入了痛苦的思考。

郭淮以为，人生的路不是走出来的，而是退出来的。向前走不下去了，那就倒退着走，就又是一条路。

当然有些人是退无可退，前路、退路都被堵死，还怎么走？

对于这样一种状况，郭淮的建议是横着走。

就像现在的魏兵，被打得七零八落，再打肯定没有胜算，退回洛阳也不可能，所谓进退两难，可要是横着走，联络西羌呢？那是不是可以有所作为？

郭淮对曹真说，胜败是兵家常事，不以一时一事论英雄。我们如果联络羌兵，东西夹攻，使蜀兵首尾不能相顾，那胜利迟早还是我们的。

曹真深以为然。的确，现在还不是俯首称臣的时候，还有一种可能性没有尝试。如果纵着走赢不了，横着走能赢也是一样的。

哪怕是得到他人的帮助，哪怕赢的姿态不那么优雅。

重要的是赢得胜利。

以70码撞尾

西羌国是个一点都不重要的小国。

西羌国王彻里吉是一个没有知名度的国王。

但很多年来，这个小国一直存在，这个国王也不卑不亢地活着。

因为他相信，任何一个生命都有存在的价值。不管是显赫还是卑微。

所以当曹操强大的时候，西羌国王彻里吉年年都向他进贡，只为了这个小国家能一直存在下去。

活下去就有希望，就有扬眉吐气的一天。这是西羌国的生存理念，也是西羌国王彻里吉的人生信条。

终于，他等来了这一天。

魏国有求于他的一天。这一天可以说是西羌国的光荣日。魏国大将军曹真派特使到此求援，送来金珠、国书，并许以和亲之诺，只为了羌人能够出兵袭击蜀兵。

西羌国王彻里吉答应了。为了这样的光荣时刻，他愿意付出代价，哪怕是沉重的代价。

于是十五万羌兵派出去了。这些羌兵不是普通的兵，而是用特殊材料制成的。铁甲裹身，玩的都是些弓弩、枪刀、蒺藜、飞锤等不明凶器，杀伤力强；还有战车，用铁叶裹钉，装载粮食军器等物，号称铁车兵。

是一群武装到牙齿的兵。

蜀兵们很快就知道了他们的厉害。对阵之时，羌兵把铁车首尾相连，随处结寨；车上遍排兵器，看上去就像城池一般，极具视觉效果。

这哪里是铁车兵，简直是装甲兵啊！莫非他们是穿越回去的二战时期的德国兵？蜀兵们怕怕了。

果然凶猛。

羌兵打仗那真叫一个特别能战斗，特别能死人。

当然死的不是自己人，而是敌人。

一支排列齐整的队伍静极生动，突然分列两边，然后中央放出铁车，如潮涌一般，弓弩一齐狂发，射得蜀兵哭爹喊娘，大败而逃。

这是一场惨败。

继魏军惨败之后，现在轮到蜀军惨败了。

但是诸葛亮却从中看到了一线生机。

诸葛亮总是这样，从死里头看出生，从败里头看出胜。

这叫立体地看问题。

历史地看问题。

穿越地看问题。

第三只眼看问题。

只是诸葛亮还需要一样东西。

雪。

他要拿雪做文章，就像当年拿火做文章一样，诸葛亮长袖善舞，与天地过招，极具神人气质。

雪终于来了。

因为等待。

在这个世界上，你如果要等一样东西，它迟早是会来的，只要你愿意一直等下去。

诸葛亮草船借箭时等漫天大雾，等了三天，果然来了。后来装模作样借东风，事实上也是等来的。

大自然毕竟是苛刻的，没有一样东西肯轻易借人。

哪怕是神人。

所以诸葛亮等。

这一年的最后一天，雪终于来了。

铺天盖地的大雪。白茫茫一片真干净。

但干净的只是雪而已，不是这个世界，更不是人心。

姜维出来了，带着蜀军在雪地上撒一个野，引诱羌兵出击。

羌兵闷得慌，果然出击。两支队伍你追我赶，直到蜀军寨前。

蜀军寨前琴声悠扬，只有诸葛亮坐在雪地上弹琴。

一人一琴一世界。

雪世界。也是阴谋的世界。

只是琴声背后到底有什么阴谋，羌兵们并不知道。他们只知道进攻，追着敌人进攻。

诸葛亮一声叹息，为这支铁甲兵的即将毁灭。

他的琴声，是给他们送行的。因为羌兵们走不远了——果然，在姜维的引诱下，羌兵们冲进了空空如也的蜀寨，又冲了出去，在广阔的雪地之中漫无目的地奔走。

山路被雪漫盖，上下都很平坦。似乎很安全。

有小股蜀兵从山后而出，探头探脑的。不像是在搞包抄，而是像看热闹。羌兵们不以为然，只追着姜维而走。

永远追着最大的蛋糕不回头，这是人性的弱点。羌兵也是人，自以为天下无敌的人，所以他们更不会回头了。直到一声巨响，如山崩地陷般，羌兵的先头部队掉进大雪下的坑堑之中。

雪欺骗了他们。或者说他们的自信欺骗了自己。

姜维和他的蜀兵们将羌兵带进了陷阱之中，而一同与他们制造陷阱的就是老天爷。

老天爷下的雪。

一出悲剧正上演：羌兵掉落坑堑之后，他们背后的铁车在雪地上无法来个急刹车，纷纷以70码撞尾，造成严重的“被自杀”事件——羌兵被自己的铁车给杀死了。

没杀死的则在山沟沟里自相践踏，最后也走上了不归路。

蜀军胜利了。

这样的胜利对曹真来说毫无疑问是致命的。他的两个先锋死了。他的兵们也死得差不多了。更要命的是友军——西羌铁车兵几乎全军覆没。

他只得承认失败，给魏主曹睿写信，要求再发援兵。

曹睿没有给他援兵，因为曹真没有给他希望。

胜利的希望。

或者说可能胜利的希望。

这个世界其实就是这样，想得到什么，必须先给予什么。如果你什么都没有，起码你得给人希望。

让别人相信，你还有未来。

所以说到底，这个世界是给有未来、有希望的人准备的。

不是给曹真准备的。

作为败军之将，他已经 over 了。

第七章　五丈原上唱大风

寂寞嘴边的一条鱼

曹睿也不知道自己还有没有希望，或者说未来。

很多时候，他是把希望和未来放在其他人身上，放在那些信誓旦旦为他保家卫国的人身上，但是现在他才知道，未来只在自己身上。

自己有未来，魏国才有未来。

关于这个道理，不仅曹睿明白了，华歆也明白了。

华歆建议曹睿御驾亲征，如此才能使将士们人人用命，才能挡住诸葛亮锐不可当的攻势。

曹睿听了，不置可否。

因为他不知道，自己是不是诸葛亮的对手。

他的职业是皇帝，诸葛亮现在的职业是丞相兼大将军。皇帝跟将军较量，究竟会鹿死谁手呢？

曹睿不好判断。

重要的是面子上不好看。他打赢了（如果有这个可能的话）那没什么，意要是打输了（很有可能），他以后还怎么混？

最主要的是没有以后了，只有永恒。就像无数的先烈一样，永恒地在地下长眠。

所以曹睿无比幽怨地看一眼华歆，觉得他真不懂自己的心。

那一颗容易受伤的心。

太傅钟繇比较理解曹睿的幽怨。这事实上是他做到太傅这个职务的重要原因。

察言观色，设身处地。

这八个字在太傅钟繇看来并不是贬义词，而是褒义词。

说明会做人。会做一个有心人。

很多人做人很失败是因为他们心里只有自己，没有他人。

从不察言观色，从不设身处地。结果你不把别人当人，别人也不把你当人。特别是那些能够决定你命运的人。

钟繇总结：这样的人很自私。心里只有自己。而一个心里只有自己的人注定将失去自己。在钟繇看来，这是世事的辩证法。

太傅钟繇建议，皇帝御驾亲征是可以的，但不是一个人在战斗，还需要一个将军去冲锋陷阵，如此才能确保皇帝的人身安全。

曹睿心里轻叹：瞧瞧，这才是会说话的主。知道我需要什么。

只是曹睿不知道，现在还有哪个将军敢去冲锋陷阵，为国捐躯？他不相信，魏国还有这样的人存在。

太傅钟繇也不相信在这满朝文武中存在这样的异数。他要推荐的那个人不在朝中，在朝外。

准确地说是在宛城。

司马懿。

司马懿此前被赶回老家吃老米饭后，一直在宛城闲住。

每天，他的主要工作就是钓鱼。在宛城的护城河边，司马懿一钓就是一天。

只是他从来没有钓上一条鱼。因为护城河里没鱼。

很多人劝他换个地方钓，司马懿摇头：你知道我钓什么吗？

鱼啊。

错，寂寞。

便继续钓，钓他的寂寞。

难与人言的寂寞。

的确，在这偌大的宛城，司马懿是寂寞的，与其说是他钓鱼，不如说是寂寞钓他。

司马懿是寂寞嘴边的一条鱼，不知道什么时候，他就会上钩，被寂寞吞噬。

就像我们中间的很多人，对抗孤独的生活比对抗贫穷的生活更加难以承受，是因为没有给自己一个希望。

有目标地活下去的希望。

在世界都抛弃了自己的情况下，自己不抛弃自己。

司马懿现在就是这样。他相信希望还会再来，来到宛城，还他一个金戈铁马的舞台或者说战场。

这是司马懿继续活下去的动力。

直到这一天，魏主特使不期而至，带给他重出江湖的消息——骠骑大将军司马懿官复原职，并加为平西都督，目标是——消灭蜀军。

司马懿披挂上阵了。他丢掉了手里的鱼竿，不再与寂寞为敌。

他现在的敌人是诸葛亮。大名鼎鼎的诸葛亮。

温柔地杀你

历史有时平铺直叙，有时曲径通幽。

在司马懿与诸葛亮即将对抗的关键时刻，出现了一个人。

孟达。

孟达本来是蜀国的将军，后来降魏，镇守上庸、金城等处。

没有人知道他这是弃暗投明还是明珠投暗，总之改变革命立场的人忠诚度总不是太好。

但孟达自己以为，他的忠诚度是毋庸置疑的。

生是蜀国人，死是蜀国的死人。至于降魏的举动，完全是情势所迫下的一个战略选择——当年关羽不也降了曹操吗？只要回头是岸，还是好同志。

孟达就打算回头是岸了，在听说诸葛亮伐魏之后。

应该说，孟达回头是岸的举动是很坚定的。他准备令金城、新城、上庸三处军马同时起义，然后攻取洛阳，以配合诸葛亮攻取长安的计划，如此，两京大定，魏国可图。

这真是一个听上去令人怦然心动的计划，最主要的是有可操作性。孟达现在镇守上庸、金城等处，要起义，还不是他一句话；而诸葛亮攻取长安，凭着他长袖善舞而鬼神莫欺的智慧，应该说也不是什么问题。

但诸葛亮却高兴不起来。

因为司马懿从历史的斜角处打马杀来，不仅与诸葛亮为敌，也与孟达为敌——如果孟达准备起事的话。

诸葛亮当然不怕司马懿，他只是替孟达担忧。一旦事败，孟达也就死翘翘了。孟达一死，中原不易得啊！

诸葛亮一声长叹，觉得天意到底不在自己这一边。

司马懿在这个时候复出，守卫长安、洛阳，是不是意味着魏不当绝呢？诸葛亮马上给孟达写信，要他注意提防，低调低调再低调，千万不要对司马懿等闲视之。

孟达却给他回信说："窃谓司马懿之事，不必惧也：宛城离洛阳约八百里，至新城一千二百里。若司马懿闻达举事，须表奏魏主。往复一月间事，达城池已固，诸将与三军皆在深险之地。司马懿即来，达何惧哉？丞相宽怀，惟听捷报！"

一副天下事尽在我掌握的豪迈。

和自信满满。

诸葛亮失望了。

因为他看到了信里有这样一句话——"若司马懿闻达举事，须表奏魏主，往复一月间事。"

老天，司马懿会这么循规蹈矩吗？这是在打仗，不是在办公室传送文件，要上情下达，下情上传。

打仗玩的就是心跳，需要电光石火，另辟蹊径。所谓攻其不备，出其不意。

诸葛亮相信，司马懿一旦知道孟达造反，决不会给他一个月时间去加固城池的。他肯定会在第一时间来到他身边，然后温柔地杀他。

这就是司马懿。

独钓寂寞的司马懿。战争狂人司马懿。

司马懿果然电光石火，另辟蹊径。在知道孟达准备造反之后。

他立刻做出了两个决定。一是传令手下人马日夜兼程，一日要行二日路，务必在第一时间赶到新城；二是命令参军梁畿火速去新城，请孟达做好攻打蜀军的准备，目的是不使其疑。

这就是司马懿——一边准备打你，一边先给你来一针麻药，让你晕乎乎、麻酥酥，以为万事大吉、天遂人愿。

孟达的生命由此进入倒计时。

事实上即便如此，他还是有一线生机的，如果提前起义的话。可要命的是有两个人不答应。

或者说虚与委蛇。

他们是金城太守申仪、上庸太守申耽。

此二人本来说好和孟达一起投向蜀国怀抱的，可禁不住翻来覆去的权衡，觉得还是魏国的怀抱温暖一些。

可靠一些。

人生的路很长，最关键处也就那么两三步，踏错了，也就万劫不复了。

所以他们不想踏错。非但不想踏错，甚至还想立功——抓住反贼孟达，为自己的人生增光添彩。

很快，孟达就死了。

因为司马懿的兵到了。也因为申耽的枪到了。

在内外夹攻之下，孟达夺路而走，却逃无可逃。他一个措手不及，被申耽一枪刺于马下，从而结束了自己大大咧咧的一生。

轻狂的一生。

事实上他的死不只是结束了他自己的性命，也结束了诸葛亮的梦想。诸葛亮的中原梦。

没有了孟达的配合，诸葛亮毕竟不能狂飙突进，直取长安。他甚至连已经占领了的那些地盘都要很快吐回去。因为历史的剧情走到这里，将要推出两个字——

街亭。

这对诸葛亮又是沉重一击。尽管他小心加小心，以为自己能够守住某些东西，但最后要失去的还是失去了。

他不是一个人在战斗。

诸葛亮是率领一个团队在战斗。所以他不仅要为自己的决策买单，也要为整个团队的战斗力买单，为这个团队中每一个人的性格缺陷买单。

这是一个主帅的宿命。没有办法。在历史的夹缝中间，诸葛亮别无选择。

毕竟他是人，不是神。

许诺不可靠

街亭是这样一个地方。很小，小得就像人身上的血管。如果你不注意它，它就不存在。

但这个世界上，不被人注意的东西往往很重要。就像大海，浪花很喧嚣，很引人注目，却不重要。

重要的是浪花低下的部分，是厚重无言的大海。

街亭也是无言的。它只是一条路，位于秦岭之西，却是汉中的咽喉。占领了它，也就占领了通往汉中以外世界的门户。

所以司马懿想得到它，诸葛亮也想得到它。

司马懿的想法是，占领街亭要路，便可截断蜀军粮道，如此，陇西一境，蜀军不能安守，便要逃回汉中去。蜀军若回撤，魏军在小路设伏，可获全胜；如不回撤，就截断蜀军粮道，一月之后蜀军无粮，全都饿死，诸葛亮也就束手就擒了。

诸葛亮的想法则很简单，那就是占领街亭，打通通往汉中以外世界的门户，挺进中原。

现在，两人要比拼的是谁能够把想法变成现实。

把想法变成现实需要人去执行。

执行力强的人去执行。

曹睿那边的情况是，派了张郃为先锋，与司马懿一同引二十万军，昼夜兼程往街亭赶。

毫无疑问，张郃是司马懿战略意图的执行者，是个执行力强的人物。

诸葛亮这边呢？虽然有赵云、魏延人等，但是守街亭，一个年纪太大，一个有勇无谋，都不是上佳人选。

所以诸葛亮无语了。

这样的时刻，马谡挺身而出，要当一回主角。

历史剧的主角。

诸葛亮还是无语。

一句话，不放心。在他印象中，马谡是一个谋士而不是勇士。街亭一地没有城郭，也无险阻，守起来太难了——守住它不仅需要谋略，更需要勇气。

需要智勇双全。

更要命的是马谡还是一个冒险型的谋士。冒险一点好还是老成一点好？诸葛亮不敢把街亭当试验品拿去做试验。

他输不起。

但马谡却唯恐自己的人生不能赢。

他一直在等一个机会。证明自己的机会。

现在这个机会终于来到了，却是与风险同来。

赢了，他将名垂青史，是蜀军西出祁山的第一功臣；输了……输了他就什么都没有了。

他的人生输不起。

蜀国输不起。

诸葛亮也输不起。

所以这个游戏有些残忍。或者共赢，或者共输。总之是一生死攸关的游戏。

马谡决定一赌。他把身家性命都押上，向诸葛亮立下军令状，以示自己没有退路。

这样的时刻，诸葛亮犯下了他人生中一个重大的错误——相信军令状。

相信纸上的东西。

相信信誓旦旦。

却不相信自己的判断。

就像很多首鼠两端的人，最后之所以下定决心决断一件事情只因为他人的一个表态，对未来的许诺。却不知道许诺不可靠，未来更不可以预期。

只有自己的判断或者说直觉才是可以信赖的。

因为这是来自心灵的呼唤。只是这样的时代，很多人未必能够听到。

当然，诸葛亮也不是孤注一掷。诸葛一生唯谨慎，即便他拍板马谡去守街亭，也还是做了一些预防措施，以增加保险度：

他派副将王平同去守街亭，辅助马谡决策；

派高翔去守街亭东北的列柳城，一旦街亭危急，便可引兵救之；

派魏延引兵去街亭之后屯扎，以接应街亭；

派赵云、邓芝各引一军出箕谷，以为疑兵，以惊敌心；

这些预防措施同时用上，诸葛亮以为可以弥补马谡性格当中的那些缺陷了。

天佑蜀军。

天佑蜀军啊。

但是，诸葛亮并不知道，他其实犯了一个致命的错误——烂泥扶不上墙。位于舞台中心的主角将戏演砸了，配角再怎么出彩那也是一出烂戏。

令人惆怅的烂戏。

真理掌握在官大者手中

当然，马谡不承认自己是烂泥。

就像很多怀才不遇的人，不管怀的是不是才，他们幽怨的是不遇。

马谡也是这样，自视甚高——告诉你，世界，我来了。

马谡策马街亭，雄心勃勃地看着这个名不见经传的山间小路，觉得要守住它，太容易了。

王平却忧心忡忡，觉得要守住它，太难了。

这是两个人的心态差别。性格决定命运，心态也决定命运。只是这时的他们，都还在命运的彀中闪转腾挪，不知前路将是怎样的风景。

马谡说，丞相真是太小心了。小心驶得万年船，太小心则自缚手脚，寸步难行。如此山僻之处，魏兵怎么敢来!?

王平说，魏兵敢不敢来，只有他们自己知道。不妨就在此五路总口下寨，令军士伐木为栅，建筑坚强堡垒。

马谡说，这种山间小路怎么能是下寨之地？我看旁边那座山不错，树木多，四面各不相连，呵呵，真是天赐之险啊，不妨就在山上驻防。

王平说，那就玩完了。我们在此五路总口下寨，令军士伐木为栅，筑起城垣，魏兵即便有十万人也不能越过。这叫一夫当关万夫莫开；如果弃此要路，驻防于山上，如果魏兵袭来，四面包抄的话，请问将军何以自保？

马谡说，你真是妇人之见！岂不知兵法有云：凭高视下，势如劈竹。如果魏兵攻来，我一定打得他们片甲不留！

王平说，将军啊，这座山貌似险峻，却是绝地。魏兵如果断我取水之路，那军士不战自乱！

马谡说，你别乱说！岂不知孙子有云：置之死地而后生。魏兵如果断我取水之路，那我们的战士岂不死战？这叫什么？这叫以一当百！我遍读兵书，丞相有什么事还都请教于我，你为什么处处与我做对呢？

就这样一方强词夺理，一方据理力争。唇枪舌剑的结果是，官大者胜出。所谓官大一级压死人，官大半级压昏人。马谡和王平一个是主将，一个是副将，王平当然拿马谡没办法。

真理总是掌握在官大者手中。

最要命的一点，真理的标准由官大者判定。什么是真理，什么是歪理，官大者说了算。

不过王平最后还是争取到了一点小小的权益：领五千兵去山的西面下寨，以呈掎角之势。

这是对马谡在山上下寨的一个战术补充和心理安慰，更准确地说，心理安慰的成分更大一些。

因为——当整个出发点都错了之时，为此采取的纠正手段其实是聊胜于无。

但马谡却看不到这一点。他只看到了两个字。

争功。

王平在争功。

不管是当街下寨还是去山的西面下寨，马谡以为，王平都是在和他争功。

就像这个世上的很多人，争当意见领袖。因为只有做了意见领袖，才能号令一切，才有头等功劳。

所以马谡要压王平——不能按着对方的意见走，只能按自己的意见行事。否则即便成功了，功劳也不是自己的。

这叫对人不对事。

王平无奈，惆怅地领五千兵去山的西面下寨。

他要做一个对事不对人的人，却发现好难。如果世事的潜规则是对人不对事的话，那你的动机和所有努力都会妖魔化。

你百口莫辩。

你寸步难行。

你只能做事后诸葛亮，徒劳地解释一切却没有半点功劳——谁叫你不是意见领袖呢？命苦不能怪政府，点背不要怨社会。

买　单

魏军冲上来了。

漫山遍野的，充满了围歼的快感。

马谡下令蜀兵出击。蜀兵没有听他的，而是听自己的——一个个畏缩不前，坐以待毙。

马谡这才知道，原来兵书上所谓的“置之死地而后生”完全是YY之语。对一个普通人来说，置之死地只能死翘翘。

他只得下令，关紧寨门，等待外援。

但外援却来不了，一切都在司马懿的算计中。虽然王平要引军去救马谡，却被张郃拦住了去路。所谓的掎角之势顿时被去了势。王平势穷力孤，只得败退。

至此，诸葛亮防线中的第一道口子被撕开——他派副将王平同去守街亭，辅助马谡决策的意图由于马谡的自命清高，导致街亭失守。马谡孤立无援，仓皇出逃。

第二道防线是魏延所部。他引兵在街亭之后屯扎，以接应街亭。但街亭现在显然是司马懿的街亭。虽然魏延引兵重夺街亭，却挡不住司马懿、司马昭两路伏兵的左右夹击，他慌慌张张逃入列柳城。至此，诸葛亮设定的第三道防线开始启动——驻守街亭东北的列柳城高翔所部，见街亭危急，决定引兵相救。

高翔倒是动了一点小心思。为了夺回街亭，他趁着夜色去劫魏寨，却不知自己劫的不是魏寨，而是空虚——魏寨里头静悄悄，空无一人。随后一声炮响，火光冲天，魏兵便从四面包抄过来，把魏延、高翔等围在中心——高翔的那点小心思到底逃不过司马懿的眼睛——司马懿将计就计了。

这真是一个令人惆怅的夜晚。诸葛亮的第三道防线也无济于事甚至损失惨重。魏延、高翔等突围之后发现地理位置和街亭一样重要的列柳城也丢了，魏兵趁虚而入，趁着他们去劫寨，以其人之道还治其人之身，轻轻松松接管了列柳城。

一切已是大势已去。

一切都如水银泻地，毫无阻滞地一败再败，就像司马懿的一胜再胜。这个夜晚，司马懿占领了他的战略制高点，诸葛亮则失去了他的战略制高点——不仅是这场战争的，也包括他们人生的。

诸葛亮战无不胜的神话就此被打破。他西出祁山，北伐中原的计划遭受重大挫折。

而一切都归咎于那个人。

那个夸夸其谈、自视甚高的人。

但是，更致命的威胁接踵而来。

诸葛亮被包围了。

所谓兵败如山倒。当时的诸葛亮正领五千兵退守西城县搬运粮草，司马懿却领十五万大军直扑该城。

这是趁热打铁。

也是“宜将剩勇追穷寇”。诸葛亮好不容易有了一次失败的机会，司马懿怎能不牢牢抓住。

司马懿来了。

他包围了西城县。

他马上要攻城了。

而此时在城中只有两千五百名蜀军，另有两千五百名蜀军出城运粮草去了。也就是说诸葛亮直接可以支配的兵力就这么多。

这真是人生的危急时刻，一次他人导致的失败最终带来一连串的失败并祸及于诸葛亮。而他却不能不为此买单——看样子是要以生命以及一生的名誉来买单。诸葛亮没想到自己的宿命竟是如此！

一次轻率的决定加上马谡的自以为是再加上司马懿的老谋深算，构成了诸葛亮生命中的一次完败。那么接下来，他会弃子认输吗？老天爷在此时也屏住呼吸，想看看这个人间的宠儿还有怎样的手段为自己解围——虽然在一般人看来，这绝对是个死劫，毫无解开的可能！

都是俗人一个

琴声悠扬，在西城上空回荡。

也在司马懿的心头回荡。

这琴声实在是有气质的。纯粹。自信。高雅。犹如闲庭信步，充满了祥和的味道。

它似乎不应在人间留存。唉，此曲只应天上有，人间能得几回闻啊。

司马懿想哭。他身后的十五万大军想哭。因为这琴声，触动了人类永恒的主题——战争与和平。

但司马懿到底没有哭出来——他在想一种可能性：琴声的后面，究竟埋着多少兵？

因为弹琴的人是诸葛亮。此时他披鹤氅，戴纶巾，于城上敌楼前凭栏而坐，焚香操琴。左边一童子，手捧宝剑；右边一童子，手执麈尾，俨然一神仙了。而城门内外，有二十几个老百姓，在低头洒扫，旁若无人，神色也是轻松得很。

当然，司马懿想到了两种可能性：一是城里有伏兵，二是没有。

每一种可能性都对应着一种命运的结局。司马懿必须做出非此即彼的选择。这选择是如此的残酷，以至于做错了，就抱憾终身。

甚至人头落地。

司马懿最后选择了退兵。毫无疑问，这是个错误的选择。因为城里空空如也，除了琴声悠扬，还有诸葛亮貌似放松的心情。

司马懿当然想到了会有这样一种可能性的存在，只是他不敢赌，赌诸葛亮会使出空城计。

因为他不是别人，是诸葛亮。

一生谨慎的诸葛亮。

诸葛亮却偏偏使了出来。

因为诸葛亮以为，一个一生不敢弄险的人突然弄一次险其实是最安全的。不仅自己会觉得不可思议，对手也会觉得不可思议的。

特别是和他一样谨慎的对手。

将心比心，人同此心。

所以这样的历史时刻，毕竟不是在玩脑筋急转弯，司马懿注定要绕城而走，不敢破城而入。

这是人性的弱点。诸葛亮抓住了，并利用了它。仅此而已。

但司马懿很快就后悔了。在带兵远去之后，他突然产生了回去再看个究竟的冲动。

这也是谨慎之人的性格特征。

怀疑一切，甚至怀疑自己刚刚做出的决定，每行一步都首鼠两端，不敢大刀阔斧。

司马懿就是这样。

诸葛亮料到司马懿会这样，所以在他回来之前，赶紧趁这个时间差撤走了。

司马懿看到了一个空城。

很多这一历史事件的旁观者告诉他本来就是一空城，只是让人误以为不是空城，所以才演出了这么一出戏。

司马懿那叫一个追悔莫及。

他这才知道，在战争中，有时真正的敌人不是对手，而是自己。战胜自我比战胜对手更难。一旦超越了自我，对手也就不在话下了。

司马懿第一次承认，自己被自己打败了。

诸葛亮死里逃生，却没有一丝欣喜。

说到底他也一样是败了，败给自己。败给自己的一次轻率决定。超越自己，真的很难。因为这样的活不是一般人可以干的，是超人干的。所以，面对五花大绑、跪倒在他面前的马谡，诸葛亮没有愤怒，只有怜悯。

像怜悯自己一样，怜悯马谡。

这个人，本来可以不出头，不冒险，不负责的，就像很多碌碌无为的人那样，守着中庸之道过平庸的一生。

但却要挑战自己，到最后不能超越自己，所以败了。

败给自己的蠢蠢欲动、冒险冲动。

而诸葛亮也连带着败了，败于自己的轻信。以为人间真的有奇迹，以为他可以力挽狂澜。

说到底都是俗人一个，虽然很多时候他被称为神人。

接下来该怎么办？诸葛亮首鼠两端。

马谡是立了军令状的，如此败绩，不杀不足以明军纪。

可他呢？他的罪过比马谡小吗？用人不察比庸才更加令人无法容忍，造成的危险也更大——马谡是别无选择，诸葛亮其实还有选择的自由。

所以马谡要是可杀，他也可杀。

却是杀不得。

北伐还在半路上，虽然有了挫折，面临一个拐点，却还可以有所作为。靠什么作为，还得靠人，哪怕是犯了错误的人。

就像参军蒋琬劝他的那样："今天下未定，而戮智谋之臣，岂不可惜乎?"

再一个，关于军令状的事。军令状虽然不能儿戏，可没有立军令状的人就可以安然无恙问心无愧了吗？在诸葛亮心里，他其实早为自己立下一份无形的军令状——一个人，要是对自己的历史负责，就要时时刻刻在心头悬一把刀。不能苟且，不能以难得糊涂为由不了了之。

但是，到最后，诸葛亮还是杀了马谡，同时也在心里杀了一遍自己：他上书后主，请求自贬三等。在上后主刘禅书中，诸葛亮批评自己"臣本庸才，不能训章明法，临事而惧，至有街亭违命之阙"，检讨不可谓不深刻，自责不可谓不狠。

马谡死了。

在他三十九岁的时候死了。这是建兴六年的夏五月。这个夏天，是热死人的夏天。很多人犯了错误。很多人死于自己犯下的错误。

诸葛亮哭得眼泪一把鼻涕一把。都说四十不惑，马谡才三十九岁，惑一下其实也未尝不可，却要付出生命的代价，这其中，他有责任啊。他诸葛亮是早过了四十的人，却依旧困惑，看来做人，是要一直惑下去了。

当然，诸葛亮的痛哭流涕，半为马谡半刘备。因为刘备在白帝城去世之前曾经跟他有过这样的政治交代，说"马谡言过其实，不可大用。"诸葛亮却一直不以为然，以至于有了今日之验。一个人，总是在事实证明他错的时候才承认自己的错误，诸葛亮聪明如斯，也不能免俗，所以他真是痛定思痛，痛何如哉啊?!

馅饼还是铁饼

世上事了犹未了。所谓东边日出西边雨，哪有个完呢。

蜀魏一番争斗后，诸葛亮回撤汉中，休养生息，以待将来。魏国则封郝昭为镇西将军，把守陈仓道口，以防诸葛亮突然暗度陈仓。

双方呈僵持状态。

就在这样的时刻，有一个人蠢蠢欲动了。

周鲂。

周鲂是东吴的鄱阳太守。有一天他突然向曹休写信表示，要改变自己的政治立场，不跟孙权混，要跟着他曹休混了。周鲂在信中表示，愿“以郡来降”，甚至说东吴可破，希望魏国早日发兵取之。

这似乎是天上掉馅饼的好事，起码曹休是这么认为的。当时的曹休正做着扬州司马大都督，周鲂愿降，特别是向他归降，他把这看成是自己的魅力。

和号召力。

建威将军贾逵却不这么看。贾逵以为，天上掉下来的不都是馅饼，也有可能是铁饼。关键是不能以身试饼。宁可信其无不可信其有。

于是一场辩论赛就在魏国朝堂上举行。司马懿的观点是，人世间机会就是陷阱，陷阱就是机会。不要怕，也不要躲。哪怕是铁饼砸在身上也不一定会死，关键看砸在什么部位。

如果用手去接不用脑袋去接就没事。总而言之，接比不接要好。

不错过每一个机会，却错过每一个陷阱。人生的精彩就全在里面了。

贾逵听了司马懿的高论狂吐不已。拜托，老大，都是人，不是神。谁知道下一步踩上的是不是臭狗屎?

再说铁饼他长眼睛吗？一定砸你手不砸脑袋？不要太天真了好伐啦，司马懿老爷爷！

曹睿抱头无语，几乎在龙床上睡着了。

唉，人世间最没道理好讲的就是那些所谓的道理了。每一个道理都有正反面。正面振振有词，反面也振振有词。所以，做辩手其实不痛苦，痛苦的是裁判。他怎样才能在众多的道理当中找出哪个是真理，哪个是歪理呢？

曹睿便真理、歪理一锅端。他命令司马懿、贾逵率军同去扬州，帮助曹休分辨一下到底是遇到了馅饼还是铁饼。至于打不打东吴，如何打，你们看着办，别烦我。

曹休却不需要他们的帮助。

因为他姓曹，司马懿、贾逵不姓曹。曹休以为，姓氏可以看出血统的高贵与否，以及智商的高低。

现在魏国坐天下的毕竟是咱老曹家。

便踢开党委闹革命，单独找周鲂问话了。

曹休：你是真的还是假的？

周鲂：什么真的假的？

曹休：一颗心。

周鲂：我本将心向明月，奈何明月照沟渠！

曹休：不要文绉绉，我语文不好。

周鲂：我是真投降，不是假投降。

曹休：是吗？可有人说你是假的。

周鲂：这是什么？

曹休：头发。

周鲂：我把它割了。

曹休：何必呢？怪可惜的。

周鲂：为了表达我的真心。

曹休：割发就能说明这一点吗？

周鲂：不能吗？

曹休：能吗？

周鲂：不能吗？

曹休：能吗？……哎，探讨一下而已，你真割啊！得，我信你了……

周鲂一把头发震撼了曹休的心。

因为在古时，割父母所遗之发，不是一般人可以做到的。这里面事关孝道、忠心和做人的准则问题。

但贾逵却不相信周鲂的割发秀。大奸若忠，大诈若直。贾逵以为，越是表演过火的人，心里越空虚。周鲂拔剑割发掷地，他想证明什么，又想掩饰什么？这里面大有问题啊……

当年要离断臂，刺杀庆忌。用心之深、之狠，与周鲂割发如出一辙。贾逵苦口婆心地规劝曹休。

只是毫无用处。

的确，在这个世界上，一个人准备一条道走到黑时，他眼里是看不到光亮的，哪怕光明就在他眼前。

结果当然是可以想见的。

曹休上当了。无数的魏兵在周鲂的引导下钻进了陆逊扎好的“布袋”阵里，有去无回。

一个关于轻信、傲慢与悔恨的故事在人间又生动地演绎了一遍。曹休这才知道，姓氏也许可以看出血统的高贵与否，却未必能看出智商的高低。

他要学习的东西还很多。

但是，非常遗憾的一点，他再也学不到什么东西了。

因为他死了。

最好的进攻

这是蜀汉建兴六年秋九月，魏国都督曹休因为被东吴陆逊大破于石亭，心里惶恐不安，回到洛阳后不久就死了。

死因是气忧成病，背部发疽而死。

可以说是气死的。

司马懿默不作声地看着这一切，心里感慨万千。

当然，他也可以像贾逵规劝曹休一样，事先给曹休打打预防针，以阻止事态朝不可收拾的方向发展。但是有用吗？当一个人捂住耳朵，不愿意倾听他人声音的时候，跟他说得再多只能说明一件事。

你蠢。

对牛弹琴一样的蠢。

所以这样的时候，要么是将对方的手拿开，让他听见声音；要么不置一词，不做无用功。

司马懿选择了后者。

因为他认为曹休不可救药，除了死亡能拯救他以外。

曹休死后，司马懿韬光养晦，不再言战，也不再请战。便有同僚笑他是胆小鬼。司马懿意味深长地笑笑，依然不再言战，也不再请战。

只是在心里，他悄悄瞄准了一个对手。

诸葛亮。

司马懿以为，他真正的对手一直是诸葛亮。这是个能与他心灵直接对话的人。他们的智慧差不多是可以平等交锋的。诸葛亮虽然也一直在韬光养晦，但复出已是指日可待。

因为魏国新败，傻瓜也知道，蜀国的机会来了。诸葛亮不可能不蠢蠢欲动。

诸葛亮没有蠢蠢欲动，陆逊却蠢蠢欲动了。他向孙权建议说，现如今曹休大败，魏国已是惊弓之鸟。如果我们此时联络西蜀，两面夹击魏国，魏国将很快死翘翘。

孙权不知道魏国能不能很快地死翘翘，但他明白一点，夹击魏国，夹比不夹要好。

这既可以显出东吴的威风，也能在西蜀面前摆一摆老大的架子。

机会难得。机会难得啊。

很快，吴蜀联盟就形成了。诸葛亮受命起三十万精兵，命令魏延总督前部先锋，直奔陈仓道口而来。

但是陈仓是郝昭的陈仓。郝昭这个人不会进攻，只会防守。就像这个世界上的很多人，一生只守不攻，最后却也能硕果累累。

秘诀就在于没有破绽。每一次防守都滴水不漏，令对手捡不到半点便宜。

所以最好的进攻其实就是最严密的防守。付出的代价最小，得到的收获最大。

诸葛亮无计可施。

毫无疑问，他是懊恼的。倒不是郝昭的智商有多高，关键是这个人不贪，不贸然出击。

不贪的人不容易上钩，也就不给他人以机会。

所以诸葛亮无可奈何。

姜维以为，要另辟蹊径。

撞了南墙不回头不对，回头也不对，最好的办法是转头寻找。

寻找一个可以穿越的方向。

他找到了。

曹真。

野心勃勃的曹真。立功心切的曹真。

在上一次战役中，他是惨败而回，功劳只属于司马懿一人。这一次，他要咸鱼翻身。

所以，面对姜维派来的密使，他如获至宝。

的确是有一件非常珍贵的宝贝。

一封信。密使交给他一封信，姜维亲笔写的密信。信是这样写的：

“罪将姜维百拜，书呈大都督曹麾下：维念世食魏禄，忝守边城；叨窃厚恩，无门补报。昨日误遭诸葛亮之计，陷身于巅崖之中。思念旧国，何日忘之！今幸蜀兵西出，诸葛亮甚不相疑。赖都督亲提大兵而来：如遇敌人，可以诈败；维当在后，以举火为号，先烧蜀人粮草，却以大兵翻身掩之，则诸葛亮可擒也。非敢立功报国，实欲自赎前罪。倘蒙照察，速赐来命。”

这样的信当然有着很大的不确定性。不可不信，不可全信。

信与不信，只在一念间。

曹真选择了相信。

事实上，并没有更多的证据证明姜维反水的诚意，只是曹真自己说服了自己——

万一姜维信中所说之事是真的，我就立头功了。

毫无疑问，这样的头功是曹真极其需要的。他需要一个机会把司马懿比下去。哪怕机会的背后是陷阱。

曹真心动了。在贪念之下，配合姜维的行动计划，让他将自己的队伍带进蜀军的伏击圈。

不错，火的确烧起来了。蜀兵背后火起，喊声不绝。但他们烧的不是蜀人粮草，而是魏兵的身家性命。在这场事先策划好的真真假假的伏击战，曹真发现自己成了一场阴谋的被利用者，而他手下大将费耀则代替他成了牺牲品。

与此同时，诸葛亮连夜带领大部队直出祁山，占领了战略制高点。

他们终于绕过陈仓，有所作为。

诸葛亮有所作为，孙权也要有所作为。

他当皇帝了。

在韬光养晦很多年后，孙权终于想通一个道理，世上事名正则言顺。别人当皇帝自己不当皇帝，很多事就不好办。比如外交关系怎么建立。人家是堂堂正正的国家，一上来就是大使级外交关系，自己东吴地区，臣服魏国，最多搞个办事处，再不独立，弄不好就成它的殖民地了。

便独立。

在黄武八年的夏四月丙寅日，孙权于武昌南郊筑坛称帝。改年号为黄龙元年。不仅自己当大皇帝，还追任父亲孙坚为武烈皇帝，让老爷子在九泉之下也过一把皇帝瘾。

当然当皇帝不仅仅是为了过瘾，最主要的是可以名正言顺地去抢天下，坐天下。

张昭建议，联蜀抗魏的国策要一百年不动摇，坚定不移地执行下去。当然抗魏成功了，到底是与蜀国平分天下还是顺势把它给干了，独占天下，再说。

孙权却仿佛从中看到了美好前景，觉得天下这个东西到底还是诱人的蛋糕，群占乐不如独占乐。现在，先暂时利用一下蜀国吧。

于是派使者入川，正式向蜀国领导人提出建立两国大使级外交关系暨联合抗魏的建议。

没想到蜀国的智囊们一个个都持反对意见。

理由是孙权称帝了。

这真是个说不出口的反对理由。在这个世界上，人人都有称帝的自由，也人人都有反对他人称帝的自由。重要的是心理平衡。

你平衡了，世界也就和谐了；你心理不平衡，世界就充满仇恨、哀怨与不服。就像蜀国高官们此时的心情，觉得孙权的狼子野心到底暴露了——联合抗魏，你着急称帝干嘛，是不是要我们蜀国替你火中取栗呢？

一个人的江湖

诸葛亮却心平气和。

不错，孙权现在是有狼子野心，可那又有什么关系？

有野心，说明对这世界还有欲望，还想有所作为。这样的有所作为不管它最后的目的是什么，起码过程是现在的蜀国需要的。

蜀国能独立抗魏吗？不能。那就好了，各取所需好了。

哪怕各怀鬼胎。

诸葛亮以为，人生的常态就是与狼共舞。与狼共舞才能激发自己的斗志和潜力，才能使自己有所得。与兔共舞那就全蔫了，什么都得不到。

除了吃上那么一口兔肉。老兔肉。

诸葛亮对刘禅建议说，我们现在要有大国的气度，一定要派副总理级别以上的人物带着国礼到吴国去恭贺吴王即皇帝位，同时请求他们派陆逊兴师伐魏。魏国接警后一定会命司马懿拒之。司马懿如果南拒东吴，我再出祁山以图长安，则大业可成。

刘禅恍然大悟，觉得诸葛亮到底是老成谋国。因为很多人只看到表面和当下的输赢得失，诸葛亮看到的却是内在和未来的输赢得失。

不谋全局者，不足谋一域；不谋万世者，不足谋一时。得失之间，学问大焉。

陆逊笑了。

笑蜀国到底识时知味，懂进退，派了太尉陈震，携名马、玉带、金珠等宝贝入吴作贺。

但很快，他又心惊了。因为这一切都是诸葛亮的主意。

如果说蜀国是一片泥潭，诸葛亮就是潭中的花。

荷花。出淤泥而不染。

他是蜀国唯一的希望和净土。诸葛亮托陈震带来了请陆逊起兵伐魏的建议。言辞之恳切，态度之婉转，令陆逊无法拒绝。

对手啊。

真正的对手。如知音般的对手。

这是陆逊现在对诸葛亮的评价。陆逊以为，诸葛亮先放低身段，再请君入瓮，俯仰之间，一切行云流水，恰到好处，既维护了蜀国的利益和尊严，又将东吴放到了火上去烤。

看来不出兵是不行了。这就是做同盟军的代价。陆逊当然明白诸葛亮现在正处于战略拐点上，在祁山将出未出之间，急需外援替他火中取栗。吴国此时送上门去，他怎能不好好利用一把?!

陆逊便决定与诸葛亮过招。出兵，不出力。一切有待战局的变化。等诸葛亮倾巢出动，牵扯了魏国的主力部队后，他再剑指中原，收拾残局。

总之，火中取栗的事他是不会干的。要干，还是让诸葛亮去干。

郝昭病了。

病得很重。属于奄奄一息那种。

三天之后，郝昭绝望地发现，陈仓已不是他的陈仓，而是诸葛亮的了。

诸葛亮先领关兴、张苞在城里设下伏兵，然后令魏延、姜维两人领五千兵，三天之内赶赴陈仓猛力攻城。一番里应外合，陈仓城易主。

郝昭这才知道，一个防守一生的人也不是毫无破绽的。他可以防住对手，却不能防住自身。

防住命运的翻云覆雨手。

当生命即将结束之时，对手一个下底传中，球就应声入网，城就訇然洞开。

此时，顶替他的人——张郃引着三千兵，还正走在半道上——他未能完成交接任务。

诸葛亮打了个时间差，锁定胜局。

随后，诸葛亮领兵出陈仓斜谷，取了建威，拿下散关，复出祁山。气势一时无两。

曹真病了。

他只能是抱病不出。

当然，没有人知道他是真病还是假病，是可以病还是不可以病。总之曹真病了。

悍然地病倒了。

现在头疼的是魏主曹睿。因为他同时接报，东吴孙权不再向他称臣表忠心，而是自称大皇帝，与蜀国结盟，并且派陆逊在武昌训练人马，听候调用。攻魏只在旦夕间事，形势真是岌岌可危了。

一片危机四伏中，曹睿不知道，这个国家现在还有没有人才站出来为他效力。

不仅是人才，还得是赤胆忠心的人才。

没想到，真有人才站出来了。

司马懿。

事实上现在除了他没有第二个人会站出来。司马懿其实一直在等待。

韬光养晦地等待。

因为他要确认，时机是否成熟。

现在，司马懿以为，时机已经成熟，因为陆逊在虚张声势。

不错，他是在武昌训练人马，做跃跃欲试状，但仅此而已。人世间的很多事情，越是跃跃欲试，越是虚张声势。真正要咬人的狗是不叫的。

这里头有利益考量。东吴的利益考量。

从诸葛亮这一方面来说，他现在真当东吴是同盟军吗？错！

刘备是怎么死的，蜀军当年在猇亭又是怎么大败而逃的，吴蜀间的过节或者说仇恨不是今日的暂时同盟可以抵消的。

还是各怀鬼胎。

还是演戏给他人看。

司马懿甚至认为，魏军如果不能抵挡诸葛亮的进攻，就会招致双重打击——陆逊会带领吴军趁虚而入。到那时，魏国将遭遇灭顶之灾；相反，如果能抵挡诸葛亮的进攻，陆逊也不会蠢蠢欲动。

这是一荣俱荣一损俱损的局面。所以问题的关键还在诸葛亮这里。而化解诸葛亮的进攻，放眼魏国，非他莫属。将一切都想明白了的司马懿终于结束了自己的韬光养晦。

他再披战袍，再战江湖。

这个江湖，其实是一个人的江湖。所谓胜者为王败者为寇。不可能双雄并立。必须倒下一个。

他或者诸葛亮。

这是江湖的残酷，也是江湖的魅力。

司马懿别无选择。就像诸葛亮别无选择一样，他们都要接受江湖的洗礼。

或名垂千古，或遗臭万年。二者必居其一。

前后夹击输给声东击西

蜀汉建兴七年夏四月，诸葛亮在祁山兵分三寨，专候魏兵来攻。而司马懿也引十万兵到祁山，在渭水之南下寨，与诸葛亮针锋相对。

结果一场战打下来，司马懿伤感地发现，武都、阴平两个城池丢了。这说明在排兵布阵方面，诸葛亮技高一筹。

但司马懿以为，谁笑到最后，谁笑得最好。

他吩咐张郃、戴陵夜袭蜀营，夺回这两个失去的城池。可结果依然不尽如人意，城没夺回来，张郃、戴陵两位主将也差点被夺了去。

原来诸葛亮早有防备，算准司马懿会来劫寨，已经排兵布阵等他来攻呢……

这样的事实毫无疑问让司马懿又伤感了一把。

一个人被算计一回没什么，可要是自作聪明后又被算计了一回那就丢人丢大发了。

司马懿怀疑自己：难道真要领略江湖的残酷而不是魅力？

他选择了闭门不出，采取乌龟战术以捱过这段最困难的时光。

这让诸葛亮颇费思量。

这个，司马懿这个样子，仗还怎么打嘛。战争战争，总是双方的游戏，不能一个人自娱自乐吧？

于是接下来，魏延每天都干着同样的活——挑战。

引魏兵出战。

可魏兵说不出来就不出来，打死我也不出来。这样的情形一直持续了半个月。

诸葛亮只得叫停了。

当一种游戏玩不下去时，唯一的办法是换一种游戏。

逗你玩。千方百计地逗你玩。只要你还有玩心。

于是，在半个月后的某一天，司马懿惊奇地发现，魏延停工了。他不再无谓地挑战魏兵，而是选择了离开。

不仅他离开，所有的蜀兵都离开——他们拔寨而起，呼啸而去，不知所终。

张郃的好奇心起来了。他认为，诸葛亮一定是因为部队缺粮，所以打道回府了。

司马懿的好奇心没有起来。司马懿认为，一个人经常对这世界产生好奇心，其实是不成熟的表现。

是不见多识广的表现。

要淡定从容，识破敌人的阴谋诡计，如此才能不上当。

当然，司马懿现在还不知道诸葛亮突然撤兵的背后到底有什么阴谋诡计，但他决定，不追赶，任其远去。

这叫有所为，有所不为。

第二天，探子来报，说蜀军在三十里外地下寨。

司马懿笑了，那是世事皆在掌握的会心一笑——诸葛亮聪明，却还是小聪明。这叫诱敌深入，他懂。

就这样又僵持了十天，蜀军和魏军相隔三十里地，相望于江湖，却不相忘于江湖。

就像怨偶，天天相望，却从不忘记。

第十一天，情况又发生了变化——蜀军又后撤三十里地，在离魏军六十里外地下寨了。

现在，蜀军和魏军相隔六十里地，相望于江湖，又不相忘于江湖。

三十里地和六十里地有什么区别吗？张郃的好奇心又起来了。他要搞清这两个距离间的区别。

司马懿闭上眼睛，依然世事皆在掌握的神情。

他不说什么，张郃也不敢说什么，虽然他对世事依然稀里糊涂，不知其内在的变化规律。

第二十一天时，情况再次发生了变化——蜀军又后撤三十里地，在离魏军九十里外地下寨了。

张郃这下看明白了，奶奶的，诸葛亮这是缓兵之计，以达到渐退汉中的目的，要再不追，蜀军就溜之大吉了。张郃无限幽怨地看一眼闭目养神的司马懿，觉得他错失战机却又自以为是，简直是废物一个。

司马懿却依然认定诸葛亮在使阴谋诡计，而不仅仅是缓兵之计那么简单。

司马懿：这是陷阱。

张郃：不，机会。

司马懿：陷阱有时看着像机会。

张郃：机会有时看着像陷阱。

司马懿：不追比追好。

张郃：追比不追好。

司马懿：唉，如果你活到我这个年纪，就不会追了。

张郃：哀莫大于心死。

司马懿：这不是心死，是成熟。

张郃：成熟是保守的代名词。一个人成熟是苍老的开始。

司马懿：血气方刚是冒险的代名词。一个人血气方刚会四处碰壁。

张郃：未必。

司马懿：一定。

两个人讨论半天的结果是妥协。

司马懿同意去追，但要兵分两路：一路由张郃领着当前锋去一探究竟，另一路由司马懿领着随后接应，以防诸葛亮伏兵。

这个结果貌似很稳妥，又有攻击性，就像那些世事妥协的结果，总是两手抓，两手都要硬——看上去很美。

但事实上，司马懿在这里悄悄地犯了一个错误。

他心动了。

放弃了自己的原则。他曾经对自己要求不好奇的，现在在张郃的引诱下忍不住好奇了一把，想看看前方究竟是陷阱还是机会，想满足一下自己难与人言的好奇心。

这样的改变毫无疑问是危险的，但司马懿无法说服自己，一颗心不蠢蠢欲动。

他出发了。

在张郃引三万兵出发之后。

结果是打起来了。最初的局面其实对司马懿有利——当张郃的前锋部队与张翼率领的蜀军打了一场遭遇战，双方不分胜负之时，司马懿的适时加入对扭转战局起了关键性的作用。

蜀军顶不住了。

司马懿以为，他这次终于抓住了诸葛亮的软肋，还有所作为了一把——这样的感觉，真是很爽。

但是，世界上很爽的事情总是很快就消失了。被司马懿围攻的蜀军并不是主力，而是诱饵。真正的蜀军主力部队在姜维、廖化的率领下兵分两路，直袭司马懿的大本营去了。

这真是一个噩耗。司马懿这才知道，不是他玩了诸葛亮一把，是诸葛亮将他玩了一把。

他前后夹击，诸葛亮声东击西，很显然，前后夹击输给了声东击西。

司马懿无限幽怨地看一眼张郃，觉得他真是把自己害惨了——一个人自己沉不住气不要紧，不能让他人也沉不住气啊……

便回撤，去保自己的大本营。

这是致命的回撤。

也是诸葛亮算计中的回撤——两股蜀军开始合围了。姜维、廖化的蜀军主力部队其实是佯攻司马懿的大本营，目的是诱他回撤，同时沿路设下埋伏，予以围歼。另外，张翼率领的蜀军则反守为攻，一路如影随形地追击，魏军惶惶然如惊弓之鸟，真是死伤无数。

当然，战争的精彩其实在于悬念迭出。

在于离胜利只有一步之遥时，胜利却倏忽不见，飘然远去。

诸葛亮的遗憾也正在这里。他以为打败司马懿已是指日可待，二出祁山即将收得全功时，一个人的死却打乱了他的预期或者说美好愿望。

张苞死了。

在成都不幸身亡。

作为张飞的后代，张苞在诸葛亮心中具有特殊的符号意义。它是一种亲情，一种依恋，一个时代存在的象征。诸葛亮接到噩耗，感时伤怀，自己也染病了，卧床不起。

司马懿由此死里逃生。一场已然打得不尴不尬的战争最后不尴不尬地结束了。诸葛亮回成都养病，司马懿则惊魂未定地回朝，带着对自己人生的暧昧评价，心情复杂地回到魏国。

不过在心里，司马懿还是不认输的。是他输给了诸葛亮吗？

错！是张郃。

司马懿如是给这场战争定性。

只有脂肪

建兴八年的秋天，魏蜀间的新一轮战争又开始了。

因为诸葛亮的病已经好了，也因为曹真的心又开始蠢蠢欲动了。

曹真以前输给诸葛亮的时候，很是郁闷了一阵子，后来看见司马懿灰溜溜地回来，便不郁闷了。

的确，世上事就怕比较。一个人输确实无地自容，两个人输那就有伴了，可以互相安慰或者说寄托。

所以在建兴八年的秋天，曹真主动请缨，要打一场翻身仗。

司马懿也表达了参战的决心。在司马懿心里，他不仅是跟诸葛亮较量，也是跟曹真较量——问苍茫大地谁主沉浮，战场上见。

但是战场上见不到一个人。

因为下雨了。绵绵秋雨，一下就是一个月。

这不是个战争的季节，而是个寂寞的季节。

魏蜀两军再次相望于江湖。

司马懿便要撤军。曹真却以为，撤无可撤。

的确，在这个世界上，有些人事，进去容易撤出来难。关于这一点，曹真深有体会。

司马懿也深有体会。但他不相信，世界上没有撤不出来的部队。只要准备好后路，设下埋伏，再大的队伍也能撤出来。

事无预不立啊。

便将魏军大部队前队作后队，后队作前队，徐徐而退。同时埋下两军断后，欢迎蜀军来追。

诸葛亮没有下令追击。

诸葛亮总是这样，在该追的时候追，不该追的时候不追。永远知进退，明尺度。这是聪明人的做法。

所以他是诸葛亮。古今一人诸葛亮。

但世事的遗憾也正在这里。古今一人诸葛亮，说明诸葛亮只有一人，其他人都不是诸葛亮。

包括魏延。也包括陈式。

他们是想追的。

虽然诸葛亮严令不许追击，他们却藐视了这道命令。陈式给出的理由是诸葛亮用兵太多疑。如果事事料中，就不会有街亭之失。魏延给出的理由是诸葛亮不能从善如流，死钻牛角尖要出祁山而战，却不听他的计谋，致使今日毫无战果。所以为了扩大战果，两个人追了。

追击的结果是带去的五千蜀兵只剩得四五百人马回来，还是带伤的——果然中了司马懿的埋伏。

追击的另一个结果是陈式死了。

没有死在魏军的刀下，而是死在诸葛亮的刀下。诸葛亮以他的决绝行动告诉魏延以及其他敢自作主张的人——在战场上，真正的脑袋只有一个。脑袋越多越坏事。

什么叫军纪——军纪就是执行，没有任何借口。

曹真卧床不起。

他又生病了。被诸葛亮打出病来的。

在曹真和司马懿这两个对手之间，诸葛亮选择了曹真。

柿子要捡软的捏。这句话在任何时候都成立。虽然和诸葛亮相比，司马懿也是个弱者。

诸葛亮命令马忠、张翼军和马岱、王平军会合后，共劫曹真营寨。曹真却不信蜀兵会来。

他不像司马懿那样精明，更别提有什么聪明。

他有的只是自信。嫉妒。猜疑。争功。

还有固执。

他实在是平常得不能再平常。连曹真这个名字都没有一点出人意料之处，却处处以精英人士自居，甚至以伟人自居。

喜欢装病。喜欢炫耀。还喜欢在马上摆甫失，时不时念两句“我走的是路吗？不，我走的是寂寞”之类的诗，以示孤独。

高处不胜寒的孤独。但终究腹内空空。

所以失败是必然的，也是经常的。

由此他怀才不遇。在怀才不遇中等待机会，在抓住机会后再次怀才不遇。就像这个世界上的很多人，以为自己肚里有才，其实只有脂肪。

这一次的情形也是如此。他为了争功，与司马懿打赌，认为诸葛亮不会从两谷而来抢夺祁山。曹真开出的赌注是天子所赐玉带一条、御马一匹。司马懿的赌注是他要是输了，则面涂红粉，身穿女衣，来营中服罪。

结果，曹真输了。

诸葛亮以迅雷不及掩耳之势干掉了曹真手下的魏兵，直将曹真干到了床上。

他卧床不起。病倒了。

这病，一半是被诸葛亮打出来的，另一半是生自己的气生出来的。

输给司马懿玉带、御马都还是小事，重要的是自己面子没了。

又要怀才不遇，又要等待下一个机会了。这样的等待让曹真气馁。他不知道自己什么时候能扳回一局。

却是再也没机会了。

诸葛亮又一次出手，直令曹真停止呼吸。

他写了一封信给曹真。信是这样写的：

“汉丞相、武乡侯诸葛亮，致书于大司马曹子丹之前：窃谓夫为将者，能去能就，能柔能刚；能进能退，能弱能强。不动如山岳，难测如阴阳；无穷如天地，充实如太仓；浩渺如四海，眩曜如三光。预知天文之旱涝，先识地理之平康；察阵势之期会，揣敌人之短长。嗟尔无学后辈，上逆穹苍；助篡国之反贼，称帝号于洛阳；走残兵于斜谷，遭霖雨于陈仓；水陆困乏，人马猖狂；抛盈郊之戈甲，弃满地之刀枪；都督心崩而胆裂，将军鼠窜而狼忙！无面见关中之父老，何颜入相府之厅堂！史官秉笔而记录，百姓众口而传扬：仲达闻阵而惕惕，子丹望风而遑遑！吾军兵强而马壮，大将虎奋以龙骧；扫秦川为平壤，荡魏国作丘荒！”

这封信文采飞扬，用了很多的形容词、副词、动词、感叹词和骂人的词以及猛一看是夸你实际上是骂你的高级骂人词，直看得曹真对人世间充满绝望——敢情我是这样没出息的人，那我还追求什么呀?!

应该说在此之前，他对这个世界其实还是有希望的。希望堂堂正正赢一把。但是现在希望破灭了。

他开始狂吐，吐血。然后就带着对这个世界的幽怨，去了。怀才不遇地去了。

曹真的人生终于不再患得患失。

我以为离你近在咫尺

司马懿赢了。

但他只赢了曹真，却没有打赢诸葛亮。更没有赢得他自己。

在接下来与诸葛亮的对阵中，司马懿伤感地发现，自己受到了诸葛亮的摆布。

诸葛亮使出了八卦阵，在他面前大搞封建迷信活动，他却无可奈何。

比如诸葛亮的八卦阵号称有休、生、伤、杜、景、死、惊、开八门。他却只知其一不知其二，结果他手下的张虎、戴陵、乐綝等九十个骑兵冲进去后，一不留神就成了蜀军的俘虏。

唉，封建迷信害死人啊……司马懿这下有了切身体会。

更要命的是诸葛亮心胸一点都不宽广，没有做到优待俘虏。这九十个骑兵俘虏最后虽然被放出来，却被剥夺了人权——衣服脱光光，脸上涂乌黑，满是墨汁，还不能骑马，只能步行回来。

他们见到司马懿时说的第一句话是——诸葛亮让你多读兵书，把八卦阵了解多一点再带兵打仗。

气得司马懿几乎要吐血。

他这才知道曹真是怎么死的——被羞辱死的。

但司马懿不是曹真。他决定再做一回乌龟。引军退到渭滨南岸下寨，说不出来就不出来，打死我也不出来，以此来对抗诸葛亮的高智商。

武功再高，也怕菜刀；计谋再牛，也怕缩头。司马懿以为，自己并没有输，而是暂时的韬光养晦。就像他以前韬过养过的一样，只要熬过这段时间，改变时局或战局的玄机就有可能会出现。

果然出现了。

出现在一个叫苟安的人身上。

苟安是永安城李严手下的都尉，他现在的主要工作就是替蜀军解送粮米，然后到诸葛亮军中交割。

这样的工作很重要，也很寂寞。苟安解决寂寞唯一的方式是喝酒。解送的路有多长，他喝的酒就有多长。所以苟安走过的路不仅是米路，也是酒路。

一路米来一路酒，米中总有酒花香。

事实上诸葛亮也不反对他喝酒。每个人都有个爱好，喝酒总比吸毒好一点。诸葛亮反对的是喝酒误事。苟安解送粮米到诸葛亮军中交割时，比预定时间晚了十天。诸葛亮下令将他推出去斩了。

却没斩成。因为长史杨仪在这时告诉诸葛亮说，苟安是李严的人，而钱粮又多出于西川，要真杀了此人，以后没人敢送粮了。

苟安就这样捡了一条命，但他的屁股上却挨了八十大板——这是诸葛亮对他的惩罚。

毫无疑问，这是要付出代价的惩罚。

因为苟安发狠了。

他投向司马懿的怀抱，开始与诸葛亮为敌。这个世界，真是人人都有一张面具。今天我们是朋友，明天就是敌人。

只要你得罪了我。

同样的道理反过来也存在——今天我们是敌人，明天就是朋友。就像苟安和司马懿现在的关系一样。

可司马懿不这么看。他不认为苟安现在和他是一条心的。对一个多疑的人来说，世界永远是可疑的。世界上的人也永远是可疑的。

相信一个人真的很难。

苟安却扑闪着一双天真无邪的大眼睛看着司马懿，表情痛不欲生。

这是火碰到冰的感觉。我以为离你近在咫尺，事实上却远在天涯。

司马懿怀疑苟安投奔他的诚意。如果用两个字来概括的话，那就是“诈降”。这真是个难以洗刷的罪名。因为一个人的心到底是诚实还是欺诈，从外表上是看不出来的。

便试验。

试验苟安的一颗心，究竟是红的还是黑的。

司马懿提出的试验设想是这样的：让苟安回成都去散布流言，说诸葛亮是个野心家、阴谋家，早晚要称帝，总之就是要让后主刘禅相信，诸葛亮大奸似忠，大诈若信，一定要召回来问一个明白。达到如此目的，苟安的一颗心才能证明是红的，是向着他司马懿的。

毫无疑问，这样的试验是具有一箭双雕功能的。既验证了苟安的忠心，又打击了诸葛亮的忠心。

不错，司马懿相信诸葛亮对后主刘禅是忠心耿耿的，但正因为如此，刘禅对他的内查外调或者说不信任才能打击他的忠心。

聪明如诸葛亮者会问自己，这样的愚忠再继续下去还有什么意义？举什么旗走什么路的问题到底解决了没有？

呵呵，一切尽在试验中。这试验，是人性的检验机。阳光的、阴暗的；忠诚的、奸诈的混在一起，你中有我，我中有你，真是别有一番滋味在心头。

别有一番效果在后头。

人生真是难以抉择

诸葛亮果然受到了怀疑。

因为刘禅战胜不了自己的疑心，要召诸葛亮回来问一个明白。

诸葛亮也是冰雪聪明，在收到诏书之时就已明白，有人在刘禅身边搞鬼，目的却是极其阴险——让蜀军的胜利功亏一篑。

甚至，诸葛亮还看到了那个幕后指使者——司马懿。很显然，这件事情，唯一的受益者就是他了。

天意。只能是天意。

诸葛亮惆怅地做如是想，突然产生光明战胜不了黑暗的感觉。

在战场上，司马懿被他打得变成了缩头乌龟；可在战场之外呢，司马懿操纵人心的阴暗面，让他受到怀疑，甚至有可能受到审判——光明与黑暗，谁比谁更强悍，真是一言难尽。

这是最好的机会，也是最差的机会。在蜀魏两军的对决中，蜀军从进攻者转变为撤退者，只用了宣读诏书的那一点时间。

这是诸葛亮的惆怅。

但是比惆怅更大的问题还在于——蜀军怎么撤退？任何时候，撤退都比进攻更难。进攻是摧枯拉朽，撤退则是如影随形——敌人如影随形地粘过来打，那叫一个避无可避。这是姜维的担忧，也是蜀军广大干部战士的隐忧。

不过诸葛亮却以为，这个问题不是问题。他设计的撤退方案是这样的：蜀军分五路而退。每日退军，添灶而行。比如今天营内撤一千兵，却掘二千灶，明天掘三千灶，后天掘四千灶。总之是一天比一天多，让司马懿看到这其中的变化。

诸葛亮的话说得很明白，不过很多人却听不明白。

这样的情形其实经常发生。听明白对方的话，却不一定能听懂。

在明白和懂之间，需要智慧。需要联想。需要由此及彼。

需要有对人生和人性的深刻体悟。

杨仪听懂了一点，却还有一些地方不懂。

关键是在“增灶”和“减灶”的用意上。很多年前的战国时代，孙膑为了抓住庞涓，用了添兵减灶之法，使得庞涓同志顿生“宜将剩勇追穷寇”的豪迈心情，最后一命呜呼。现在诸葛亮要增灶而行，目的何在呢？

目的很简单，就是要让司马懿起疑心。

不错，增灶未必是增兵的象征，但万一是呢？不排除，不肯定，不非此即彼，这是疑心之人的通病，于是在首鼠两端之间，蜀兵徐徐而退，司马懿围着那些数字不断增加的锅灶打转转，始终不能、不敢痛下决心有所作为。

诸葛亮对杨仪如是解释。

杨仪这下全听懂了，但最后一个问题他不能不问。那就是诸葛亮对司马懿使过空城计。这些外强中干的把戏，司马懿上过一回当还会上第二回吗？

诸葛亮笑了。笑得很自信，也很沧桑。

他悲天悯人地看一眼杨仪，觉得他还是太年轻，年轻到不知世事的微妙。

不知一个人的思维惯性。

在诸葛亮看来，一个人正因为上过一回当，他才容易上第二回。而一个从没上过当的人则不会轻易上当。这是人世间的上当法则，隐藏在上当法则背后的动力则是人的思维惯性。

所以在同一个地方摔倒是必然。尽管摔倒的人每次都能爬起来，发誓再也不会倒下，特别是在同一个地方倒下。

世事洞明皆学问，人情练达即文章。诸葛亮进出其间，游刃有余，直指人心的微妙与不堪，其功力，可谓独步古今……但理论是理论，实践是实践。司马懿真的会围着那些数字不断增加的锅灶打转转，不敢有所作为吗？

一切还有待于检验。

司马懿没有围着那些数字不断增加的锅灶打转转，而是背对着它们。

他在沉思。和诸葛亮在心里过招。

很显然，撤退的蜀兵有两种意图、三种可能。两种意图是真撤和假撤。虽然真撤的可能性大，毕竟诸葛亮现在是蜀国篡党夺权的首要嫌犯，他必须赶紧回成都为自己洗白，但会不会真戏假做，趁这个双方都心知肚明的机会诱敌深入呢？司马懿不敢排除这种可能性。

三种可能是蜀兵增加了、减少了以及不增不减。这三种可能性都存在，并且谁都不比谁少一些。不断增加的锅灶能说明什么呢？蜀兵增加了？很傻很天真。蜀兵减少了？有可能，但不一定。重要的是看诸葛亮这么做目的何在。蜀兵不增不减？也有可能，诸葛亮在搞迷魂阵，在下一盘很大很大的棋。

万事皆有可能。

司马懿在这些锅灶面前感触颇多，觉得人生真是难以抉择。

有那么一瞬间，司马懿似乎超越了自己——他断定这是诸葛亮在忽悠他，就像当年用空城计忽悠他一样，诸葛亮现在是在有计划地撤退。

这样的直觉在司马懿心头越来越强烈，以至于他就想做出决定——追击，消灭正在逃跑的蜀军。

只是在最后一刻，司马懿还是怀疑了。

怀疑诸葛亮，也怀疑自己。

空城计已成历史，现在的情况还是万事皆有可能。

他踌躇复踌躇，一直未能做出追击的决定——战机就这样错失了。几天之后，当司马懿得知蜀军已完成战略大撤退时，那真叫一个追悔莫及。

实践再一次无情地证明，司马懿还是那个司马懿。多疑的司马懿，首鼠两端的司马懿，一切都在诸葛亮算计中的司马懿。他没什么大本事，就这么一点出息。仅此而已。这样的发现几乎让司马懿抓狂。

让他落泪。在没人的时候，悄悄落泪。

不折腾

诸葛亮站在了后主刘禅面前。

诸葛亮：你找我？

刘禅：对。

诸葛亮：错。

刘禅：什么错？

诸葛亮：不是你找，其他人找。

刘禅：……

诸葛亮：你，不该找的。

刘禅：是吗？

诸葛亮：在一个错误的时间用一个错误的方式找我回来，结果只能是三个字。

刘禅：哪三个？

诸葛亮：上一当。

刘禅：有人说你联结魏国。

诸葛亮：人言可畏。

刘禅：有人说你阴谋夺权。

诸葛亮：众口铄金。

刘禅：你……问心无愧？

诸葛亮：没有。

刘禅：怎么讲？

诸葛亮：心是问不出来了，要感受。

刘禅：我尝试过感受，但是，感受不到你的心。

诸葛亮：再感受一下。

刘禅：……

诸葛亮：感受到了吗？

刘禅：感受到了。

诸葛亮：怎样？

刘禅：罪该万死。

诸葛亮：你说我？

刘禅：不，那些造谣的人。

刘禅终于醒悟过来——这一切都是苟安惹的祸。但很可惜，这是一次迟到的醒悟。不仅苟安已逃到魏国去了，最重要的是机会失去了。

诸葛亮的机会失去了。蜀军的机会失去了。他的机会也失去了。

相信一个人，可以得到一切；怀疑一个人，可以失去一切。这是刘禅的教训，也是世上很多人的教训。只是有些人吸取，有些人不吸取罢了。

诸葛亮只得从头再来。别人的教训要自己来付出代价，这是他的无奈。建兴九年春二月，诸葛亮再次出师伐魏。接招的那个人依然是司马懿。

这一次战争竟然是上次战争的翻版：诸葛亮没有败在战场之上，却败在战场之外；没有败在司马懿手里，依旧败在自己人手里。

捣鬼的那个人是李严。

正当蜀兵在诸葛亮的设计下，杀得雍、凉兵尸横遍野，血流成河之时，李严给他写来这样一封信：

"近闻东吴令人入洛阳，与魏连和；魏令吴取蜀，幸吴尚未起兵。今严探知消息，伏望丞相，早作良图。"

毫无疑问，这是晴天霹雳。如果吴魏联合，蜀国将难以自保。诸葛亮赶忙撤兵回成都，准备与刘禅共商退敌之计。

却是子虚乌有。

李严提供的消息是子虚乌有。李严之所以编造这么个消息只是为了逃避他军粮运输迟缓的责任，以骗过诸葛亮。

更可恶的是，李严一方面骗诸葛亮回师，一方面还对后主刘禅说，我早已备下军粮，正准备运到丞相军前，却不知丞相为什么忽然班师？

见过傻的，没见过如此傻的；见过无耻的，没见过如此无耻的。

李严如此没有技术含量的骗术很快就暴露了。但最痛苦的人还是诸葛亮。

他这才知道，自己的对手原来不是司马懿，而是身边的一个个小人、鸟人。

他们不自量力与自己斗，以为可以瞒天过海，却只是浪费时间。

浪费自己的时间，也浪费他人的时间。

特别是诸葛亮的时间。

时间是什么？时间就是胜利，是一个人生命价值之所在。所以建兴九年对诸葛亮来说终究是碌碌无为的一年。虽然这一年，张郃死了，死于他的计谋之下，但这不是诸葛亮想要的。

他想要的是终结战争。以他的智慧主动终结战争，而不是被身边无关紧要的人一次次打搅。

诸葛亮希望，不要再有下一次。因为他的生命经不起等待。

就像很多人的生命经不起折腾一样，大家要不折腾，向前走，去摆平一个又一个问题。

摆平一个又一个人。那些应该被摆平的人。

三年之后，诸葛亮再次从头再来。

这是建兴十二年的春天，这个春天，是充满希望的春天。诸葛亮希望，这一次的对手只是司马懿，不是别人。特别是他身边的人。

刘禅却希望没有对手。

刘禅不想做个没事找抽型的人。三年太平日子过去，他想不出要出兵伐魏的理由。

的确，时间是世界上最大的麻醉剂或者说安慰剂。它会让人忘记仇恨，忘记使命，忘记责任。

诸葛亮没有忘。这是他六出祁山了。生命中有多少激情可以支撑六进六出，又有多少时间可以托起这六进六出？诸葛亮实在是浪费不起。

所以在出发之前，诸葛亮发下这样的誓言——鞠躬尽瘁，死而后已！

这誓言其实是谶言。他不知道，自己这次是回不来了。

太史谯周这次也感觉诸葛亮伐魏凶多吉少。他是个天文观察者兼预言家。他观察到天象不支持诸葛亮伐魏，便用充满封建迷信的语言对诸葛亮说，奎星躔于太白之分，盛气在北，不利伐魏。又说，有几万只鸟从南方飞来，集体想不开跳进汉水而死，简直是一种恐怖预警。然后成都人民奔走相告，都说听到了柏树夜哭。我靠，这是什么情景，要死人的先兆啊。

而且死的不是一般的人，一定是惊天地泣鬼神的人物。

太史谯周当然不敢直接说诸葛亮如果出征必死无疑。他只能用这些悲惨的传言来阻止诸葛亮的蠢蠢欲动。

要顺势而为，顺势而为啊……

诸葛亮却还是要出发。

因为时不我待。

事实上他藐视这些悲惨的传言，在他看来，这是唯心主义，不是唯物主义。是要扫进历史的垃圾堆的，是拿来吓唬那些胆小而愚蠢的庸人的。

而不是吓唬他的。

他是一个战士。一个有使命的战士。他的字典里只有“出发”和“到达”这两个词，没有别的。所以这个春天，诸葛亮带领三十四万蜀兵，分五路而进，再出祁山。

而司马懿也调集魏国各处军马共四十万，在渭滨下寨，欲与诸葛亮再战江湖。

战争刚开始，便有魏将来降。

是一个叫郑文的魏国偏将。他一脸委屈地站在诸葛亮面前，表达了改弦更张的坚强决心。

原因很简单，就两个字。

嫉妒。

嫉妒一个叫秦朗的人。

这个秦朗跟他一样，原来也是魏国偏将。但很快秦朗就不是了。

成为前将军。

这个级别就高多了。以后转业到地方，那是要进常委班子的，不像他郑文，再怎么混，也只是个主任科员。

便嫉妒。嫉妒完了之后就反水，跑到诸葛亮这里来寻找光明的未来了。

这就是郑文的反水史，逻辑清楚，爱憎分明，没什么破绽。

蠢蠢欲动害死人

诸葛亮没说什么。

他只交给郑文一个任务——杀了秦朗，在战场上表一表忠心。

忠不忠，看行动嘛。

郑文很快就表了忠心——秦朗死了，死在他的刀下。

他们在马上交锋，只用了一个回合，秦朗的头和躯体就分离了。

诸葛亮在现场看到，郑文下手很快，很狠。他的忠心是不打折扣的，是毋庸置疑的。

可正因为这，诸葛亮才看出了这其中的破绽——一个人的思想转变，真的可以在一夜之间完成吗？真的没有半点拖泥带水的痕迹？他不相信。不相信世事只有结果，没有过程。没有那些千回百转、起承转合。

人生的主题是什么？是金戈铁马，也是儿女情长。是大局，也是细节；是果断，也是徘徊；是精华，也是糟粕。

总而言之，百味杂陈，悲欣交集，一言难尽。

从来就没有什么泾渭分明。这是诸葛亮对人生的一个体察。从这样的体察出发，他认为郑文有问题。下手太快，缺乏过渡。

当然，诸葛亮对郑文最大的怀疑还是一招致命。

他郑文是谁？是张飞吗？张飞在地底下笑了。

他秦朗是谁？是魏国司马懿手下威风凛凛的前将军啊，别说郑文可以一招致命，就是张飞来打，也不可能这么快、准、狠地解决问题吧？

所以，这里头有诈。

所以，郑文被绑了。在砍下秦朗的脑袋之后。

甚至，诸葛亮都不愿意承认那颗滚落在他脚边的脑袋是秦朗的脑袋。因为他看上去是那么的猥琐，没有气质。

郑文终于承认那颗疑似秦朗的脑袋并非秦朗本人的。

是秦朗弟弟秦明的。

什么叫苦肉计？这就叫苦肉计。将前将军的弟弟奉献出来当牺牲品，以成全郑文的诈降计划。

诸葛亮倒吸一口冷气，为司马懿的良苦用心。

为了干掉对手，先不惜干掉自己人。这样的狠招，诸葛亮使不出来。

估计周瑜也使不出来。

周瑜当年打黄盖，一个愿打一个愿挨。毕竟只有皮肉之苦，没有性命之虞。现在司马懿这么搞，简直是恐怖主义行径。

是搞人肉炸弹。

诸葛亮决定反制。

或者说他要将计就计。

比狠，他比不过司马懿；比智慧，诸葛亮还是有这个自信的。

所以他没有杀掉郑文，而是废物利用，让他做双面间谍——修书一封，教司马懿来劫营。

司马懿会来劫营吗？在收到卧底郑文的亲笔信之后。

没有人知道。包括诸葛亮。

不错，他是有这个计划，将计就计，布好陷阱等着司马懿来踩。可司马懿是个多疑的人，任何情况下，他的第一选择是首鼠两端。

什么都选择，却什么都选择不了。

的确，在收到郑文亲笔信的那个夜晚，司马懿失眠了。劫还是不劫？这是个问题。

他什么都想到了。甚至想到了郑文叛变，想到诸葛亮的将计就计，只是没有肯定。

所以那个夜晚是辗转反侧的夜晚，也是一无所获的夜晚。

想到不等于做到。很多人一生一事无成就因为想得太多，做得太少。一如此时的司马懿。

最后还是他的儿子司马师替他拿了主意。劫营这个活，让秦朗去干就行了。父亲大人在一旁观摩。

毫无疑问，这是挽救司马懿性命的最后机会。

因为秦朗死了。在后来一个偷偷摸摸、充满阴谋的夜晚，他身先士卒去劫营，结果为国捐躯——掉进了诸葛亮的圈套里。

司马懿则侥幸逃脱，惊魂未定。

由此，他对这个世界更怀疑了。每一种可能都不能排除，每一个卧底都不可靠。能相信的只有自己。

但自己真的就可以相信吗？关于智慧、关于决断，总是充满悖论和含糊不清——自己，也是个可疑的人。

就像这个世界，不可寄予厚望。

于是重新缩回渭南，做缩头乌龟。司马懿这一回下定决心，任诸葛亮再如何引诱自己，决不动心，决不蠢蠢欲动。

蠢蠢欲动害死人啊！这个是有惨痛的经验教训的。

好奇的代价

诸葛亮却还是要引诱。

他始终相信一点，世上没有不受诱惑的人。某些所谓的正人君子之所以不受诱惑，并不是他们的道德自制力有多强，而是诱惑得不到位。

方式方法问题。

不错，引诱也是要讲方式方法的。一般来说，直白地引诱不如含蓄地引诱。关键是抓住要害，直指人心。

所以面对司马懿的闭门不出，诸葛亮开始设计新的引诱方法。

制造木牛流马。

当然，木牛流马不是玩具，而是运输工具。搬运蜀军粮米的运输工具。

当时蜀军粮米都在剑阁，要搬到祁山大寨来，靠人力以及牛马等牲畜，实在是太不方便了。诸葛亮便客串一回民间发明家的角色，教人制造木牛流马。

这些用树木制造出来的牛马看上去栩栩如生，上山下岭搬运粮米那叫一个奔跑自如。最重要的是不用喂食草料，也不用汽油燃烧，完全是绿色无污染非人工动力机械运输工具。

司马懿看呆了。

也看傻了。

科学这个东西真是奥秘无穷啊。他的好奇心上来了，想知道诸葛亮到底聪明在哪里。

便让手下带些人去抢了几匹木牛流马回来研究研究。

没过多久，司马懿干出了一件卑鄙无耻的事情来——侵犯诸葛亮的知识产权，山寨了一批一模一样的木牛流马，以为自己搬运粮米之用。

从此以后，司马懿惊喜地看到，他手下的镇远将军岑威，引了一千军驱赶着山寨版木牛流马，去陇西搬运粮草——魏军的粮草运输不便问题，就此解决。

但司马懿不知道，这一切其实是诸葛亮刻意所为。

诸葛亮引诱了他，成功引诱了他。

木牛流马是造给他看的，被侵犯知识产权也是半推半就的。侵犯了也就侵犯了，他诸葛亮绝对不向司马懿索赔。

甚至在心里，诸葛亮渴望被侵犯——你想要你就拿去嘛，你不拿我怎么知道你要……呵呵，诸葛亮的引诱之道堪称登峰造极。

司马懿已经完全身在彀中，不知危险的临近。

蜀兵。

一群蜀兵悍然夺了魏兵的粮。

准确地说拦截了他们的木牛流马，然后驱赶着就往自己的营寨里走。

魏兵当然不甘心自己的失败，就像国民党反动派不甘心自己的失败一样，他们要抢回自己的木牛流马，抢回自己的粮米。

但是，一件奇怪的事情发生了。经过浴血奋战抢回来的木牛流马好像一个个都长了脾气，不肯往前走。

魏将岑威他们对此事百思不得其解，不相信木牛流马会罢工。

为什么一件东西失而复得之后就不再是自己的呢？面对这个高深的哲学问题，魏将岑威很显然没有独立思考的能力，更没有解决能力。

他们只能做科学家状，装模作样地研究木牛流马的构造，看是不是可以找到机关或突破口，让它们动起来。

木牛流马果然动起来了，一个个欢快地往前奔走。

但是给它们动力的人不是魏军，而是蜀军。以魏延、姜维、王平为首的三路蜀军夹攻做科学家状的魏军，不仅赶跑了他们，也让木牛流马重新上路。

原来一切机关尽在舌头里。王平令蜀兵扭转被紧固的木牛流马舌头后，这些不会动的运输工具立马就起死回生了。

毫无疑问，这样的人间奇迹让司马懿气急败坏了。

也让他的好奇心茁壮成长。

木牛流马也有感情吗？谁发明的就跟谁走。司马懿领着魏军主力冲出来要看一个究竟，却正中诸葛亮的下怀。诸葛亮早在半路埋下伏兵，专等司马懿上钩。

司马懿这才知道，自己还是被引诱了一把。这是沉不住气的代价，也是对世界好奇的代价。诸葛亮以木牛流马为玩具，先是引得他伸出头来好奇观望，然后在玩具里暗设机关，引得他把身子也探出来细细钻研；最后诸葛亮索性动了他的奶酪，引诱司马懿倾巢出动，全情投入。结果——

结果就是现在这个样子，被人追着打。张翼、廖化看见司马懿后一阵乱砍，直砍得他绕树而走。

最后树遭殃了，司马懿逃脱了。这是司马懿的宿命。在与诸葛亮的第n次较量中，他依旧落败，却没有身亡。

命运还为他留了后手。有悬念的后手。

死里逃生的司马懿再次做了缩头乌龟。

他这次决定：打死也不蠢蠢欲动了。蠢蠢欲动害死人啊。

司马懿韬光养晦，深沟高垒，坚守不出。

对手是自己

司马懿甘愿做缩头乌龟，诸葛亮也无可奈何。

历史的剧情在此时演至僵局。僵局其实是很微妙的，因为它是拐点的前奏，是此消彼长的切割点。而一个可怕的地名则在此时浮出水面。

五丈原。

诸葛亮移师五丈原，继续挑战司马懿。

诸葛亮挑战司马懿的方式很变态——派人给他快递了一套女人的衣服，同时还附了一封信，意思是你这家伙，天天躲在深闺里不敢接受挑战，跟女人有什么区别，干脆你也别穿什么将军服了，换上女人的服装更合适。

司马懿坦然受之。

不错，在心里他确实恨诸葛亮恨得牙咬咬，但他也明白，自己还是不能蠢蠢欲动。因为这是计。

诸葛亮要激怒他。

以最恶毒、最变态的方式激怒他，然后结束他的性命。

两害相权取其轻。司马懿忍受了屈辱，同时也克制了冲动。这是一种成熟。当然成熟是要付出代价的。就像大多数人的成熟一样，司马懿被诸葛亮羞辱了一番却无力反击。这是成熟必经的一个过程。

只是有一个细节让司马懿窃喜。

诸葛亮胃口不好，吃不下饭。

在这世上，其实每天都有很多人胃口不好，吃不下饭。这实在是一件稀松平常的事情，但司马懿认为，诸葛亮不一样。

诸葛亮的胃口不好，吃不下饭有着特殊的含义。给司马懿送快递的蜀兵交代，诸葛亮每天日理万机，睡眠时间很少，事事亲力亲为，甚至连“罚二十以上皆亲览焉”。整个身体状态已属于严重透支中。

司马懿仰天长叹——孔明命不久矣。

这样的仰天长叹毫无疑问是有多重含义的。一方面是窃喜：诸葛亮快不行了，他做缩头乌龟终于有所回报。这叫什么，这叫野百合也有春天；另一方面是惆怅：诸葛亮快不行了，却不是与他斗的结果，而是与自己斗的结果，诸葛亮严重透支自己的身体，终于自己将自己打败。

在这世上，诸葛亮没有败给任何世人，只败给他自己。这样的发现让司马懿忧伤不已。

他们不是对手。

曾经，司马懿以为，诸葛亮是他唯一的对手，但现在他才知道，有些人一生是没有对手的。

对手只是自己。

如果自己不把自己打败，他们将无敌于人间。

就像诸葛亮。

所以在这个意义上说，诸葛亮是天败。他的身体出现这样的状况是老天要收他，与司马懿无关。

司马懿只是捡漏。在诸葛亮天弈收官之时，他在一旁捡了个大便宜。

仅此而已。

诸葛亮却认为司马懿是自己的对手。

因为他坦然接受了那套女人的衣服，不怒不嗔，最重要的是不有所作为——这样的时刻，无所作为肯定好过有所作为。

也因为他打探了自己的身体状况。

这是高手才能做到的事情。

高手总是在逆境时无所作为，顺时而动，同时不抛弃，不放弃，寻找每一个可能出现的拐点。

而司马懿打探诸葛亮的身体状况毫无疑问抓住了他的软肋。因为诸葛亮自己都觉得，命不久矣。

所以诸葛亮仰天长叹："彼深知我也！"还是司马懿最了解我啊……

主簿杨颙为此忧心忡忡。他不明白诸葛亮为什么要如此玩命。

在这世上，天生万物，也生万人。万人做万事，不能一人做万事。这是天理，也是人道。

诸葛亮这样一个聪明人，怎么会悖天理、反人道呢？他想不通。

最主要的，主簿杨颙也看出诸葛亮命不久矣。革命尚未成功，同志仍须努力。孔明同志不能撒手西去啊。

诸葛亮流泪。为主簿杨颙的忧心忡忡，也为自己的壮志未酬。

他当然是不怕死，怕的是没有时间。事实上，死并不可怕，可怕的是没有时间做完该做的事。

时间承载价值，承载情感，承载一个人对这世界所有的希望和努力。

诸葛亮一直在努力，只是功败垂成。这样的一种境况，他现在已经看得很清楚了。

而无奈与忧伤也正在这里——看得很清楚，却无能为力。就像人世间大多数悲剧的由来，只因为心有余而力不足。

只能眼睁睁地看着你，却无能为力。心，痛得无法呼吸。

危险的游戏

诸葛亮在无奈，司马懿也在无奈。

一度，司马懿以为，自己不蠢蠢欲动，世界也就不蠢蠢欲动了，可现在他才发现，他是他，世界是世界。

世界蠢蠢欲动了。

准确地说，他的部将们蠢蠢欲动了。受不了司马懿接受女人服装的奇耻大辱。在他的部将们看来，这不仅是司马懿的奇耻大辱，也是他们的奇耻大辱。便坚决要求出击，与蜀兵决一死战。

司马懿拦他们不住。

当然，若要硬拦，司马懿可以拦住他们的身，却拦不住他们的心。一颗心蠢蠢欲动之后，身体如何作为就是次要的了。

便写信给曹睿，将部将们坚决请战的决心描述了一遍，然后请曹睿决定战还是不战。

曹睿糊涂了。因为他看不懂这信——你司马懿打仗什么时候请示过我了？将在外，君命有所不受。更何况这战与不战是战术问题不是战略问题。

但卫尉辛毗却看明白了这信。

内容在信外。就像这个世界上的大多数话语，表面上的意义不重要，重要的是弦外之音。这是司马懿不想战的曲折表达啊。

卫尉辛毗对曹睿说，司马懿并无战心，只是因为受到诸葛亮的耻辱，众将愤怒，所以才上表求得明旨，以杜绝诸将求战之心。

曹睿恍然大悟。他这才明白，自己只是个借手，借司马懿一用而已。但他并不生气，相反，还很欣慰——这是司马懿的成熟，也是魏国之福。知道什么时候该有所作为，什么时候该无所作为，是一个统帅走向成熟的标志。曹睿乐观其成。他下旨不许出击。

这样的一番曲折被诸葛亮知道后，诸葛亮对司马懿的忍字功赞叹不已。他们两个，一个攻，一个防。攻的一方绞尽脑汁诱敌上钩，防的一方曲折婉转见招拆招，简直是鸳鸯对对碰。

都很激情。都很到位。在智慧之巅闪展腾挪，玩的就是心跳和灵感。所以这一回合，双方算是打了个平手。

不过，时间在司马懿这一边。因为诸葛亮摇摇欲坠了。

这是秋天的五丈原。人很多，欲望很强烈。只是诸葛亮在秋风中瑟然。他的欲望快消失了。

在这个世间，诸葛亮曾经是个隐者。却是个有欲望的隐者。他为天下表达而活，希望在人世间发出自己的声音，表达其独一无二的观点。所以，他出来了，和他的团队一起追梦。刘备、关羽、张飞、赵云包括他自己都是追梦人。只是追梦人未必都能追到梦。梦还在，人已逝。一生的价值只是难与人言的理想和身后那一长串难以辨认的足迹。

而最后的结局却都是壮志未酬。

聪明如诸葛亮者，也难逃此命运。

诸葛亮在秋夜里扶病出帐，看漫天星斗万般闪烁，唯有一颗星幽隐不明。在心里，诸葛亮把那颗星的明灭和自己的性命联系在一起。

星的光亮还在，命就在。所以他要设帐做法，保这光亮不失，保住他在人间最后的希望。

此间有一个少年，曾经雄心万丈，曾经追梦天涯，现如今，人到中年，命悬一线。

他看万山红遍，他看层林尽染，他看沿路风光万千，一转眼，却是归去时节。

天意如此。任何人都不能得意一生，归去来兮，诸葛亮的剧情即将落幕。但他却要设帐做法，逆天而动了。

毫无疑问，这是个危险的游戏，名曰祈禳之法。游戏规则是，在帐中设香花祭物，地上分布七盏大灯，外面布置四十九盏小灯，内安本命灯一盏。本命灯七日内不灭，诸葛亮可以将生命延续下去；如果灯灭，则必死无疑。

愿赌服输。

诸葛亮开始祈禳了。生命系于一豆之光，没有人可以保证本命灯在七日内不会熄灭。它太微弱了。任何的风吹草动都可以吹灭它，更何况这是在战争状态，帐外有司马懿那双虎视眈眈的眼睛。

第八章　后诸葛亮时代

完人走了

司马懿的确虎视眈眈。

他不仅虎视眈眈，还大胆出击了。

这不是蠢蠢欲动，而是事出有因。诸葛亮在帐内六天毫无动静，这样的反常之举让司马遐想万千——这个人，是不是去了？

便派夏侯霸引兵出击，去五丈原一探究竟。

事后诸葛亮才知道，这一切都是天意。他在帐内披发仗剑，踏罡步斗，压镇将星，寨外却呐喊声四起，预示着某种凶险的临近。

但意外真正发生时，诸葛亮还是大吃了一惊。

因为熄灭本命灯的不是敌人，却是自己人。

魏延。

当时的魏延正飞步入内，告诉诸葛亮“魏兵至矣！”魏延的脚步急，一阵风进来，竟将本命灯扑灭了。

诸葛亮到这时才知道，原来人世间，伤害自己最深的往往不是敌人，而是自己人。

甚至是自己的保护者。

保护与伤害，往往是一墙之隔，一念之差。

姜维怒了，拔剑要杀魏延。诸葛亮却弃剑而叹，觉得一切都是天意。

如果天意让魏延来做熄灯之人，杀了他又能怎样呢？与天意做对是没有好下场的，就像此时的他，行祈禳之法，却不知死生有命，不可得而禳之，注定是竹篮打水一场空，毫无收获。

便黯然收场，开始交代后事。

诸葛亮的后事交代，充满了玄机，也充满了惆怅。

玄机有三。一是认定他死之后，魏延必反。为此诸葛亮制作了一个锦囊，将妙计藏于其间，交给杨仪，以解将来可能发生的国家危难；二是他交代杨仪，自己死后，决不可发丧。军中要安静如常，切勿举哀；三是指定并且只指定两个相位继承人：蒋琬和费玮。费玮之后，蜀国托与何人，诸葛亮没有说，他也无法再说什么。所谓生前身后事，他能够掌控或者说堪破天机的也仅于此了。

惆怅则无法言说。在给后主刘禅的信中，诸葛亮字里行间充满了自责和感伤：

“伏闻生死有常，难逃定数；死之将至，愿尽愚忠……兴师北伐，未获成功；何期病入膏肓，命垂旦夕，不及终事陛下，饮恨无穷！”

同时诸葛亮自责“吾不幸中道丧亡，虚废国家大事，得罪于天下。……再不能临阵讨贼！悠悠苍天，曷此其极！”

一切已是落花有意流水无情，自是人生常恨水常东了……

建兴十二年秋八月二十三日，诸葛亮抱憾而逝五丈原，时年五十四岁。三国的历史毫无疑问为此停顿了一下，一时间有不知如何往下演绎的惆怅和迷茫。

因为一个完人走了。

一个让周瑜感叹“既生瑜何生亮”的完人走了。

一个让刘备三顾茅庐、终生相依、死后相托的完人走了。

一个让刘备成为曹操对手的完人走了。

一个舌战群儒的完人走了。

一个逆天而行，终成三分天下格局的完人走了。

一个呕心沥血，为蜀国开太平盛世的完人走了。

一个让刘禅如丧考妣的完人走了。

一个让孟获心服口服的完人走了。

一个六出祁山为理想燃烧自己的完人走了。

一个与天斗其乐无穷却未能过满甲子年的完人走了。

一个司马懿视之为对手的完人走了。

一个让三国历史变得好看的完人走了。

毫无疑问，诸葛亮之后，三国的历史变得不那么好看了。因为平衡被打破了。蜀国不再有问鼎中原的勇气和可能，它注定要走向沉沦和落寞。诸葛之后无三国，更遑论西蜀了。刘禅是真正的如丧考妣，甚至有过之无不及，只是他无法诉说。在历史的大格局中，他终究是个悲剧人物或者说是过渡人物。而曹睿也是悲剧人物或者说是过渡人物。

理由很简单，司马一族要坐大了。司马懿和他的儿子司马昭从这一刻开始，真正有了自己的空间，有了自己的无限可能。

虽然说在三国，没有什么不可能，但诸葛亮在与不在还是不一样的。

诸葛亮在日，司马懿的对手是诸葛亮；诸葛亮不在了，司马懿的对手是寂寞。在这个意义上说，诸葛亮的死敲响了丧钟。丧钟为谁而鸣，为蜀国而鸣，为魏国而鸣，也为这个令人爱恨交加的时代而鸣。

一切皆有可能。

一切都是轮回。所谓“分久必合合久必分”，世间的道理无非这八个字。接下来，司马懿要有所作为了。

他的时代，司马家族的时代，在这一刻，不期而至。

你不可突破我的底线

魏延做了个梦。

一个奇怪的梦。他梦见自己头上长了两个角。

魏延其实很少做梦的，虽然他是个有梦想的人。有梦想的人往往这样，把梦埋在心里，不说，也不做，而是一路前行，直到梦想变成现实。但是这一回，魏延困惑了。头上长角是什么意思，是不是脚下流脓的先兆？他决定找人问个明白。

行军司马赵直就给了魏延一个明白的答案。他说，头生二角是大吉之兆啊，麒麟头上有角，苍龙头上有角，这是变化飞腾之象。

赵直多年来一直研习《易》理，是军内外有口皆碑的易学专家。毫无疑问，他的回答对魏延来说是有说服力的，魏延对此也是心领神会的。因为魏延确实想变化飞腾，趁着诸葛亮离开人世的时候。

这是权力真空，也是有所作为者的窗口期。一切待定，一切待有梦想者同时兼有实力者来决定。

魏延就是有梦想者兼有实力者。诸葛亮之后，他要做一个有所作为的人。只是魏延不知道，他的这一番心思，赵直了如指掌。

不错，赵直是说了头生二角乃大吉之兆，但他说出事实了吗？

没有。

在这个世界上，一个人在什么情况下说出事实真相，不仅是谈话技巧，更是生存智慧。

不对心胸狭窄者说出事实真相。不对利害相关者说出事实真相。

特别是不对有梦想者说出事实真相。

因为有梦想的人为了梦想会不择手段——在有梦想者眼里，一切都是手段，一切可以不择手段。这是梦想至上者的生存逻辑。

赵直对尚书费祎说出了事实真相。他说，魏延梦见头生二角并非大吉之兆，而是其凶甚矣！因为角之字形，是刀下用的意思。现在头上用刀，那不是找死吗？

这真是一个很可怕的说法。事实上这也是玄学的一个特点——一切皆有可能。极左也极右。向左走向右走都可以，最后的事实会证明，总有一个方向是正确的。

尚书费祎对赵直的故弄玄虚不以为然。呵呵，魏延一直是用刀之人。身经百战，头上用刀寻常事，有什么值得大惊小怪的。

便心胸坦荡地去见魏延，告诉后者诸葛亮的后事安排及相关的人事部署。他说，丞相临终前再三嘱咐，令将军您断后以挡司马懿，要缓缓而退，不可发丧。现兵符在此，将军您起兵吧。

魏延没有起兵，他甚至没有接过那兵符。因为有一个最重要的问题他要搞明白，诸葛亮之后，谁代理丞相之职。当然，从心里来说，他希望那个人是自己。

可惜，不是。

费祎给他的答案是，杨仪代理丞相之职，而姜维获得了诸葛亮的用兵密法。现在他手上的兵符，是杨仪命令他授予魏延的。

魏延的心一下子冷了。也硬了。

原来一切都早作安排，一切都与他无关。自己却还痴痴等待，以为可以承担起蜀国的重任，以力挽狂澜。

最要命的是那杨仪，不过一区区长史，怎么一不留神就成丞相了？还命令我断后？他这样的人，只配给诸葛亮扶灵入川安葬，而我则应当率大兵攻打司马懿，以获全功。诸葛亮生前如此安排，完全是自私自利的表现，只想着自己的亡灵可以安全回家……唉，如今的情势，岂可因丞相一人而废国家大事！?

魏延自怨自艾，一时间百种滋味才下眉头，却上心头。

费祎却完全不解风情，搬出诸葛亮的“丞相遗令”公事公办，命令魏延速速行动起来，做好后撤掩护工作。

魏延怒了。他想起诸葛亮当年出祁山之前拒绝自己的建议，以至于征战多年一事无成，而自己竟也成了炮灰，便说我现在官任前将军、征西大将军、南郑侯，怎么可能给那个长史断后!？再说那诸葛亮也不是神，他当时若依我计，现在老早就拿下长安了，还用困在这五丈原进退两难？这是谁的错谁的责任，是该搞搞清楚问一问责了。

一副不合作不妥协的神情。

费祎这才知道，人心原来如此的微妙。每人都有一条底线——你不可突破我的底线，否则你的底线也将不保。

这是底线潜规则。一存俱存，一毁俱毁。

便无功而返，回到大寨见杨仪，将魏延的狂悖之语一一转述。

杨仪听了，气定神闲。

此时此刻，他深刻地缅怀一个人，诸葛亮。

看人看到骨子里去了。所谓魏延必反，现在已是呼之欲出。魏延说要搞搞清楚问一问责，问谁的责，这不要拿诸葛亮开刀吗？一般人复仇，玩的是秋后算账，而魏延却在诸葛亮尸骨未寒时即行鞭尸，这份狠，不是一般人能做到的。

但即便如此，杨仪的气定神闲却还是另有讲究。

因为他要的就是魏延跳出来，图穷匕见。

所以他才设计让费祎以兵符试魏延的真心——这一试，果然试出来了。魏延不甘人下，准备鱼死网破。

杨仪也只得鱼死网破——他撇开魏延，令姜维断后，依孔明遗令，蜀军徐徐而退。

不陪魏延玩了，他爱谁谁。

毫无疑问，这是个危险的游戏，因为魏延发现自己成了被遗弃者之后怒了。史无前例地怒了。

他说了这样一句话：“竖儒安敢欺我！我必杀之!”你这狗娘养的怎么敢这样欺负我，我一定要杀了你!

他联合马岱引本部兵马随后追击开拔后撤的蜀军，一定要让杨仪等人付出血的代价。

问苍茫大地谁主沉浮？魏延要一个明确的答案。

此后只余司马懿

另一方面，司马懿却不敢确信他的时代已经来临，就像他不相信诸葛亮会死一样。

虽然在秋夜的五丈原，同样精通星相学的司马懿看到一颗红色的流星，从东北方向滑落到西南方，不偏不倚坠于蜀营内，他依旧不敢将这一天象奇观与诸葛亮的死联系在一起。

诸葛亮真死了吗？这样的一个传奇人物是真死还是诈死，司马懿不能做出明确的判断。

便派出夏侯霸引数十骑悄悄前往五丈原去打探消息。

五丈原上静悄悄，空无一人。

司马懿顿悟，诸葛亮已经死了。从此以后，他将没有对手，只有寂寞。

这样的发现让他悲欣交集。但接下来，更让他悲欣交集或者说瞠目结舌的一件事情发生了。

诸葛亮没有死，他还活着。

在率领儿子司马师、司马昭追击远去蜀兵的途中，司马懿看见了一面旗。一面中军大旗，上面写着一行大字：“汉丞相武乡侯诸葛亮。”

当然，光有旗也没什么，关键是有人。

活人。

诸葛亮。

旗下，中军数十员上将，簇拥出一辆四轮车来。车上端坐着诸葛亮，纶巾羽扇，神情栩栩如生。紧接着姜维大叫：“贼将休走！你中了我丞相之计也!”

司马懿一时间真是痛不欲生。

他这才知道，自己真的不是诸葛亮的对手。他以为他死了，却不料还活着。在这世上，有些人活着，却已经死了；有些人死了，却还活着。只是司马懿分不清生死。

特别是诸葛亮的生死。

一个传说中的人物，生死成谜。

司马懿黯然而逃，魏兵们则个个吓得魂飞魄散，弃甲丢盔，各逃性命，一时间自相践踏，死者无数。

但是两天之后，确切的消息传来，诸葛亮真死了。此前司马懿见到的那个纶巾羽扇，神情栩栩如生的人只是诸葛亮的肉身。诸葛亮以他的肉身最后戏弄了一把司马懿，从而成功地完成蜀军的战略大撤退。

司马懿简直无语了。

对自己，也对这个世界。

这真是个尔虞我诈的世界。一个人生前绞尽脑汁，死后也物超所值，将自己武器化或者说工具化了一把。

简直是智谋的化身。唉，诸葛亮还是人吗？不！他是权谋。一生为权谋而活，成为权谋的载体。

他是锋利的，也是无情的。是非此即彼的，也是雁过无痕的。他的一生很辉煌，却是冷冰冰的辉煌。成功得很精致，很冷酷，很让司马懿不寒而栗。

司马懿简直望尘莫及了。

只是突然间，司马懿不喜欢这个人了。他觉得诸葛亮太冷冰冰，没有人情味。他是被上苍控制的人物。上苍其实也不怜悯他。在这五丈原，诸葛亮向上苍再借生命，却是未遂。

上苍要收他而去了。世间再无诸葛亮。

此后只余司马懿。

司马懿站在人去寨空的五丈原，念天地之悠悠，独怆然而涕下。这个时代，他要起舞弄清影，恰似在人间。

一切都已是命中注定。

乱世没有新鲜事

蜀兵归去来兮，前路并不平坦。

诸葛亮的肉身吓走了司马懿，却吓不走魏延那颗骚动的心。

魏延为了他的梦想，开始有所作为了。他引兵烧断栈道，拦截杨仪、姜维所领蜀兵的归路。

这是一种自相残杀。杨仪悲哀地感觉，蜀兵没有败在魏兵手下，却要败在自己人手里。

但姜维却以为，没有。这位诸葛亮的衣钵传人其实并没有把魏延放在眼里。因为他相信一句话——曲径通幽。

不错，魏延烧绝栈道，引兵拦路，可以说气势汹汹。但他拦住的只是正面，是方向之一种。侧面和后面呢，依旧是广阔天地大有作为。

姜维发现了一条小路，抄出栈道之后的小路。虽然崎岖险峻，却能曲径通幽，直达魏延所部的后路，从而对其形成前后夹击之势。

便分兵出发，静悄悄地进山。

魏延一夜之间发现自己面临绝境——姜维横刀立马了，在他的后路上。当然魏延也可以有一个新选择的，那就是投魏，借助司马懿的力量来抗衡杨仪、姜维等人。

事实上魏延也正想这么做。在这个江湖上，一个有梦想的人有时候真的需要不择手段，否则就很难生存下去。只是最关键的时刻，马岱拦住了他。

马岱说，一个人不择手段没什么，也不难做到，难的是在绝境之时还能有所坚持，不抛弃、不放弃自己的某些原则。

吕布是怎么败的，没败在武功上，而是败在信仰上。他是个没有信仰的人，是个朝秦暮楚者。所以跑到哪里都是条丧家之狗。

马岱建议魏延别跑，死磕到底，先取汉中，随后进攻西川，在这个江湖上自成一派。

魏延听得心潮澎湃，飘飘然之际感觉自己也是乱世英雄了。

但很快，他就明白自己上当了。

因为他死了。

在马岱向他做出如是建议的一个时辰之后，魏延被杀死了。

杀死他的那个人正是马岱。

历史的戏剧性也正在这里。马岱原来是他身边最大的潜伏者，是诸葛亮生前安排在魏延阵营里最后的卧底。在两军对垒之时，杨仪遵照诸葛亮的遗嘱拆开锦囊，随后便看到了那条妙计，看到了历史的谜底。

他和马岱心领神会地一笑，魏延便在这暧昧的笑意中失去了自己的头颅——马岱手起刀落了，给了历史一个圆满的交代，也给诸葛亮的智慧一个圆满的注脚。

原来诸葛亮临终之时，授马岱以密计，只待魏延临阵叫反时，便出其不意地斩之。而此前马岱说服魏延不要投魏留下来死磕，目的就是将他送上不归路。

一切豁然开朗。一切尘埃落定。

魏延当然是死不瞑目。因为他有一种被侮辱与被损害的感觉——做一个叛逆者，也需要受到公平公正待遇的。他不甘心自己的欲望被诸葛亮的“阴谋”鸡奸了。

只是这样的死不瞑目或者说不甘心毫无意义。他的戏唱完了，作为三国历史上有争议的人物，魏延不再有机会替自己辩解、表白。

谁叫自己技不如人呢，唉！

魏延的戏唱完了，杨仪的戏却才刚刚开唱。

一切尘埃落定时，他发现很多人颇有收获。

蒋琬被拜为丞相、大将军，录尚书事；费祎被封为尚书令，同理丞相事；吴懿被封为车骑将军，假节督汉中；姜维被封为辅汉将军、平襄侯，总督诸处人马。

他该干吗还是干吗。

杨仪心里很不平衡。从五丈原回来，一路生死未卜，扶诸葛亮的灵柩回国，却只落得个替他人作嫁衣裳的下场。

特别是那个蒋琬，什么都没干，丞相的位置就到手了。要说论资排辈的话，杨仪参加工作的年头比他还长呢，现在却位居其下，叫他如何不伤心？

唉，功劳是别人的，辛苦是自己的，人生是迷茫的，上司（后主刘禅）是不讲道理的，要分辩是不可能的，发发牢骚还是可以的。

便对费祎发牢骚。杨仪说，早知今日，何必当初。我要早知道是这个结果，当日丞相去世时，我就该领着全师去投魏，起码现在不会寂寞如此吧！？

费祎听了目瞪口呆。他这才知道，每一个人其实都没什么区别。杨仪和魏延有区别吗？没有。当心中的欲望熊熊燃烧时，任何一个当事人都可以随时改变立场，改变他的价值观。杨仪在归国途中之所以和魏延做坚决的斗争，并不是他的政治立场有多么坚定，只在于他有一个念想——前方会有一个美好的前途等着他。

这是一种价值回报，是支持他既往政治立场的基石。但很显然，后主刘禅心中没有这块基石，或者说他忽视了它。这就让杨仪在一瞬间变成了魏延。

他的一颗心也开始充满了幽怨。

费祎则首鼠两端。

不错，是费祎，不是杨仪。因为他听到了不该听的话。

这个世界祸从口出，也祸从耳进。听了不该听的话不有所作为的话，很有可能会大祸临头。

杨仪向他发牢骚了。从心里讲，他还是同情这个和他患难与共的人的，他们一起从五丈原走回来，那份艰辛，难与人言。但是杨仪的牢骚也是致命的炸弹，他要是不汇报，后果将怎样呢？

费祎当然明白后果只有一个，那就是死翘翘。他的政治前途和他的身家性命。

可汇报了后果也只有一个，也是死翘翘。只不过是换了一个人。

杨仪的政治前途和他的身家性命。

出卖自己还是出卖杨仪，费祎必须做出非此即彼的选择。

当然，世事无例外，费祎最后出卖的还是杨仪——谁叫他政治不成熟呢？这是官场幼稚病的代价。费祎如是自我安慰。

后主刘禅勃然大怒了。在得到费祎的小报告之后。

杨仪这不是跑官要官吗？一步封赏没跟上，就哭着喊着要叛党叛国。这样的人，不杀不足以安社稷。

便要杀。

但最终杀不下去。因为蒋琬出手阻拦了。蒋琬说，杨仪虽然有罪，可跟随丞相多有功劳，还是不杀了，废为庶人就差不多了。

后主刘禅便开除杨仪党内外一切职务，将他逐出朝廷，“贬赴汉嘉郡为民”。一个由欲望引发的故事就此黯然收场。乱世没有新鲜事，所有的故事桥段其实都大同小异。杨仪到最后也没有咸鱼翻身，在汉嘉郡做平头百姓的日子里，他失去了继续苟活下去的勇气，选择了自杀身亡。

梦若在，希望就在，大不了从头再来。很显然，杨仪绝望了。他的梦做完了。

归根到底，他只是个患得患失的庸常人物。虽然诸葛亮曾经对他寄予希望，可诸葛亮也有看走眼的时候。

谁说不是呢？

云在青天水在瓶

辽东公孙渊要造反。

都说革命无罪，造反有理，公孙渊也相信人生就是剑走偏锋，就是“我造反，我存在”。

公孙渊造反的标志是他自立为燕王，改元绍汉元年，然后建宫殿，立官职，然后带兵攻打魏国，很有“看天下英雄，舍我其谁”的意思。

但很快，公孙渊就明白，天下英雄多了去了，并非他一个。

因为还有司马懿。

司马懿带领魏兵出发了，目标是消灭公孙渊。

司马懿带的魏兵不多，只有四万；相比之下，公孙渊起辽兵十五万，数倍于魏兵。

所以公孙渊很困惑，司马懿这是打仗还是投诚，是躲猫猫还是玩寂寞？他搞不懂。

但司马懿以为，在战争中，双方的力量对比并不重要，重要的是智商对比。谁的智商高，谁就能胜出。

于是开始比智商。也就是排兵布阵的计谋。

公孙渊对魏兵是围而不打。其理论依据是魏兵千里而来，粮草一定不继，难以持久，粮尽则兵必退。公孙渊的如意算盘是待魏兵退时，出奇兵追击，到那时司马懿就玩完了。

司马懿的策略是我不陪你玩，声东击西。司马懿观察到辽兵都集结在此，老窝襄平肯定空虚，他打算虚晃一枪，直奔襄平，吸引辽兵前往援救，但真正目的是在中途伏击，如此可以出其不意地大获全胜。

应该说此二人排兵布阵的计谋各有千秋。公孙渊的计谋看上去比较稳妥，却也失之于稳妥。粮草问题？这个世上哪支部队没有粮草问题？部队规模越大，粮草越成问题。公孙渊起辽兵十五万，粮草问题远比魏兵大，在这个前提下论持久战，呵呵，老天爷都笑了；

司马懿的计谋看上去比较奇崛，有点冒险，却也失之于冒险。一个是辽兵会不会往救襄平，这要看公孙渊聪明不聪明，上不上司马懿的当；另一个魏兵中途设伏辽兵，以四万人敌十五万人，能不能一口吃下个胖子，这真是谁也说不好的事。

但司马懿别无选择。他就带了四万兵。

他就要声东击西。就要四比十五。

事实上司马懿打的不是辽兵，而是自己。

挑战自己的聪明极限，是不是可以全方位盖过公孙渊。

不错，他在铤而走险。但谁的人生不是铤而走险？做人是有风险的，不在风险中挂了，就在风险中胜出。司马懿赌这一回，自己是不是能一树梨花压海棠，压得公孙渊心服口服。

谁上一当？老天爷也屏住呼吸，看看那个可怜的人是谁。

结果是——公孙渊。

因为公孙渊不稳妥了，他也无法再稳妥下去。来自辽军参谋系统的消息，魏兵直扑襄平，有端掉公孙渊老窝的意思。

是真端还是假端，是欲擒故纵还是一气呵成？公孙渊必须做出一个判断。或者说他要和自己打一个赌——输不输得起？

公孙渊输不起。

他很快就明白，自己不是漂一代，不能像刘备那样四海为家。四海为家四海家，这是大英雄所为。公孙渊虽然有造反的勇气，也认为自己是英雄，却到底成不了大英雄。

因为要舍弃很多。

英雄和大英雄的区别也正在这里——是首鼠两端还是义无反顾，体现了不同的气质分野。

云在青天水在瓶。各有各的容器和空间。所谓云泥之别，那就是泾渭分明，谁都取代不了谁。

公孙渊一声叹息，带兵回防，从而放弃了他围而不打的战略意图，化主动为被动，开始了其死亡倒计时的历程。

公孙渊的死亡毫无悬念。所谓一步错，步步错。在接下来司马懿布置的伏击战中，公孙渊虽然侥幸得以逃脱，但一个已然化主动为被动的统帅是注定走不了多远的。

公孙渊最后死在襄平城中，死在他的老窝里。向他下达死刑命令的人是司马懿。

看来一个生在老窝死在老窝的人是注定没有出息的。公孙渊临死前才知道，自己原来犯了一个致命的错误——太恋窝了。

失去老窝其实有什么关系呢？大英雄失去的是自己的老窝，得到的却是更大的世界。就像刘备。就像曹操。

可以这么说，公孙渊是被自己的老窝所累——老窝最后成了他的包袱，成为司马懿消灭他的绝佳场所。公孙渊不得已展开老窝保卫战，为一个城池的得失处处受限，不敢放开自己的手脚。直到最后，他为老窝殉葬，一切归于平静。

一个英雄的梦想就这样随风而逝。

有还是没有？

但是对司马懿来说，他波澜不惊。

在诸葛亮之后，世间已再无英雄。有自称英雄者跃跃欲试，却到底折戟沉沙，不堪一击。所以这个人间，没有传奇。

他是唯一的传奇。

现在。还有今后。

因为司马懿可以有所作为的空间更大了。而在这样的时候，一个消息传来，令他不由得怦然心动——曹睿快死了，指定了八岁小孩曹芳为其皇位继承人，同时宣司马懿还朝有要事交代。

要事就是向司马懿托孤。

当时的场景那真叫一个凄凄惨惨戚戚。曹睿躺在龙床上上气不接下气，曹芳在床边扑闪着一双惊恐的大眼睛看这人世间的生死更替，不知如何是好。

只有他司马懿是强者。充满力量，也充满智慧。

宫殿之内，有阳光斜射进来，光明与黑暗切割分明，强者与弱者力量悬殊，高下立判。只有权力是暧昧的，处于交接状态，令人看不清走势。

曹睿无限悲悯地看着司马懿，就像看着曹家王朝的前世今生。不错，在司马懿身上，寄托着曹家王朝的安危。

他要把曹芳交给他，把一个王朝的未来交给他。所以曹睿拉着司马懿的手，深情款款地说，刘备在白帝城病危，以幼子刘禅托孤于诸葛亮，诸葛亮怎么做的？竭尽忠诚，至死方休。西蜀一个偏邦尚且能怎样做，何况我泱泱大国乎？我这小儿子曹芳，就拜托仲达（司马懿的字）照顾了……

司马懿沉默。这是意义模糊的沉默，也是不堪重负的沉默。

司马懿感受到了压力。

曹芳似乎很亲近他。他爬上司马懿的背，抱着后者的脖子不放。那份亲昵，宛如父子。曹睿见了，泪如雨下，紧接着说了他一生中的最后一句话："太尉勿忘幼子今日相恋之情！"

司马懿浑身一震，就像觉察到自己被曹睿窥破私心一样，脸上很有火烧火燎的感觉。

他有私心吗？

谁知道呢？一切要靠未来验证。但曹睿是看不到了，因为他已撒手西去。这个在位十三年，年仅三十六岁的中年男人在魏景初三年春正月下旬的某一天黯然辞世。死前已口不能言，只以手指太子曹芳，向司马懿暗示着什么。司马懿跪在他身边，呆若木鸡，神情很是心怀鬼胎。只有一脸天真的曹芳在他背上爬上爬下，似乎对这个他新发明的游戏很是好奇，乐此不疲。

司马懿很快就明白，他还是太天真了。

他不是一个人在战斗。他的身边，还站着曹爽。曹爽是在曹睿病重期间被封为大将军的，总摄朝政。

司马懿这才知道，曹睿哪是在向他托孤啊，分明是向他发出警告——别欺负曹芳，曹芳身边还有人呢，咱曹氏家族的人。

"太尉勿忘幼子今日相恋之情！"呵呵，现在总算明白曹睿说这句话的真实含义了——就怕他忘了。

忘恩负义。恩将仇报。

这种中国式的恩仇故事在这个古老的国度一直以来屡见不鲜地上演。谁都不是圣人，谁的心里都有小九九。曹睿未雨绸缪，说这句话也是在情理之中。

可自己为什么就不能是诸葛亮呢？德艺双馨。又红又专。

最重要的，曹睿为什么不相信他是诸葛亮呢？托孤就托孤罢了，还搞一个双簧戏，真是恶心得要命。

司马懿愤愤然了。

愤愤然之后却是茫茫然。

因为他现在还不能有所作为。按照自己的欲望来有所作为。毕竟魏国的三军总司令不是他，是曹爽。两人真要 PK，谁会是出局者呢？

司马懿暂时收起了自己蠢蠢欲动的想法，决定静观其变。

曹爽是个自相矛盾的人。

在这世界上，很多人其实都自相矛盾。既骄傲又自卑；既奢侈又朴素；既冒险又保守。甚至既忠贞又放荡。

因为在不同的情境条件下，每个人都可以释放出自己不同的人性欲望，或者说展示出不同的性格侧面。

比如曹爽。他就既高调又低调。高调的是他有门客五百人，为自己组成一个庞大的智囊团，充分暴露了其在政治上的野心；低调的是他对司马懿毕恭毕敬，有什么决策要出台了一定先向他汇报，给人感觉自己是司马懿的下属而不是堂堂的大将军。

何晏看不下去了。

何晏是曹爽智囊团中的首席智囊，一向见微知著，着意深远。他以为，曹爽犯了一个致命的错误，将很可能走上不归路。

不错，是低调。

一个人低调没什么，甚至是好事，但低调也是讲原则的。毕竟低调只是处世态度，不能以葬送自己的根本利益为前提。

因为那样的话就不是低调，是找死了。

何晏感觉曹爽现在就在找死。

曹爽有什么决策出台一定先向司马懿汇报，这问题大了去了——在这个王朝，到底谁说了算？

主公大权，不可委托他人，否则后果很严重。何晏对曹爽如是提醒。

曹爽不以为然。准确地说，他的心硬不起来。在曹爽看来，司马懿与他一起受先帝托孤之命，那是有程序正义和合法性的，他不能搞独裁。

何晏进一步提醒，说，想想吧，昔日先公曹真是怎么死的。他与司马懿同破蜀兵，结果蜀兵未破，先公曹真却被司马懿活活气死。这个人，是曹家的天敌。

曹爽便想了，并很快想明白——对敌人的仁慈就是对自己的残忍。而权力是世界上最稀缺的资源，你有我就没有，怎么可以拱手让人呢？

便不让。便夺取。

失意的人最危险

曹爽夺取司马懿权力的手段正应了一句成语。

巧取豪夺。

他在曹芳面前美言司马懿，说司马懿功高德重，可加为太傅。如此，巧妙地夺取了司马懿手中的兵权。

最重要的是，自此全国兵权皆归于曹爽，而司马懿从掌军事管武装力量的太尉变身为只拥有崇高荣誉的太傅，不再有什么能力与曹爽过招。

司马懿这才知道，原来害一个人的最高境界是拼命赞美他，将他往神坛上推，让他孤独一人。

与此同时，曹爽任命弟弟曹羲为中领军，曹训为武卫将军，曹彦为散骑常侍，总之是让老曹家的都鸡犬升天，并各引三千御林军，任其出入禁宫，将天子曹芳严密地控制与保护起来。

由此，曹爽的权力达到了峰值。这个王朝，不再是司马懿说了算，也不再是曹芳说了算，而是曹爽说了算。

曹爽开始意气风发。

曹爽意气风发的标志是经常出外游猎，以快意人生。

弟弟曹羲却觉察到了危险的临近。因为司马懿毫无动静。

毫无动静的对手是最可怕的，就像毫无动静的火山，一旦喷发，逃都来不及。更何况曹爽天天在路上快意人生，这个，是不是太大意、太危险？

曹爽不以为然。在他看来，自己兵权在握，应该是天下人怕他而不是他怕天下人。开国皇帝曹操是怎么说的，宁可我负天下人，不可天下人负我，这话说的，那是不把天下人放在眼里啊，豪迈！够猛！

但曹羲接下来说的话却让曹爽收起了他的不以为然——全国的兵都跟在你屁股后面跑吗？任何时候能保护自己的，只能是自己。更何况现在司马懿是失意的。

在这个世界上上，有两种人其实最危险，一种是失恋的，一种是失意的。

曹爽突然间有些毛骨悚然了。是啊，他和司马懿之间，旧的平衡被打破了，新的平衡还没建立起来。司马懿这样的人，会善罢甘休吗？

便试探。试探司马懿的那一颗心，是不是还在骚动。

试探人是李胜。李胜刚被朝廷任命为荆州刺史，他受曹爽委托，去向司马懿辞行。

不仅仅是辞行，也是要观察司马懿的身体状况。

不仅仅是要观察司马懿的身体状况，也是要观察他的心理状况。

观察的结果是——司马懿不行了。

病得很重。躺在床上奄奄一息那种。

起码李胜眼里看到的司马懿，是不久于人世的司马懿。

李胜大声说：我要去荆州做刺史了？

司马懿：啊？你去并州啊？

李胜：是荆州，不是并州！

司马懿：哦，你刚从并州来？

李胜：是汉上荆州啊，不是并州！

司马懿：哦，是并州啊！我知道。

李胜被雷倒了。紧接着，更雷的一件事情发生了。司马懿府上的侍婢给他喂药汤，司马懿的嘴巴已然合不拢，药汤流出嘴外，将他身上的衣服都弄湿了。

一副行将就木的模样。

曹爽闻讯，放心了。

看来这个世界，谁都敌不过岁月。

诸葛亮是怎么死的，死在岁月的剑下。

司马懿也将如此。岁月无敌。岁月无敌啊。

曹爽由是更加意气风发，出外游猎，快意人生，那是毫无顾忌。

司农桓范却是心有顾忌。司农桓范以为，一个心有顾忌的人才是成大事的人。任何时候，畏惧一些该畏惧的东西，才能顺顺利利地往前走。

这是世事的辩证法。

所以当某一天，曹爽引着他的三个兄弟，请魏主曹芳去拜谒高平陵，祭祀先帝时，司农桓范拦住了他，要他提防城中有变。毕竟曹氏兄弟都出城了，一旦城中变起仓促的话，那是要人命的。

曹爽嘲笑了桓范。用他的鞭子。马鞭。

曹爽以鞭指桓范怒骂道：“谁敢为变！再勿乱言！”

谁敢造反?！你别乱说！

曹爽说这话时骑在高头大马上，左手持缰右手挥鞭，动作潇洒充满自信。他以为天下无敌，他以为那个人摇摇欲坠，殊不知司马懿此刻正精神百倍，等待他豪迈出城。因为他要有所作为了。因为他此前的奄奄一息都是伪装。

司马懿事实上一直在等待，等待一个机会力挽狂澜。

为了这样的等待，他可以装聋作哑，可以摇摇欲坠、奄奄一息，但他的心始终是健康的、强壮的，或者说是锋利的。

他要切割一切。任何反对他的势力和人。

因为他不是别人，他是司马懿。

睚眦必报的司马懿。自视甚高的司马懿。

谁的心不曾柔软?

司马懿动手了，趁着城中空虚。他率兵先据曹爽营，再据曹羲营。那动作，行云流水，一气呵成。

同时司马懿率领百官入后宫晋见太后，控诉曹爽背先帝托孤之恩、奸邪乱国的滔天罪行，表示此人“其罪当废”。太后当然是无可奈何，一切照准。此时的她已然一工具矣——司马懿有所作为的工具。

摆平了太后之后，司马懿开始写信，给曹芳写信。

信是这样写的：

“今大将军曹爽，背弃顾命，败乱国典；内则僭拟，外专威权；以黄门张当为都监，专共交关；看察至尊，候伺神器；离间二宫，伤害骨肉；天下汹汹，人怀危惧：此非先帝诏陛下及嘱臣之本意也。臣虽朽迈，敢忘往言？太尉臣济、尚书令臣孚等，皆以爽为有无君之心，兄弟不宜典兵宿卫。奏永宁宫，皇太后令敕臣如奏施行。臣辄敕主者及黄门令，罢爽、羲、训吏兵，以侯就第，不得逗留，以稽车驾；敢有稽留，便以军法从事。臣辄力疾将兵，屯于洛水浮桥，伺察非常。谨此上闻，伏于圣听。”

信写得很委婉，很绵里藏针，也很有威权。曹芳看了，没什么感觉，因为他年纪太小，还不知道世事的苍凉和多变。

曹爽看了，心都凉了，因为他年纪已足够大，明白世事翻手为云覆手为雨，一不留神，农夫就被蛇咬。当然，曹爽不好意思承认自己是农夫，毕竟没有那么慈悲，但他绝对认定司马懿是蛇。

一条狡猾的蛇。

一条从冬眠状态醒过来的蛇。

一条已经恶狠狠地咬住他的蛇。

他该怎么办？是打蛇还是甩掉就跑？曹爽没了主意。

曹羲给他的建议是，既不打也不跑，而是把自己绑起来送到司马懿面前去处置。因为力量不够对等。

司马懿是什么人，让诸葛亮活活死在五丈原上的人啊。诸葛亮六出祁山，却在司马懿面前无可奈何，抱憾而终，可见此人的手段不是一般的强。

所以选他为对手，是个致命的错误。如今之计，不妨弃子认输，如此还能保住城中曹氏家族的身家性命。运气好的话，说不定还能继续在政坛上混。毕竟曹爽和司马懿之争是意气之争，认个错，放低自己的姿态，一切也就过去了。

但司农桓范却大声说“不”。

司农桓范以为，人世间有一万种死法，其中“找死”是最笨的一种。把自己绑起来送到司马懿面前？呵呵，这样的死法是闻所未闻。别以为司马懿会心软放过对手。对一条蛇来说，任何时候都要咬人的，只要他醒过来，只要他视对方为敌人。

所以司农桓范建议，将天子请到许都去，调外兵征讨司马懿。司马懿挟太后以令诸侯这招根本没用，还是要玩老祖宗曹操当年玩过的，挟天子以令诸侯。

因为真正的权力中枢是天子而不是太后，司马懿绑架绑错了人，这是他露出的一个破绽。

两个人的意见该听谁的呢？曹爽首鼠两端。

最后曹爽决定，听弟弟曹羲的。虽然从表面上看，自缚求死很傻很天真，但世上事置之死地而后生。想逃，逃得出去吗？

最主要的，自己可以逃生，困在城中的亲人怎么办？他们成了人质，成了曹爽逃生的障碍和最大阻力。

曹爽思前想后，一夜流泪到天明，最后他掷剑而叹说："我不起兵，情愿弃官，但为富家翁足矣！"

曹爽的这个决定毫无疑问让司农桓范捶胸顿足。

因为他看到了大势已去。曹爽大势已去，并且株连到他。

曹爽退而求其次，弃官为富家翁，真能为富家翁吗？在司农桓范看来，不是不可能，是绝对不可能。

因为司马懿不是傻子。所谓卧榻之侧，岂容他人鼾睡。都城之内，住着没有兵权的富家翁曹爽，司马懿他能睡得着觉，吃得下饭吗？

司农桓范将这个问题抛给曹爽，希望他能给出一个明确的答案。

曹爽很快就给出了明确的答案。

能。

曹爽之所以回答得这么爽快只因为他得到了两个人的口信。

侍中许允、尚书陈泰从都城带给他的口信。

此二人说，太傅司马懿只因为将军位高权重，心里怕怕，所以这次才搞上一搞。主要目的是要削去将军兵权，没别的意思。将军可早归城中。

并且在此二人之后，殿中校尉尹大目也带来了口信，说太傅司马懿指着洛水发誓，绝对没别的意思。有蒋太尉担保书一封在此。希望将军早归城中。

曹爽由是相信了两样东西：口信和担保书。

他就此交出了印绶。先把代表武装权力的印绶托人带给司马懿，以表示他回城的决心。

主簿杨综哭了。他是司农桓范之后又一个看清事实真相的人。曹爽现在交出武装力量，自缚去降，结果只能是一个。

死翘翘。

当然主簿杨综比较有文化，他没有用"死翘翘"这个词来表示曹爽的结局，而是用了"东市受戮"四个字，意思是曹爽如果归去，一定会被司马懿拉到东市去砍上一刀，从而结束他蠢蠢欲动却到底没什么大成就的一生。

曹爽却不相信自己的未来会如此暗淡。他现在只相信一个人的心。

司马懿。

曹爽以为，世上事无非是人心换人心。谁的心不曾柔软？自己已然交出一切，司马懿难道还想要得更多？

大家都是在江湖上混的，拜托，不要赶尽杀绝好不好？此时的曹爽犹如一个道德家，对世事充满了天真的想象和因果轮回的报应观。

他要和司马懿心心相印——在交出兵权后，曹爽充满憧憬地说了这样一句话：“太傅必不失信于我。”

司马懿肯定不会骗我的。

司马懿果真不会失信于曹爽吗？没有人相信这一点。

除了曹爽自己。

因为他手下的兵们作鸟兽散了。这是个人心惶惶的时代，每一个人都紧紧地跟权力在一起，跟武装在一起。当曹爽交出兵权后，他手下的兵们分明感觉到了某种危险的临近，“尽皆四散”。

这是个危险的信号，但曹爽却不以为然。他只一味地认为世人太过功利。聚散两依依，依的是什么，不是情感，而是物质。

曹爽回城了，但他发现可能用“回家”两个字更合适一些。因为这个城市与他无关，他被关在了家里。

司马懿用大锁锁门，同时派了八百人围守他的家，美其名曰保护曹爽。

曹爽不知道自己是被保护还是被监禁。在这个世界上，过度的保护就是监禁，而所有动听的名词背后，其实都隐藏着不可告人的用心。

曹爽就感觉到了司马懿的用心。只是他未能真切地分辨司马懿的用心是良苦用心还是不可告人的用心。他需要得到一个明确的答案。

很快他就得到了。

司马懿是用心良苦。起码曹爽自己这么认为。

他向司马懿写信借米，司马懿马上派人送给他一百斛米，恭恭敬敬地运到曹府。曹爽通过这样的实验终于确切地知道，自己罪不至死。

司马懿的一颗心还是柔软的，否则，无法解释司马懿的送米之举。

但是几天之后，曹爽感觉到自己太天真了。

因为他和兄弟三人，被司马懿斩于市曹，与此同时司马懿还灭其三族。曹爽家族的家产财物，也全都被查抄了。

一步到位，曹爽和他的家族人间蒸发了。

曹爽这才知道，别人送你米并不是让你活的意思，而别人用刀指着你也不是马上让你死。死和活其实都掌握在自己手里，掌握在自己对世事的洞察和选择上。

当初为什么选择回来呢？放不下城里的亲人，回来就能挽救他们吗？

还有，有些东西是没有退路的，所谓弃官为富家翁，真能为富家翁吗？自欺欺人罢了。

总而言之，曹爽在临死之前悟到了很多人生真谛，遗憾的是，这些人生真谛对他没有任何用处——他用不上了，也不能与任何人分享。曹爽悲哀地发现，自己用全部的身家性命换来的这些经验教训竟要烂在自己脑子里，交易不出去，他这一生，不可谓不失败。

一个关于人生博弈的故事就此落下帏幕。

但是，帏幕不会永远落下，因为很多人都在重复曹爽的故事。过去，现在和将来。

时间不多了

司马懿全面掌控了局面。

这时的魏国，是司马家族的魏国，虽然在面上，天子依旧是那个不懂事的孩子——曹芳。

曹芳现在能做的，就是把乌纱帽带到司马懿的头上去。

在曹爽被斩于市曹后，曹芳识时务者为俊杰，封司马懿为丞相，加九锡。司马懿还挺谦虚，“固辞不肯受。”曹芳就很生气，不准他谦虚，“令父子三人同领国事”。于是皆大欢喜。

但世事总是不圆满。司马懿在杀了曹爽全家后，突然间感觉漏杀了一个人。

夏侯玄。

夏侯玄是雍州地区的守备司令，也是曹爽的亲族，他要是起来造反，为曹爽复仇的话，麻烦就大了。

司马懿决定，请夏侯玄来洛阳议事，趁机干掉他。

夏侯玄的叔叔夏侯霸春江水暖鸭先知，感觉这样的时刻是你死我活的时刻，便悍然领着三千人逃出来造反了。

造反需要旗帜，三千人也成不了什么大事。夏侯霸思来想去，觉得要复仇，还是要找一棵大树来倚靠。

大树很快就找到了。

姜维。

姜维得到夏侯霸，毫无疑问重新激荡起了他的一颗斗志。他准备北伐了，继承诸葛亮的遗志，将革命进行到底。

但尚书令费祎却不看好他。

尚书令费祎以为，诸葛亮六出祁山都无功而返，你姜维又能搞出什么新意思来呢？

最重要的，蒋琬、董允都已经死了，蜀国的精英是越来越少——没有人才，打什么仗？

姜维还是要出击。

对姜维来说，人生就是尝试多种可能性。他不是诸葛亮，诸葛亮也不是他，这个世界最好不要以伟人或者先人的成就来贬低自己，否则世界就无法向前走了。

每一个人都是伟人，只要你不看轻自己。

所以姜维出发了，带着对人生的期待和巨大压力出发了。不管前面是地雷阵还是万丈深渊，他都将义无反顾地勇往直前。

因为时不我待。历史老人留给蜀国的时间不多了，留给他的时间也不多了。现如今，司马懿家族粉墨登场，势必要折返历史前进的方向，给这个乱世抹上诡异的色彩。关于这一点，姜维已然看得很清晰了，他必须适时而动，有所作为。

姜维果然搞出了新意思。

他走出了和诸葛亮不一样的路。

的确，在这世上，一个人要想成功，必须走出和他人不一样的路。因为每个人的成功轨迹都各不相同。

模仿他人的成功尚且不能成功，更别说走他人失败的路子了。

所以姜维没有走诸葛亮六出祁山的老路，而是出西平，近雍州，在麴山之下人为修筑两城，以为掎角之势。

最重要的是他和羌人结盟，团结一切可以团结的力量，以共同对付魏军。

但魏军实在是太强大了。开战后不久，噩耗传来，说麴山二城，都已被魏兵围困，并断绝了水道。要不是老天开眼，降下大雪，士兵们得以化雪解渴外，蜀兵差点就成了上甘岭上的战士，生命危在旦夕。

怎么办？

在姜维遭遇暂时挫折的时刻，夏侯霸出来献计了。夏侯霸说，我们现在的情况是不能等，也等不起。如果坐等羌兵来救，则麴山二城都要玩完。

不妨声东击西，去打雍州城。现在雍州兵都调到麴山来了，雍州城定然空虚。将军不妨引兵去往牛头山，抄在雍州之后，以造成攻城假象。如此魏军必回救雍州，则麴山之围自解矣。

姜维大声喝彩——夏侯霸，你太有才了！

他决定依计而行，引兵往牛头山而去。

但世上事一攻就有一防。攻防之间，胜负难料。

就在姜维自信满满地引兵往牛头山而去时，他没有料到，一支魏兵截住了他们的去路。

与此同时，另一支魏兵去取洮水，断了蜀军的粮道。这让蜀军声东击西的计划完全流产。

姜维这才知道，人世间有矛就有盾，矛锋不锋利要见了盾才知道。而世上的人才也是数不胜数。夏侯霸是有才，却不是顶尖人才。因为顶尖人才就像顶尖的矛一样，没有一个盾可以抵挡。

姜维只得奋力脱身，直奔阳平关，然后折回汉中。一场踌躇满志的出发竟这样黯然收场，这让姜维心里惶恐不已。他倒不是为自己惶恐，而是为蜀国惶恐。因为历史老人留给蜀国的时间不多了，他急需一场胜利来扭转时局，只是姜维不知道，这样的胜利什么时候到来。

一些消息却在这样的时刻悄然隐现。嘉平三年的秋八月，司马懿死了。这个蜀国最大的敌人在此时突然离开人世，毫无疑问给了蜀国喘息的时间。

也给了姜维一个希望。

也许他的下一场胜利快要来了？

但与此同时，另一个消息传来，让姜维的心情一下子变得沉重起来——孙权也死了。在蜀汉延熙十五年的时候，这位在位二十四年，享年七十一岁的三国著名人物与世长辞，标志着三国草创年代最后一个风云人物从此不再风云。

三国进入了小字辈唱大戏的时代，这从一个侧面反证了姜维的孤独。

当然姜维的孤独不仅于此。孙权离世，吴国方面陆逊、诸葛瑾也都已亡故，国政由太傅诸葛恪主导，诸葛恪立孙亮为帝，改元建兴元年，一时间“吴国向哪里去”成了很多人关心的问题，也成了姜维关心的问题。

孙权在日，吴蜀联盟虽然有些各怀鬼胎的意思，但关键时刻好歹还是能帮上点忙的。现在孙权去了，一朝天子一朝臣，新朝天子新主张，吴国的外交方针究竟呈现何种变化，事关蜀国的北伐大业。

所以姜维还要再等待，等待时局的进一步明朗。

计划不如变化快

司马师和司马昭听说孙权已死，开始摩拳擦掌，准备起兵伐吴。尚书傅嘏却深怀忧虑。

东吴是那么好打的吗？当年曹操费了多大的力啊，结果在赤壁抱憾而归，从而鼎定了三国分治的基础。

这一切只因为那条江的存在。

长江。

长江之险，成就了东吴数十年的基业。所谓人定胜天，到头来只是个虚幻的口号，麻醉了魏国的几代领导人，令他们屡战屡败。

并且，还将继续麻醉下去。眼下司马师和司马昭的摩拳擦掌，就是被麻醉的明证。

尚书傅嘏劝他们魏吴两国“不如各守边疆，乃为上策。”意思是一动不如一静。

司马师和司马昭藐视了他。理由有二：

一、天道三十年一变，魏国走强吴国走弱已是不争的事实；

二、孙权死翘翘了，孙亮又是个没用的主，此时不大干快上有所作为，对不起老天爷的苦心安排。

便大干快上有所作为，司马师兄弟出兵三十万，分三路进攻东吴边界，意欲一举踏平吴国。

但是接下来在东兴发生的一场战争令司马师兄弟大跌眼镜。东兴是东吴的战略要地，东兴若有失，则南郡、武昌危急。因此吴国太傅诸葛恪非常重视东兴保卫战，他听说魏兵分三路而来，便聚众商议东兴守备事宜。

东兴保卫战，诸葛恪出的是险招。

他令丁奉率领三千水兵，分乘三十只船，往东兴进发，自己随后引大军跟至。

魏国征东将军胡遵则引十万兵攻打东兴。

但胡遵并没有攻打丁奉所部，而是选择了喝酒自娱。

在他眼中，只看到了丁奉的三千水兵，没有看到更多。等他真正看到东吴大军时，一切都已经晚了。

的确，胡遵的眼光就像我们中间的许多人，以为眼前的世界就是全部的世界，以为现在就是将来，就是永远，却不知世事是有后手的。世事后发先至，鼠目寸光的人往往措手不及，束手就擒，一切也就戛然而止了。

包括司马师和司马昭的南征计划。

他们这才知道，天道三十年一变，变的不仅是对方，也包括自己。而变强变弱并不是自己说了算，要老天爷说了算。

老天爷这次分明站在吴国这一边。起码长江这次依然站在吴国这一边。

这真是一条有立场有原则的江。几十年前，赤壁之战时，长江就帮了吴国不少忙，这一次，它依然在帮吴国的忙……

东兴战役的彻底失败让司马师和司马昭选择了全身而退——南征计划流产了。

事实上在心里，司马师和司马昭并不承认自己败给了对手，只是败给了一条江。

一条不识时务的江。

司马昭兵败北归，诸葛恪则引兵二十万，乘势进取中原。

与此同时，他派人给姜维送快递，请求他出兵攻魏，以成两面夹击之势。作为回报，“许以平分天下”。

这应该说是一桩期货交易了。

交易的是未来，一种可能性。

诸葛恪相信未来是属于他的，而他现在在做的事是“宜将胜勇追穷寇”。

却遭遇了一座城。新城。

新城不新。只是它一直以来都叫新城而已。新城的重要性在于它的战略地位。它是魏国的总隘口，新城在，魏国在；新城破，魏国破。万千干系系于一城。

但新城却易守难攻。

诸葛恪一连数月攻打新城，不下。惟新城东北角摇摇欲坠，将陷未陷。

这样的时刻，守城将军张特派了一能言善辩之士过来告诉诸葛恪，说魏国的法度是：若敌人困城，守城将士坚守一百日而无救兵至，然后出城降敌者，家族不坐罪。现在将军你围城已九十多天，希望可以再宽容几日，凑够一百日，到时张特将军将尽率军民出城投降。

诸葛恪相信了这样的说法。因为他收到了张特晋献的全城土地人口册籍，诸葛恪从中看到了对方的诚意。

只是很快，诸葛恪就后悔了。

后悔自己的轻率。

因为张特根本没有投降的打算，他只是用上了缓兵之计，在哄退吴兵后，连夜拆除城中房屋，以修补城破之处。

于是，新城又变成了钢铁长城。

接下来是可忍孰不可忍的事发生了——张特登城骂了这样一句话："吾城中尚有半年之粮，岂肯降吴狗耶！尽战无妨！"

诸葛恪摇了摇头，为张特的没有修养。骂人不要带脏字嘛。什么吴狗都骂出来，真是太难听了，一点没有文明之师的样子。

但自此胜负易手。吴兵久攻新城不下，最后只得仓皇南归。新城守军趁机掩杀，再加上其他魏军卷土重来，一路追杀归心似箭的吴军，诸葛恪最后竟落得个大败而归的下场。

诸葛恪的人生也从此走向大败。

在很多人的一生中，一场胜利可以改变他的归宿，一场失败也可以改变他的归宿。就像此时的诸葛恪。

因为他失去了吴主孙亮的信任。最主要的，他招致了孙峻的嫉妒和算计。孙峻是孙坚弟弟孙静的曾孙，说起来也是宗室子弟。诸葛恪位高权重时，他隐忍一旁。现在诸葛恪大败而归，孙峻便要有所作为了。

他要取而代之，让吴国的权力中枢，重回孙姓人手中。

所以诸葛恪的死便不可避免了。

和许多庸常的故事情节一样，诸葛恪死于一场鸿门宴。做托的人是吴主孙亮，动刀子的自然是孙峻。孙峻手起刀落，杀了诸葛恪，吴主孙亮便封孙峻为丞相、大将军、富春侯，总督东吴军事。自此东吴权柄尽归孙峻。没有人知道这样的人事变迁究竟意味着什么，但毫无疑问，诸葛恪生前安排的吴蜀两面夹击魏国的计划已经玩完了。

人生事，计划不如变化快。一个人的生死都在转瞬之间，更何况人脑子里的想法了。这是三国史上的经验教训之一。

世事残酷得要死

那边厢，姜维在成都接得诸葛恪书，说相助伐魏事，便起兵二十万，于蜀汉延熙十六年秋，出阳平关伐魏。

这是信息不对称带来的结果，蜀国在诸葛恪人头落地，吴国政局动荡时出兵魏国，毫无疑问是胜算渺茫，但姜维一颗求胜之心，却依然如昨。

并且真胜了。在铁笼山后，姜维令蜀兵用木牛流马搬运粮草，山寨诸葛亮当年木牛流马破魏军之计，引诱司马昭上钩。

司马昭果然上钩了，一如他父亲司马懿当年的蠢蠢欲动。他令魏兵抢夺蜀兵遗弃在铁笼山上的粮草，谁知蜀军却杀了个回马枪，不仅粮草未得，很多魏兵还赔上了身家性命。

最要命的是司马昭本人也被困在铁笼山上无法突围，生死悬于一线。

生死悬于一线意味着什么？意味着死，也意味着生，同时意味着司马昭在这样的生死格局当中已无能为力。

他必须靠外力来解救他。

有一个人果然率兵来救他了。

迷当大王。

迷当大王是羌人领袖，在此次作战中是姜维的同盟军，负责攻打郭淮、陈泰据守的南安城。

从表面上看，迷当大王救司马昭是一件脑子进水的事情，可陈泰以为，这个世界上天天有人脑子进水，关键是得有人给他放水。与此同时他要足够地傻，允许污水流进自己的脑子。

这是脑子进水的两个前提条件，很遗憾，在迷当大王身上，这两个前提条件同时具备了。因为陈泰引了五千兵，找到他后泪流满面地说，郭淮这个鸟人妄自尊大，常有杀他之心，所以他想投降迷当大王。对了，他陈泰熟知郭淮军中的虚实，今夜愿联合羌军前去劫寨，如兵到魏寨，自有内应，如此便可成功。

这个计谋事实上也是个脑子进水的计谋。一般稍有常识的人都不会相信，至少会抱持谨慎的态度对待它，迷当大王却深信不疑。这似乎是一个深度脑子进水者对浅度脑子进水者的致意或者说膜拜，否则无法解释迷当大王接下来的所作所为。

他率兵出击了。

他被捕了。

他叛变了，答应做一个潜伏者，伺机有所作为。

至此，司马昭的一线生机开始显现。因为迷当大王日夜兼程地赶来救他了。他出卖了自己的忠诚，以一个同盟军首领的身份叫开了蜀寨大门，从而直面姜维，让姜维几乎水到渠成的胜利功亏一篑。

姜维这才知道，最熟悉的人最陌生。最大的伤害往往来自最亲近的人。

如果你不加防备的话。

所以做人不要太老实，做人要有小心眼。只是上述种种感悟都来自于惨痛的教训——他被迷当大王打了，在折了许多人马之后逃回汉中，眼睁睁地看着司马昭脱险，自己终点又回到起点，一无所获。

世事真是残酷得要死。要成事，需要每一个细节都尽善尽美；要败事，只要一个细节做不到位就可以了。

姜维此时开始理解诸葛亮为什么那么难了。

第九章　剩者为王

命若琴弦

司马师越来越牛了。

起码在魏主曹芳看来是这样。

魏主曹芳每次看见司马师入朝，整个人就得了帕金森综合征，抖个没完。

这是恐惧。深层次恐惧。

为了摆脱这样的恐惧，曹芳找到了三个人：太常夏侯玄，中书令李丰，光禄大夫张缉，准备跟他们一起做当年汉献帝做过的事——除奸。

在曹芳眼里，司马师兄弟都是魏国的奸人。司马师带剑上殿，什么事都自己说了算；乘车出行，前呼后拥，追随者不下数千人马。我靠，这是魏国的第二个太阳啊。

甚至是唯一的太阳，因为曹芳认为自己的光芒远不及司马师耀眼，所以他在一个月黑风高夜找到这三人，委以密诏。

密诏就是杀人，杀司马师兄弟。

司马师等着他们来杀。

在东华门外，司马师带剑而来，身后跟随者达数百人，并且个个手持利器。司马师就摆着这样彪悍的架势等他们来杀。

三个人怕怕了，立于道旁不知道是该杀人还是该自杀。

司马师问他们，你们三位怎么下班这么晚啊？在加班吗？

李丰回答说，皇上在办公室看书，我们三人陪读。

是吗？看的什么书？

皇上看的是夏、商、周三代之书。

哦，皇上看书，都问你些什么呢？

皇上问伊尹扶商、周公摄政之事，我们回答说，现如今的司马大将军，就是伊尹、周公啊。

司马师和李丰的一问一答貌似波澜不惊，其实却暗藏杀机。

司马师的杀机。

司马师询问至此，杀机顿现。他喝道：你们哪是把我比作伊尹、周公！分明认定我是王莽、董卓！

李丰他们自然是万般否认，但是有一样东西却无论如何否认不了。

泪眼。

他们三人，都有一双泪眼。那是在曹芳面前哭的。现在，这双泪眼成了他们阴谋聚会、惺惺惜惺惺的罪证。

便拿下。便搜身。便搜出密诏。

密诏上这样写："司马师弟兄，共持大权，将图篡逆。所行诏制，皆非朕意。各部官兵将士，可同仗忠义，讨灭贼臣，匡扶社稷。功成之日，重加爵赏。"

于是李丰三人便成了这场未及展开的暗杀行动的牺牲品。他们被腰斩于市，三族也被尽灭。这样的悲惨遭遇一如汉献帝时旧事。情感是真挚的，行动是要泄密的，密诏是要变成明诏的，人头是要落地的，天子是要哭哭啼啼的。一切都是因果轮回。

曹芳果然哭哭啼啼。在司马师将缴获的密诏扔到他面前时。

哭泣其实也是一种武器。自卫的武器。一般来说，当弱者无法以武力征服强者时，便会以哭代攻。

汉献帝如此，曹芳也是怎样。

他甚至边哭边向司马师发誓，说如此腌臜卑鄙无耻的暗杀行动是那三个小人逼他干的，他本人对司马师绝无此心。

也许是曹芳的哭泣起了作用，也许是他的毒誓起了作用，总之，司马师并没有逼这位天子停止呼吸，而是逼他老婆张皇后停止呼吸，张皇后是张缉的女儿，光禄大夫张缉已经死翘翘了，他女儿自然不能留在人间。

于是东华门内，这个可怜的女人被迫用一根白练绞死了自己。曹芳这下真正痛哭流涕了。他感时伤怀，觉得自己命若琴弦，说断就断，哪还有半点天子的福气。

要做大哥大

曹芳的确没有天子的福气。因为他很快就不是天子了。

这一事件发生之后，司马师换了一个天子，将高贵乡公曹髦提拔到天子岗位上，同时免去曹芳的天子职位，“非宣召不许入朝”——谁说三国时期是专制的？起码在魏国，在司马师监国时期，天子是可以换来换去的，魏国不是天子说了算而是司马师说了算的。

司马师就此拥有了三大特权：入朝不趋；奏事不名；带剑上殿。

这三大特权表面上看没什么，其实都是挑战皇权的。入朝不趋——入朝不用急慌慌的，不用低眉顺眼，可以闲庭信步地踱进去，甚至司马师大将军要是心情好，提着个鸟笼吹着口哨进去也没什么；奏事不名——奏事的时候不用像百官那样报自己的名号，而是“哎，我说这事啊”直入主题，充分显示他和天子之间的平等地位；带剑上殿那就更牛叉了。我靠我司马师大将军说话有人听那这剑就是装饰没人听就是武器。爱谁谁，天子不听话也照砍不误。

总而言之言而总之，司马师拥有了这三大特权也就拥有了独立的人格。在皇宫之中，他不用再看谁的脸色，相反大家伙儿都要看他的脸色行事，天子也不例外。一句话，司马师就是没有名号的天子，拥有的是绝对权力而不是相对权力。

便有人要造他的反。

正元二年的春正月，魏国治下镇东将军毌丘俭、扬州刺史文钦，以司马师废主为名，起兵向他问罪。二人诈称太后有密诏，令淮南大小官兵将士，都起来造反。

全魏国无产者，联合起来！

但这一次的造反，注定是危机重重。双方还没开战，东吴孙峻就趁机提兵渡江袭寿春，要断毌丘俭的后路。毌丘俭无奈，连夜退兵于项城。

寿春很快就失去了。不是东吴孙峻拿下的，而是被司马师帐下镇东将军诸葛诞攻下的，正义的事业往往不能马到成功，无产者联合起来也不能一拳打倒那些反动派。扬州刺史文钦的革命意志就这样被摧垮了，在最紧要关头，他做了可耻的叛徒，投降东吴孙峻去了。

毋丘俭则孤零零地在战斗。他撤出项城，遭遇兖州刺史邓艾率领的魏兵，很快就被打得分不清东南西北，只得仓皇逃往慎县城里。

慎县县令宋白热情接待了他。

但毋丘俭的生命还是在慎县失去了，取他性命的人正是宋白。宋白虽然敬佩毋丘俭大无畏的造反精神和他身上的正义感，可他思前想后，觉得做人还是识时务者为俊杰，而崇高的事业往往是要死人的，他付不起这样的代价。

便让毋丘俭付出代价。宋白令人杀了毋丘俭，将他的头献与魏兵。

淮南战事就此结束，司马师继续唯我独尊，继续拥有他的三大特权。

但好日子往往不长。司马师的特权人生很快就走完了。

不是有人站出来继续造反，是他死了。

死于眼病。

他的眼睛出了大问题，日夜疼痛不已。正元二年二月，这个魏国历史上最负争议的人物死了。死前他告诉他弟弟司马昭一句话，说“大事切不可轻托他人”，以免“自取灭族之祸。”

人在江湖，身不由己。出来混，总是要还的。而避免还账的唯一方式就是做江湖老大。

这个江湖是一个人的江湖。所有的规则都由己出，如此才能确保平安。司马师的临终交代事实上指明了一个国家的发展方向，那就是魏国要变天了，司马昭一定要做魏国的大哥大，否则，就会死翘翘。

魏主曹髦开始怕怕，担心自己被司马昭取而代之。

不错，他是个傀儡，可傀儡心中也是有欲望的，就像野百合也有春天一样，每个人的内心其实都是个世界。

也许卑微，一定灿烂。

所以当司马师在许昌病故时，曹髦连夜派人给他下诏，命司马昭屯军许昌，以防东吴，别回洛阳了。

司马昭不知道自己该走还是该留。走和留的背后似乎昭示着不同的命运走向。甚至是国家今后的走向或者说是归属。

秘书郎钟会站出来为他清晰地揭示了两种不同的命运图景。他说，大将军司马师新亡，国家人心未定，将军你若留守于此。万一朝廷有变，后悔也来不及啊。

一语中的。

秘书郎钟会总是这样，对万事万物一语中的。传说小时候，他和哥哥钟毓一起去拜见文帝曹丕。钟毓见了曹丕内心惶惧，汗流满面。曹丕问他原因，钟毓回答说：战战惶惶，汗出如浆。钟会在一旁却镇定自若，没一点汗。曹丕奇怪了，问，你哥哥汗出如浆，你怎么不出汗呢？钟会回答：战战栗栗，汗不敢出。

呵呵，真是绝妙的脑筋急转弯。但一个人的智慧，却从中可以窥见。

司马昭便决定，起兵回洛阳，屯洛水之南，以观时局之变。曹髦这才知道，与虎谋皮，很有可能失去的不是老虎的皮，而是谋者的皮。为了安抚司马昭那颗蠢蠢欲动的心，不让他进一步有所作为，曹髦立马封他为大将军、录尚书事。自此，魏国大权皆归于司马昭。司马昭离龙椅，真真只有一步之遥。他什么时候坐上去，只看他的心情而已。

男人都是好胜的动物

姜维又出发了。在司马师死翘翘之后。

在他看来，这又是一个机会。可以有所作为的机会。因为司马师亡故，司马昭掌握重权，离龙椅只有一步之遥，肯定不敢擅离洛阳。此时乘间伐魏，可以收事半功倍之效。

这是姜维的如意算盘。虽然在此之前的很多次，他也打了很多个如意算盘，可惜都没成功。但每一个新的机会出现时，姜维还是不敢放弃。

就像诸葛亮当年的六出祁山。每一次，出的不是祁山，也不是寂寞，而是希望。

他们活在希望里，就像很多人的一生，活在希望里。只为希望而活，哪怕最终一无所得。

却不是每一个人都满怀希望的。

征西大将军张翼就对伐魏不抱希望了。张翼曾经像张飞一样以为人生就是一往无前，就是丈八长矛所向披靡，现在他才知道，丈八长矛所能影响的只是丈八之间的距离，而世界，远比丈八长矛广阔得多。

一个人明白有所作为不稀奇，一个人真正明白什么时候该有所作为，什么时候该无所作为，那才是明白人。

张翼：也许，守比攻好。

姜维：进攻是最好的防守。

张翼：鸡蛋碰石头，鸡蛋只有两大特点：勇敢，愚蠢。

姜维：一个不想碰石头的鸡蛋不是好鸡蛋。

张翼：一个想碰石头的鸡蛋是找死的鸡蛋。

姜维：是鸡蛋还是石头，碰了才知道。

张翼：已经碰过好多次了，再碰也不可能碰成石头。

姜维：碰碰才健康，越碰越强壮。

张翼：越碰越……失望。不要以小搏大，以弱搏强。

姜维：人生就是希望。没有希望的人生，毋宁死。

张翼：希望害死人。多少希望最后成绝望。脚踏实地比什么都强。

姜维：你不像张飞。

张翼：对，我比他强。

姜维：是吗？可他死在战场上。你呢？

张翼：……

张翼最后还是跟着姜维出发了。因为姜维的最后一个问题问住了他。

将军应该死在战场上，而不是死在无所作为里。虽然无所作为可以避免无谓的损失，可在未来的事实发生之前，世俗的判断只能是那三个字。

胆小鬼。

张翼当然不做胆小鬼，所以他只能出发，跟着世俗的价值标准前进，哪怕一无所获。

没想到大获全功。

姜维引兵五万，望枹罕进发。兵至洮水，雍州刺史王经则起马步兵七万来迎。双方较量的结果是魏兵大败。所谓斩首万余，垒尸数里。可怜的王经最后狼狈地逃往狄道城，当上了缩头乌龟。

这是一次狂胜，姜维就准备将革命进行到底，欲进兵攻打狄道城。张翼又对他苦口婆心了。这似乎是悲观主义者与乐观主义者的区别——他们看到的世界是不一样的世界，前者浅尝辄止，后者无限风光在险峰，风景总是在远方。

相信未来在自己一边。

张翼送给姜维四个字：画蛇添足。

姜维送给张翼四个字：自堕其志。

姜维的豪迈由此可见一斑。

但一个致命的对手却在此时将将赶到，要与姜维过招。他就是兖州刺史邓艾。

邓艾引兵到狄道城，对阵姜维。

站在狄道城前，邓艾就明白，姜维输定了。因为城墙坚固，狄道城是不可能在短时间内攻得下来的。邓艾叹气，为姜维的不智。

姜维实在是找错了进攻的方向。洮水得胜后，姜维如果联络羌人，东攻关陇，魏兵将陷于被动挨打的状态。现如今他弃易就难，找最硬的骨头啃，无非是劳兵费力，贻误战机罢了。

最重要的是，蜀兵将会有性命之忧。因为邓艾发现了一个角度，击溃蜀兵的独特角度。

项岭，狄道城东南的一个高山深谷。

死人的好地方。也是埋伏的好地方。邓艾在这里设伏了。

邓艾在这里设伏其实没什么，关键是姜维不要钻进伏击圈来。但世事的悲哀恰恰就在这里。

姜维钻进去了。带着他的小聪明钻进去了。

姜维以为，邓艾劳军远来，自己正可以打他个措手不及，却不知被打得措手不及的人正是自己。

只听得狄道城东南一声炮响，然后鼓角震地，火光冲天，周围便都是魏兵旗号。姜维不知道对方底细。只得传令教夏侯霸、张翼各弃狄道而退。

于是蜀兵们放弃胜利果实，全都退回汉中。姜维从终点又回到起点，重复诸葛亮的宿命，也重复自己的宿命。

一个人要突破自己，真的很难。因为他要突破的，往往是自己的思维定式。

但姜维毕竟是姜维，不甘心承认自己失败的姜维。他是注定屡败屡战的。关于这一点，邓艾有着清醒的认识。

邓艾的清醒认识可以从他料定蜀兵会卷土重来上看出来。邓艾不仅料定蜀兵会卷土重来，他还提供了蜀兵会卷土重来的五大理由。

一、蜀兵虽然退去，却有乘胜之势；魏兵则有弱败之实。所以蜀兵会卷土重来。

二、蜀兵都是孔明调教，有组织有纪律，所谓精锐之兵；而魏将不时更换，军士训练又不熟。两相权衡，蜀兵定会卷土重来。

三、蜀人多以船行，魏军皆在旱地，劳逸程度不同，所以蜀兵会卷土重来。

四、狄道、陇西、南安、祁山四处都是守战之地；蜀人或声东击西，指南攻北，魏兵必须分头把守。蜀兵若合为一处而来，以一分当魏兵四分，占尽便宜，所以蜀兵会卷土重来。

五、如果蜀兵自南安、陇西二处而来，则可取羌人之谷为食；如果出祁山，则当地有麦可就食，解决了军粮供应问题。所以蜀兵会卷土重来。

邓艾有如此这般清醒的认识对姜维来说毫无疑问是致命的。因为他抓住了后者的思维定式。

姜维果然要卷土重来。并且他卷土重来的原因与邓艾预测的几乎不差分毫。

在回答蜀兵为什么要继续出击魏军时，姜维如是说："攻魏者有五可胜。彼洮西一败，挫尽锐气，吾兵虽退，不曾损折：今若进兵，一可胜也。吾兵船载而进，不致劳困，彼兵皆从旱地来迎：二可胜也。吾兵久经训练之众，彼皆乌合之徒，不曾有法度：三可胜也。吾兵自出祁山，掠抄秋谷为食：四可胜也。彼兵须各守备，军力分开，吾兵一处而去，彼安能救：五可胜也。不在此时伐魏，更待何日耶？"

姜维说这番话时表情坚定，充满自信，以为自己洞察天机，却不知天机都在邓艾掌握之中。他们俩是螺纹配螺帽，又似矛与盾。一个尽在掌握，一个深陷其中不能自拔，却又毫无知觉。

更要命的是姜维自我感觉良好，听不得不同意见。包括夏侯霸的意见。夏侯霸说，邓艾虽然年轻，却机谋深远，一定会在各处及早准备，还是不要轻易出兵的好。但姜维藐视了夏侯霸的意见。

人往往是这样，相信自己不相信他人。特别是男人，都是好胜的动物，如果承认自己技不如人，那在这个江湖上还有什么混头呢？

便出击。偷出董亭，准备暗袭南安。

不过真正的战争没有在南安展开，而在武城山展开。武城山靠近南安，欲取南安，必先夺得此山。而邓艾早在武城山埋下伏兵，待姜维兵到时，冲出来打了个他们措手不及。

这是一次挫折，却不是致命的挫折。因为蜀兵主力还在。可姜维的悲剧就在于，他在下一场战斗中遭受了沉重打击。

那是在段谷。段谷这个名字听上去就不美。段谷者，断谷也。如果魏兵断其谷口，蜀兵很有可能会死翘翘。

段谷在通往上邽的路上。上邽是南安的粮仓。姜维天真地以为，如果取得上邽，南安自然不保，却不知邓艾正是利用姜维的贪婪心理，在通往上邽的段谷处埋下重兵，以图致命一击。

姜维首鼠两端，陷在历史的僵局中不能自拔。他这才知道，自己并没有比诸葛亮更聪明。五丈原是诸葛亮的滑铁卢，而段谷将是他的滑铁卢。因为邓艾出手了。出重手，欲围歼姜维属下的全部蜀兵。

姜维恍然大悟，他生命中最重要的敌人出现了。邓艾这个名字，将和他的名字一样流传千古，甚至有过之无不及。毕竟历史是为胜利者书写的，而他毫无疑问是失败者——在段谷，邓艾引兵杀到。三路魏兵夹攻蜀兵，蜀兵大败。姜维死战得脱，逃回汉中，一时间对前途充满风雨飘摇之感。

这是一个乐观主义者的悲观感受。也是姜维第一次对蜀国的命运产生深切的忧虑——如果连他都被邓艾打败，蜀国还有谁人不败在他手下呢？

这是宿命。一个人的宿命，也是一个国家的宿命。姜维长吁短叹，茫茫然不知所之。

拒绝决策

司马昭做了天下兵马大都督。当然这“天下”是打引号的，只是魏国的天下，不是真正的天下。

可司马昭心怀天下。他出入时令三千铁甲兵前后簇拥，以为护卫，以为排场。至于朝中一应事务，司马昭不奏天子，自己在相府里就说了算。

他的眼里并没有魏主曹髦，他随时可称帝，却到底怕一样东西。

天下人心。

上次他哥司马师还没怎么着呢。淮南就有人不听话，闹将起来了。他这次真要有所作为的话，会不会重蹈覆辙呢？

便派人暗访，看看天下人心，到底站在哪一边。

这一访，访出了一个反对派——镇东大将军诸葛诞。说起来，诸葛诞还是诸葛亮的族弟，但他反对司马昭当皇帝并不是心向蜀国，而仅仅是因为他只效忠于曹家天子。

诸葛诞造反了。他一面写大字报历数司马昭之罪，一面聚集两淮十多万人以及扬州新降兵四万余人，积草屯粮，准备大干一场。与此同时他又令长史吴纲，送他的儿子诸葛靓入吴为人质求援，务要联合吴兵诛讨司马昭。

淮南，再次变得不平静了。

吴国果然出兵了，派了文钦等人为向导，起兵七万，分三队而进。与此同时，司马昭也出兵了，绑架魏主曹髦为人质，尽起两都之兵二十六万，浩浩荡荡，杀奔淮南而来。

这场战争从面上看就是不对等的战争。

诸葛诞的兵很快就被打得大败。这位可怜的诸葛亮族弟似乎没有一点诸葛亮的智慧，他只能灰溜溜地引败兵逃入寿春，然后打死我也不出来。

司马昭无可奈何了——诸葛诞的这一套路很像他父亲司马懿当年对诸葛亮使过的那样——我就做缩头乌龟怎么了?!现如今，诸葛亮换成了诸葛诞，儿子代替了老子，同样的战略战术却在轮回。

这是报应，更是考验。考验司马昭能不能独辟蹊径有所作为。

司马昭不能独辟蹊径有所作为。诸葛诞闭门坚守，他只能下令他的兵们四面围困，全力攻城。却收效甚微。

好在有一个人面对困局独辟蹊径有所作为了。

钟会。

钟会以为，要给人以希望，因为人是靠希望活着的。所以四面围困不如三面围困，留一面让诸葛诞出逃。

诸葛诞会出逃吗？司马昭不能肯定。

钟会振聋发聩：你见过不会坐吃山空的城吗？你见过永远窝在城里的兵吗？寿春城中的粮草虽然多，却总有吃光的一天；窝在寿春城里的兵虽然眼下无忧，却总有忧伤绝望的一天。

要给人以希望，要利用好他们仅存的希望，有所作为。钟会谆谆教诲，司马昭恍然大悟。

便三面围困寿春城，只留南门大路让诸葛诞的兵们突围。

诸葛诞的兵们没有突围。因为诸葛诞不同意突围。他看出了城外是陷阱，不是机会。可困境也在这里——城外是陷阱，不能冲出去；城里粮少兵多，也不能久守——城里城外都看不到一线生机。

诸葛诞首鼠两端，在该决策的时候拒绝决策，拖一天算一天。

他以为闭上眼睛问题就不存在了，而人生就是拖一天算一天。天下悠悠万事，了无可了，不如不了了之。

可人心却在此时悄悄起了变化，城中的很多人开始重新规划自己的人生。比如谋士蒋班、焦彝。他们在建议诸葛诞出城与魏兵决一死战无果后，选择了以脚投票，自己出城降魏了。

还比如文鸯、文虎。他们的父亲文钦眼见城里军士渐渐饿倒，建议将北方之兵全放出城去以节省粮食，未料诸葛诞以为他有异心，竟将他杀掉了。由是文鸯、文虎也选择了降魏，并受到重用——司马昭赐其骏马锦衣，加为偏将军，封关内侯。二人于是衣锦环城，卖力喊话，以其冰火两重天的事实教育广大的城中守军，要识时务者为俊杰。

由此，城中人心浮动，诸葛诞的拒绝决策或者说粗暴决策直接影响了这场战事的胜败——寿春城守将曾宣献城了。他打开北门，主动放魏兵入城。诸葛诞直到这时才知道，原来人世间最坚强的东西不是城墙，而是人心。

人心比城墙更坚固，也更脆弱。人心如水，今天可以承载你，明天就可能淹没你——如果不善待它的话。

诸葛诞最后当然死翘翘了。不仅是他，他的家族也全都死翘翘了。司马昭以其血淋淋的杀戮告诉世人，造反者绝没有好下场。一个人如果智商不高，千万不要随便起来闹革命，否则被革掉的往往是自己的命。

那些参与联合作战的吴兵则成为牺牲品。他们有一部分战死了，大部分选择了投降。

这是危险的投降，因为司马昭不知道该如何处置他们。如果归入魏国战斗序列，无疑个个都是定时炸弹，随时可能引爆。

原因很简单——归降吴兵的家小都在东南江、淮之地，若留他们在北方，与东吴作战，他们打的都将是自己的亲人、自己的家乡。心够不够硬，忠诚度有没有问题，这些谁都不敢打包票。

司马昭选择了不信。

他不相信世上有无缘无故的忠诚，就像世上没有无缘无故的仇恨一样，每一颗心都有立场，都有其牵肠挂肚的地方。

便决定，杀了他们。坑杀，掘一个坑，让这些定时炸弹都在坑中长眠，不再引爆。

钟会坚决反对这一做法。钟会以为，消灭暴力最好的办法不是暴力，而是怀柔。

怀柔不是懦弱，也不是养虎为患。因为每一颗心都有立场，都有其牵肠挂肚的地方。如果将这些降兵无条件放归江南，就可以显现魏国之宽大。“古之用兵者，全国为上，戮其元恶而已。若尽坑之，是不仁也。”钟会进一步解释。

司马昭接受了他的解释和建议。

事实上这是一种勇气和自信。吴国已然江河日下，与这样的国家玩猫捉老鼠的游戏又怎样呢？一切只是时间问题。

三国一统只是时间问题，他取代魏帝也是时间问题。他等得起。

伐魏综合症

诸葛诞起兵征讨司马昭，东吴出兵助阵，司马昭起两都之兵弹压，在姜维看来正是他伐魏的一个好机会。

姜维已经得了伐魏综合症。这是宿命，也是条件反射。蜀汉延熙二十年，姜维又带兵出发了。这一次他取骆谷，度沈岭，直望长城而来。

长城镇守将军司马望，是司马昭的族兄。城内粮草很多，人马却少。所以两相 PK 的结果，是魏兵被打得号啕痛哭，声闻四野。

长城的陷落似乎已不是悬念。不仅姜维这么认为，连司马望也对此深信不疑。

只是世事多乖张，姜维的致命对手邓艾在此时又出现了。邓艾据渭水下寨，协防司马望死守长城。面对姜维咄咄逼人的攻势，邓艾只采用了一种方法应对。

拖。

在这个世界上，很多事情其实都怕拖。女人不能拖，拖着拖着红颜就凋落；男人不能拖，男人一拖万事成蹉跎。

战事更不能拖，战事一拖，攻守易势，胜利的果实一眨眼就变成寂寞，捏在手中徒呼奈何。

邓艾明白这个道理，所以他一面派人向司马昭求救，一面对姜维拖泥带水。

姜维绝望地发现，他遭遇了世界上最能拖的男人。他豪情万丈地派人向邓艾下战书，约定来日大战，邓艾口头上答应得好好的，第二天却偃旗息鼓，紧闭寨门，就当没这回事。可怜姜维五更就起来令三军做饭，然后布阵等候一整天却找不到对手。整个一被放鸽子了。

晚上又派人向邓艾下战书，约定来日再战，邓艾依旧口头上答应得好好的，第二天还是偃旗息鼓，紧闭寨门做无赖状。如此情形经历了五六次之后，姜维才明白，邓艾原来在等救兵。

姜维也搬救兵。他写信给东吴地区领导人孙綝，请求对方全力攻击司马昭，使其无暇分兵他顾。但是姜维此时并不知道，一切已是大势已去。

司马昭已然攻下寿春，杀了诸葛诞，劝降了所有参战吴兵。与此同时司马昭班师回洛阳，正引兵来救长城。

时间站在了司马昭一边，邓艾的“拖”字诀大获全功。姜维只得黯然回撤汉中，尴尬地结束他的伐魏计划。

但生命不息，伐魏不止。蜀汉景耀元年冬，姜维再一次出发了。他以廖化、张翼为先锋，起蜀兵二十万，分布于祁山之前，意欲与邓艾、司马望殊死一搏。

这个老男人，再也输不起了。

不错，一个人可以失败 n 次，但在 n+1 次他必须赢。n+1 次决定事物的性质与走向，而前面的 n 次失败都可以是铺垫。

这话反过来说也成立。一个人可以胜利 n 次，但在 n+1 次不能失败。因为最后一次最重要，它是盖棺论定的。

姜维不知道这是不是自己的最后一次，但有一点可以肯定，时间不多了。他太需要一次胜利来肯定自己。

肯定蜀国，不是一个摇摇欲坠的国度。

老天爷这次发了悲悯之心，几乎把一个完胜送给姜维——在廖化、张翼的两面夹攻下，魏兵大败。邓艾虽然舍命逃出，却身中四箭，几乎丧命！

但是最最关键的时刻，一个阴谋出笼了。

邓艾、司马望使出了反间计，派人到成都散布流言，说姜维怨恨天子刘禅，不久就将投魏。

历史总是惊人的相似。若干年前，在诸葛亮胜利在望时，司马懿也曾经使出同样的招数令刘禅召回诸葛亮，从而使得司马懿咸鱼翻身。这一回，邓艾、司马望决定再出击一次，拷问人心，是否多疑依旧。

人心依旧多疑。

特别是在同一个人，同一件事上。

刘禅没有任何长进。因为他始终是个没有安全感的男人。

这个蜀国是他的吗？也许是，因为他是天子；也许不是，因为兵不在他手上，在姜维手上。

所以蜀国是他刘禅的前提是姜维要有足够的忠心。姜维有足够的忠心吗？没有人知道，除了姜维自己。

刘禅便要做一个实验，以召回姜维的方式来考察他的忠诚度。

不错，中断战事确实有功亏一篑的遗憾，但是和忠诚度相比，都是微不足道的。正是在这样的逻辑考量下，疑心重重的刘禅向姜维下达了班师回朝的命令。

姜维明白了。什么都明白了。

既明白邓艾、司马望的阴险，也明白刘禅的多疑。

但他唯一不明白的是自己。回还是不回，这是个问题。

事关他道德评判和政治立场的问题，也是考量他军事决策力和权变力的问题。他可以像诸葛亮那样，把忠诚度放在第一，抱憾而归，也可以顶着骂名和误解，将胜利进行到底。

只是这胜利不可能是他的胜利，将是蜀国的胜利，而他，将以其个人人生的失败毁掉一世英名。

何去何从？

姜维最后的选择是回去。像诸葛亮以前做过的那样，回去为自己辩解。

这是一个聪明人的选择。他和诸葛亮都是聪明人，也是忠诚于蜀国的人，仅此而已。

但历史的机会就此失去。姜维不知道，他为自己讨回了一个清白，却让蜀国失去了一个反败为胜的机会。因为接下来，司马昭开始动手了。司马昭要改写历史，第一步就是要让魏主曹髦下台，然后问鼎天下。

司马昭之心，路人皆知。史上最牛的成语横空出世，无数的人们心领神会，心情复杂，不知道未来的世界，将是怎样的世界。

退路就是死路

魏甘露五年夏四月，司马昭带着剑上殿了。

带剑上殿是他的一个特权。但司马昭想要的不仅于此。他要做晋公，加九锡。

一般来说，司马昭想要什么东西不会直接开口要，他总是让其他人去说，然后自己“勉强”接受。他这一次就“勉强”接受了做晋公，加九锡。虽然曹髦给的也勉强。

曹髦深刻地感受到了危机的来临——司马昭磨刀霍霍了。这个人想要的东西太多，不仅是做晋公，加九锡而已。

在司马昭想要的所有东西中，曹髦有一样东西是不能给的。

他的性命。

不错，帝位是保不住了，因为他的帝位本来就是司马家族给他的，拿走也无妨，可曹髦不能确定的一点是，司马昭会不会将帝位和他的性命一起拿走。

这不是不可能，是太有可能。因为帝位就是由无数人的性命铸成的。谁坐在上面，都要押上自己的身家性命。所谓有担当。

曹髦决定一搏，利用天子的威权，除掉司马昭。他找了三个人来具体执行此事。这三个人是——侍中王沈、尚书王经、散骑常侍王业。

只是曹髦不知道，人世间天子的威权不是最重要的，最重要的是武力。没有武力做支撑，天子的威权薄如蝉翼，不堪一击。

这个道理，侍中王沈等三人都很明白。

所有当曹髦慷慨激昂地表示为了重铸天子威严，准备拜托他们干掉司马昭时，王沈、王业选择了立马去投案自首。他们的原话是这样的：“事已急矣。我等不可自取灭族之祸，当往司马公府下出首，以免一死。”

尚书王经还有点良心，认为做人不可以无耻到这个地步。他选择了留下来。

与此同时，孤身走我路的曹髦在皇宫内找了三百个来路可疑的男人组成武装力量，“鼓噪而出”。这里鼓噪而出的意思是大家伙儿互相叫着给自己助胆，也给同伴助胆，虚张声势、张牙舞爪地冲出去，而我们的曹髦天子则“仗剑升辇”，派头十足地要找司马昭玩命。

尚书王经拦住了他，跪着拦住他。他大哭而谏说：“今陛下领数百人伐昭，是驱羊而入虎口耳，空死无益。”

这话说得很残酷，却也实事求是。因为他深刻地揭示了“人世间天子的威权不是最重要的，最重要的是武力”这样一个道理。

曹髦还是孤身走我路。事实上他别无选择。已经出发了，退路就是死路。即便失败，找死的结果也比坐而等死要好。

司马昭没有站出来跟曹髦玩命。

不是怕他，是看不起他。

不错，在这个世界上，看不起一个人就是永远不见他，令其徒呼奈何。曹髦也的确永远见不到司马昭了。因为他死了，死在司马昭的追随者戟下。一个叫成济的人先是一戟刺中曹髦前胸，然后再一戟，刀尖从其背上透出，曹髦便带着对这个人世间的绝望，死在他的龙辇旁。

死在权力中枢的附近。

这龙辇注定不是他可以坐的，而是实力人物的座驾。

司马昭却没有贸然坐上去。

尽管他的铁杆追随者贾充等劝他位置空出来了就坐上去，司马昭却还是围着龙辇转了一圈，没坐。

不是不想坐，是他想学曹操。自己不称帝，让儿子称帝去。做帝王的父亲比帝王本身更牛叉也更容易流芳百世。这是司马昭的一个追求。

甚至司马昭自比周文王。说“文王三分天下有其二，以服事殷，故圣人称为至德。”呵呵，他的追求实在是很雷，要做至德之君。这个话贾充听了当然没什么，不知天下人听了会做何感想。

好在天下人是听不到的。因为天下跟天下人无关。很多时候，天下往往是权力人物密室策划的结果。谁做天下，什么时候坐天下，他们说了算。

曹璜便坐天下了，改元景元元年。

曹璜是曹操的孙子，他之所以坐天下是因为司马昭认为他这个时候比较适合坐天下。至于曹璜什么时候不适合坐天下司马昭没说。司马昭在等他儿子司马炎茁壮成长，也在等天下的风云际会转到对他有利之时。

天下还不太平，很多人还在蠢蠢欲动。这个时候他不蠢蠢欲动。他要以静制动。

人心是最大的智慧

姜维也蠢蠢欲动。在听说司马昭杀了曹髦，立了曹奂（曹璜即位后更名为曹奂）之后。

姜维以为，这又是他伐魏的机会。所谓师出有名，这次姜维起兵问的是司马昭弑君之罪。虽然魏国之君和蜀国之君风马牛不相及，但天下的伦理纲常是一样的。国君是弑不得的，弑君是要付出代价的。

便起兵十五万，再战江湖。

这是姜维第八次伐魏，也是他的最后一次。

因为他被暗算了。

暗算他的人不是邓艾，而是后主刘禅的近侍黄皓。黄皓在姜维战事最紧张的时刻说服刘禅将其召回，从而满足其任用亲信的欲望。

在这个世界上，每一个人都是有欲望的，不过黄皓以为，每一个人的欲望其实是不平等的。要满足一些人的欲望势必要伤害另一些人的欲望。

比如他和姜维。

不错，你姜维是劳苦功高，可你老是这样打打打，把蜀国的老本都快打没了。最重要的是把他黄皓的势力范围打掉了。因为黄皓想让他的死党、右将军阎宇取代姜维去再战江湖。

刘禅同意了黄皓的建议。事实上他对姜维八次伐魏劳而无功心里早就不耐烦了。换一个人也许会更好？这是刘禅的隐秘想法，而黄皓的建议刚好满足了他的隐秘想法。两人一拍即合。

悲剧就此酿成。这不仅是姜维个人的悲剧，也是蜀国的悲剧。一直在等待时机的司马昭觉得，他可以倾力一击了。

毕竟蜀国的防线已经被他们自己撕开。姜维之后，谁是蜀国的守门员现在已经不重要了，因为谁上来都守不住。司马昭有这个自信。

就像他相信自己是曹操一样，打江山、坐江山都是题中应有之义。

司马昭出兵了。近五十万大军分三路出发，对蜀国志在必得。

姜维被贬后，黯然引兵去沓中种麦，一方面是做好军粮供应工作，另一方面也是避祸。因为现在的刘禅，已是沉溺于酒色的刘禅，也是宠用近侍黄皓的刘禅。他令蜀国人人自危，除了黄皓等人。

这个世界的生存哲学就是这样：会做的不如会说的，会说的不如会服侍的。把人服侍好其实是一门大学问——不仅要懂人的身体，更要懂人的心理。

但姜维依旧是姜维，不做人心的学问，只做战争的学问。因为他是一个将军，任何时候都是。

所以当魏兵出发之后，姜维立刻给刘禅上表，提出自己的战略部署，并请刘禅批准。姜维的战略部署是：派张翼领兵守护阳安关，派廖化领兵守阴平桥。因为这二处对蜀国来说最为紧要，此二处若失，汉中不保。与此同时，姜维建议，后主刘禅应当遣使入吴求救，他与此同时起沓中之兵出来拒敌。

刘禅拒绝了他的建议。

准确地说他拒绝了一种不舒服的感受。被人指手画脚、指指点点的感受。谁都不是傻瓜，更何况你姜维现在已被贬沓中，不踏踏实实在那种麦，却要做军师状，首先就是政治不正确。

道理很简单，刘禅如果按照姜维的战略部署去行事，最终若取胜，只能证明他瞎了眼，错贬姜维。这是结果之一种。结果的另一种是，刘禅按照姜维的战略部署去行事，最终失败了，也说明他瞎了眼，好坏不分。所以姜维的建议注定是多余的，不可行的。

姜维不明白这一切，就像他不明白人心的学问是大学问，他以为智慧可以打败人心，却不知道人心是最大的智慧。

宦官黄皓则对人心了如指掌，特别是刘禅的心。

他知道刘禅的心里现在是没有安全感的，而他可以给这位首鼠两端的天子以安全感。黄皓说，姜维想再立功名，所以才上此表危言耸听。魏国能不能打败蜀国，姜维说了不算，凡人说了也不算，要神人说了才算。

黄皓说的神人是指成都城中的一老巫婆，据说能知吉凶，能断过去未来。便找来一问。

老巫婆装神弄鬼，做法后信誓旦旦地说："数年之后，魏国疆土亦归陛下矣。陛下切勿忧虑。"

这毫无疑问是欺心之说，但刘禅却相信了。他是选择性相信。就像很多首鼠两端的人，选择性相信对自己有利的话语一样，这是人性的一个弱点。

自此，刘禅每天的重要工作就是在宫中饮酒作乐。因为未来已被老巫婆断定，一切安然无恙。他无需庸人自扰。那边厢姜维却急得天天给他发告急表文，希望刘禅有所作为。只是刘禅再也看不到姜维的文字了——姜维随后的每一封表文都被黄皓隐匿不报。

蜀国，自此遁入万劫不复之境。

命 运

阳安关很快就失守了。钟会率领魏军打下阳安关，守将蒋舒选择了归降，另一名蜀将傅佥战死，汉中至此归魏。汉中的丢失毫无疑问对蜀军将领的心理打击是很大的。接下来乐城守将王含，汉城守将蒋斌，听说汉中已失，纷纷开门而降。蜀将胡济抵敌不住，逃回成都求援。

蜀国告急！

姜维此时也不再写任何文字了。他要赶快动起来，能守住多少算多少。但魏兵势如破竹，很快拿下阴平桥，使姜维首尾不能相顾。至此，退守剑阁已是无奈的选择。毕竟汉中险峻尽失，若剑阁再失去，成都将不再有任何屏障，可谓岌岌可危。

剑阁固若金汤。

不仅姜维、廖化、张翼纷纷领兵至此，蜀国将军董厥也引两万兵把守剑阁，因此魏兵徒呼奈何。

但邓艾却藐视了剑阁的存在。在邓艾眼中，只有一个目标，那就是成都。你剑阁难攻，我不攻就是了。

这真是大人物的思维。不拘小节，当遇到问题时，以绕过问题的方式解决问题，可谓别开生面。

邓艾的设想是：引一军从阴平小路出汉中德阳亭，用奇兵夺取成都。

但这几乎是不可能完成的任务。不是设想，而是实践——蜀道难，难于上青天。魏军千里迢迢地奔袭，于没路的地方走出一条路来，这本身就是传奇。

只是邓艾觉得，人生就是打造传奇，化不可能为可能。一生做大家都能做的事，这一生一定很无聊。

他不要无聊，要有趣。哪怕是以生命为代价的有趣。

所以他出发了。邓艾先让他的儿子邓忠引五千兵去做先行者，凿山开路，搭造桥阁，他自己率三万兵随后跟上。

命运却给他们设置了拦路虎。邓艾不知道，在一个叫摩天岭的地方，邓忠和他的开路勇士们都绝望了。这地方都是峻壁巅崖，不能开凿，去往成都的路，由此半途而废。

很多人哭了，为自己曾经辛辛苦苦的付出——如果方向是错误的，走得越远，损失越大，这是邓忠和他开路勇士们的一个认识。

可邓艾的认识和他们不一样。邓艾以为，人生的方向就是脚的方向，没有比脚更长的路，没有比头更高的山。只要始终昂头前进，一定可以登上最高峰。他下令，峻壁巅崖不能开凿那就不凿，大家玩蹦极，蹦过摩天岭。

邓艾总是这样，有很多与众不同的想法和行动，这也注定了他走的路和一般人不一样。一般人走不通的人他能走通，这是不按常规走路的一个收获。

难于上青天的蜀道终于在邓艾的领导下走通了，并且魏兵还有了两个重大收获，一举拿下江油和涪城。

这实在是勇气或者说传奇的胜利。因为这两城守军根本想不到魏兵会从天而降，出现在他们面前。

他们不战而降。

可以说，敢于另辟蹊径的部队是无往而不胜的。

接下来，就是那个梦寐以求的蜀国都城成都了。它的命运将会怎样？是选择抵抗还是选择投降，邓艾想知道答案。

一座城的命运其实就是一个人的命运。

成都的主人是刘禅，他自己的命运都难以掌握，更别说掌握成都的命运了。便惊慌失措。听众人议论纷纷，自己却无主见。

有人提议，现在的形势是兵微将寡，难以迎敌。不如早弃成都，奔南中七郡而去。这个地方比较险峻，可以守上一阵，他日再借蛮兵，打回成都也不迟。

光禄大夫谯周笑了。却是苦笑。

不错，当年诸葛亮七擒孟获，收复了南蛮。可现在的蜀国还是诸葛亮时期的蜀国吗？此一时彼一时，所谓他日再借蛮兵，打回成都去完全是梦呓，自欺欺人罢了。

又有人提议，说蜀、吴同盟，蜀国危急，不妨投吴国而去，可以栖身。

谯周还是笑了。仍是苦笑。

世事其实很简单。盛衰两重天。盛时朋友多多，同盟多多，衰时树倒猢狲散，只能自求多福。只是很多人看不透。谯周无限感慨地对刘禅说，自古以来，我没听说过寄他国而为天子者。以现在魏吴两国的实力看，魏能吞吴，吴不能吞魏。陛下若称臣于吴，这是一辱；若吴国被魏国所吞，陛下再称臣于魏，这是两番之辱。既如此，还不如不投吴直接降魏，免得受尽屈辱。

鸦雀无声。

谯周说完这一番大白话后周遭鸦雀无声。很多人觉得他说得太刺耳，却没有人觉得他说得没道理。天下大势，现在已然走向分久必合的阶段。每个人、每个国家都有自己的定数。有人是操盘手，有人则是被整合者。国家也一样。这个刘备们当年辛辛苦苦建立起来的江山转眼就要易手，那些曾经的理想、激情和葱茏岁月终究是南柯一梦。

终究不是刘禅这样的人物可以承载的。

刘禅一声叹息，选择了投降。

成都现在已然不是刘禅的成都，而是司马昭的成都了。司马昭留卫瓘守成都，令刘禅赴洛阳定居。

这叫割断其情感联系和势力联系，以防其死灰复燃。

司马昭设宴款待前蜀天子刘禅，先是安排了魏国乐舞戏于给他看，一起随行的蜀官们都没心情看，独刘禅看了面有喜色。接着，司马昭令蜀人扮蜀乐搏刘禅一乐，蜀官们感时伤怀，纷纷落泪，刘禅看了却哈哈大笑，仿佛又回到了家乡。

如此鲜明的对比，让司马昭感慨万千。他问刘禅，你现在还想念西蜀吗？刘禅回答：“此间乐，不思蜀也。”

“乐不思蜀”这个成语就此诞生。

这事实上是一个人的生存哲学。知道自己几斤几两，及时行乐，不做无谓的追求。只要现在，不要将来；只要他乡，不要故乡。刘禅以为，他这样做，并无大错。

司马昭放心了。蜀国将不再是一个国家，也不再有复国的可能。因为他的领导人要的并不多。

清扫工

最后的对手是吴国。

吴主孙休。

孙休看见蜀国一夜之间死翘翘了，顿时明白了一个成语的真正含义。

唇亡齿寒。

吴、蜀就是唇齿，唇亡则齿寒。孙休感觉司马昭伐吴是分分钟的事情，便及时布置，做好防御战的准备。他任命陆逊的儿子陆抗为镇东大将军，领荆州牧，守江口；命左将军孙异守南徐诸处隘口；又在沿江一带，屯扎兵营数百个，由老将丁奉做总指挥，以防司马昭的突然攻击。

但是司马昭没有攻击，并且永远不会攻击他了。

因为司马昭死了。

死于中风。

人世间的事真是祸福无常。就在司马昭视吴主孙休为对手，准备较量一把的时候，无常却来收他性命了。司马昭这才知道，人世间最大的敌人不是世人，是无常。是命运。

没有谁能抗得过命。诸葛亮如此，他也如此。

甚至他比诸葛亮还不如。诸葛亮去世前还想着向天借命，还有时间从容交代后事，甚至还有智慧对付他的父亲司马懿，可他却什么都做不成。

当时的他已经说不出话来，只能手指其子司马炎而死。

意义含糊。意义深远。

司马炎当然明白父亲的真实意图。他决定化意图为行动，找魏主曹奂谈谈。

这是一次开诚布公的谈话。谈话的结果是曹奂退位了。

事实上曹奂是不想退的。任何坐上那个位置的人都不想轻易离开。可是世易时移，曹家人又是一代不如一代，眼见得龙椅摇动却又无计可施，只得黯然离开。

不错，这魏国江山是曹操打下来的，可江山的得到就是为了失去。人类历史上从来没有一座江山可以永世长存。江山的不断易手是人间铁律，它的背后，透露的是诸多人性弱点和惆怅迷茫。

自汉建安二十五年，魏取代汉以来，至曹奂退位，晋取代魏，只有短短四十五年时间。四十五年，换了人间，一个意图统一中国的王朝——晋朝崛起了。从司马懿、司马师、司马昭到司马炎，一个家族的努力或者说苦心经营已经初见端倪。也许它的执政合法性还受到质疑，也许扫平江东还要假以时日，但是它的野心已昭然若揭。

时间点也恰到好处。近百年的乱世江湖已近尾声，强盛的都已强盛过了，强势人物都已黯然谢幕，历史的舞台上一片狼藉，需要一个清扫工来收拾果实，来归置一切。所以现在不需要英雄。英雄无用武之地，只要清扫工就可以了。

司马炎就是那个清扫工，他最后要清扫的垃圾是吴国。

理智与情感

吴主孙休怕怕了。

他不是怕司马炎，是怕历史大势。历史大势合久必分分久必合，他又怎能抗得过这样的分合之道。

便赶紧撒手西去，留下烂摊子让后人收拾。

孙皓上台了。孙皓是孙权太子孙和的儿子，出身正统，血统高贵。但他的优点也仅于此，其他的也就剩吃喝玩乐了。

在这一点上，孙皓和刘禅很像，玩的就是心跳，过把瘾就死。更何况过把瘾后不一定死。未来事，谁都不好说。

并且孙皓比较牛叉的一点是，从来不认为自己是弱者，这可能跟他出身正统，血统高贵有关系。他甚至令镇东将军陆抗屯兵江口，以图襄阳。真是东风吹，战鼓擂，这个世道谁怕谁?!

而一个叫羊祜的人自此浮出历史的水面，开始笑傲江湖。

羊祜是晋国都督，他奉命率兵镇守襄阳，对抗陆抗。但羊祜的对抗很另类，那就是从不玩狠的，只玩软的。

比如军中有想归降吴国的士兵，他任由他们离开，不加阻拦。同时他还展开裁军行动，从镇守襄阳的晋兵中裁减部分人员用于大生产运动，却不管守备力量是不是足够。

更加体现羊祜另类感的是，这家伙经常不穿军装只穿休闲服在营中东逛西逛，没有一点警惕性。

但这都是一种表面现象，或者说它体现了羊祜的气质：淡定从容，无为无不为。毫无疑问，它是一种智慧，是着眼于长远的大聪明。毕竟两国对决，哪一方准备工作做得越细，就越有可能赢得胜利。

不知不觉中，大生产运动已“垦田八百余顷”，完成了从军无百日粮到“军中有十年之积”的飞跃，从而充分保障了军粮供应。

一边是羊祜的宽仁之治，另一边却是孙皓的粗暴猜疑。孙皓以陆抗在边境里通外国为由，罢了他的兵权，降为司马，同时令左将军孙冀代领其军。而孙皓上台前后十余年，杀忠臣四十余人，出入时常带铁骑五万，充分享受权力的快感，弄得群臣惊恐万状，却又无可奈何。

吴国，处在人人自危，信仰迷失的时期。而这正是羊祜多年以来等待的结果。他觉得，出击的时机到了。

却没有出击成。时间击倒了吴国，也击倒了他的身体——羊祜病危了。

这真是一件遗憾的事情，等待对手等了十来年，终于有机可乘时，自己却已然不能出拳了。世事的残酷与苍茫由此可见一斑。

羊祜便在他死之前向司马炎推荐了一个人以完成伐吴大业。

右将军杜预。

这本来没什么，对羊祜来说只是举手之劳。但羊祜完成此事后的一个细节却令人费解——他在司马炎面前烧毁了自己写的那份推荐书，目的是不令他人知晓他曾写过这份东西。关于这一举动，羊祜做了如是解释：“拜官公朝，谢恩私门，臣所不取也。”

什么意思呢？意思是说我为国家举荐官员这是公事，不想把它看成是小恩小惠，所以烧毁那份推荐书，杜预以后也别来谢我。

羊祜说完这话，“扑通”一声，与世长辞。司马炎惊呆了——我靠，这是什么精神啊？这是公而忘私的无产阶级革命家精神！司马炎马上大哭回宫，敕赠签发嘉奖令，封其为太傅、巨平侯。

这其实是羊祜做人的胜利。把每一个细节都做到位，淡定从容，气质高雅，至此，一生的成败也就无所谓了。

在这个世界上，做人其实有两种层次。有些人以成败论英雄，事事时时狗苟蝇营，患得患失，最后即便成功了，却活得很累，没什么鸟意思；还有些人不为他人活，只为自己活，以退为进，事事时时有底线，着眼长远，活出了一种气势和精神。对后一种人来说，一味地追求成功其实是一件很功利的事。他们一生的精华部分，都在过程当中，都在回忆里头，比如羊祜。

这样的人活着，虽败犹荣。接下来的事情则毫无悬念。

杜预出发了，这个喜欢读左丘明《春秋传》的人以他的战争智慧一举拿下东吴，逼得吴主孙皓在两个选择之间必取其一：或者自杀，或者投降。

孙皓选择了后者。这样的选择也是毫无悬念，令人昏昏欲睡，就像当年刘禅做过的那个选择一样，宁为安乐公，不为败国君。

于是东吴四州，四十三郡，三百一十三县，五十二万三千户口，三万二千官吏，二十三万兵，男女老幼二百三十万人口，二百八十万斛米谷，五千余艘舟船以及五千余后官，一夜之间，全都归了晋。

这些雄厚的资本和人物，本可以做顽强抵抗的，毕竟是一个国家，有这么多的有生力量和充实储备，但是孙皓选择了做安乐公，就将吴国的全部家当都抵押了出去。

这是乱世三国的最后一笔交易。孙皓，这个孙权的孙子就这样出卖了他爷爷的全部基业，还有青春、激情、理想和智慧。

落幕了。一切尘埃落定。

那是一个江湖。充满传说和刀光剑影的江湖。江湖上的人儿哭过、笑过、爱过、恨过、高潮过、低潮过、装疯卖傻过、意气风发过。

他们留下了很多栩栩如生的名字——刘备、曹操、孙权、诸葛亮、张飞、关羽、周瑜、郭嘉、荀攸、鲁肃……这些人在乱世的舞台上演出了真实的自己，优点与缺陷一目了然，令人爱恨交加。他们为每一座城池的得失呕心沥血、用尽心机。他们展示的中国式智慧与中国式暴力树立了一个时代的标杆，让后世无法超越。这些杰出的人儿全情投入，将一切演绎得令人心荡神移，肝肠寸断，以至于他们的子孙出场后再无任何表演的空间，演出逊色不少。

很遗憾，这的确是一场虎头蛇尾的历史大戏，没有任何意外和悬念——

主角离场过早，后续上场的配角茫然失措，不知所之。历史的聚光灯却还强行打在他们那一张张表情生硬的脸上，仿佛充满期待。但是大幕拉下了，一切的起承转合已然告一段落，那个叫晋的王朝暂时统一了中国，开始新一轮与历史有关的起承转合。

只是它的新故事与三国无关。

三国故事，那些理智与情感，就这样结束了吧。

——《最三国》第3卷完——